“深扎”文丛

HULIHUAIMENG

壶里怀梦

孙青瑜 著

河南大学出版社
HENAN UNIVERSITY PRESS
·郑州·

图书在版编目(CIP)数据

壶里怀梦/孙青瑜著.—郑州：河南大学出版社，2018.10
（“深扎”文丛）
ISBN 978-7-5649-3539-9

Ⅰ.①壶…　Ⅱ.①孙…　Ⅲ.①小说集—中国—当代
Ⅳ.①I247

中国版本图书馆 CIP 数据核字(2018)第 243250 号

总 策 划　侯若愚
责任编辑　侯若愚　王　珂
责任校对　李　云
封面设计　侯一言
出版发行　河南大学出版社
地址：郑州市郑东新区商务外环中华大厦 2401 号　邮编：450046
电话：0371-86059701(营销部)　网址：www.hupress.com
印　　刷　河南瑞之光印刷股份有限公司
版　　次　2018 年 11 月第 1 版　**印　　次**　2018 年 11 月第 1 次印刷
开　　本　889mm×1194mm　1/32　**印　　张**　6.875
字　　数　191 千字　**定　　价**　36.00 元

目　录

吊在半空中的人

一

程家离马家画廊很远，出了楼道门，程一品低头一看自己还穿着睡衣，兜里没有一分钱。她本想敲门将自己的东西收拾一下，可为给自己挣点自尊，她站在门洞口犹豫了半天，最后决定步行去马家画廊。

当她徒步走到马家画廊时，已经是半下午。正值仲秋，程一品穿着一身红底白花的家居服，在马家画廊门前足足犹豫了半个小时。

二

马家画廊位处金水路上，离繁华地带不远，门面不大，两间房，内里却别开洞天，也就是说，马家画廊门帘虽小，内里却是相当的辽阔和高档。这家画廊是师父帮马浩开的，虽然师父出资的钱早都还了，可是欠的情，却永远还不上了。前些年，马浩因为缺少朝前“拱”的门道，曾在郊区的艺术村里和几个艺术青年结对子，形成一个互助组，谁卖了钱吃谁的。由于马浩的国画一直无人问津，一来二去，光吃不还，就把另几个艺术青年“吃”不高兴了。万般无奈，马浩只得去师父家混饭吃。可去一次，师父教训他一次：“这样不着天不着地，不中！得先把生存问题解决了！”马浩以为师父在劝他改行，明里点头，暗地里却一直艺术着，留着长发，男不男女不女，又因为不怎么洗，头发成绺成绺地在师父家的饭厅里闪着油光。有一次，程一品实在忍不住了："师兄，求求你把头洗洗行不行？"马浩一听，面色一暗，立即笑嘻嘻地给自己打圆场说："我要当垮掉的一代，就得有点垮掉一代的样子不是？！"程一品本来还想再说什么，被父亲用眼神拦住了。程父拦了女儿，沉默了一会儿，对马浩说："孩子，你这样上不着天下不着地，啥时候也成不了艺术家！"

马浩一听师父又老调重弹，没有吭声，开始埋头苦吃，本以为师父会给自己留些面子，不想师父却没有这意思："还是那句话，要想搞好艺术，先解决生存问题，生存问题解决了，才能走得更远。"老爷子说完，像是已经被马浩的"垮掉"状气得不行，将筷子朝碗上一放，扭身上了楼。

马浩那一天将饭苦吃到底，决定以后就算饿死街头，也不会再踩师父家的门了。可让他想不到的是，一个月后师父却暗地里出资帮他开了这家画廊。

马家画廊明说是画廊，其实是以卖文房四宝和各种书画用料为主，卖画为辅，反正多挣一份是一份吧！马浩觉得只有将自己的日子过喧腾了，才是对师父最大的回报。因为经营的是文化，马浩前年又整了一次店铺，重新开张那天，他将师父一家全请到店里，并送给师父一对价值五千多的核桃，让师父把玩。师父高兴地接过礼盒，掏出来在手中转了两下，又举目环顾了一圈儿店铺，欣慰地笑笑说："现在可以了！"话不多，五个字，却让马浩听到很多内容，只可惜，他还没有品完，师父第三天就因心衰离世了。

马浩为此悲痛了很久，他如何也接受不了师父的突然离世，不想师父的事还没想通，师母也驾鹤走了。他把店内装饰得古色古香，从货架到堂器皆是清一色的老货，为达以更古，还坚持用算盘盘点。马浩本想用一店的岁月，吸引师父师母常来坐坐，不想……若不是师妹常拿画作来店里销售，两家人可能早就断了来往。不是因为别的，就怕进师父的家，打捞那一屋子的历史镜头。

这一天，天色渐黑，马浩见生意清冷，又开始泼墨。这是马浩近几年养成的习惯，只要生意一清淡，就开始掂笔作画。他觉得师父最后留给他的那五个字，像是藏着一个前呼后应的历史场景……那一天，他正画得入神，听到门口有动静，以为来了顾客，抬头一看是师妹程一品，忙起身相迎。走近了一看，师妹穿着睡衣，双眼通红浮肿，他怔了一下，还没来得及问怎么回事，程一品便直奔主题道："师兄，把这几个月的画钱结一下吧？我急着用钱。"

马浩一听师妹急需用钱，不敢怠慢，忙走到桌前——可账本一翻，算盘一打，不禁蹙了眉头，像犯了错误一般："师妹，几个月了，咋才卖出去了五幅呢？"

马浩话音未落，就见程一品身子一软，蹲在地上呜呜大哭起来。

自从父亲去世后，为了多挣俩钱，程一品将画放在马家画廊里，卖掉一幅，结一幅的钱。钱不多，一幅一百元，碰到好月份，一个月能卖出十多幅，碰到青黄不接的月份，一幅也卖不出。程一品拿来卖的都是工笔画，而那一张张用西洋之笔画的中国之境、喷射的中国之意，她是死活不肯卖的，常常一幅接一幅地挂号投出去，再一幅接一幅地石沉大海。如果是一般人，早已失去了那份耐性，可面对"笔下明珠无处卖"的尴尬，程一品却有程一品的认识，她说无价的东西就需有一个无价的归宿。既然无价，就不能拿出去卖，所以拿到马家画廊里待卖的不是工笔小鸡就是工笔小狗，画作虽不能让人叫绝，但也颇具内功。只可惜有这种如镜照影的能者，不止程一品一人。不是独有，自然不金贵了，一幅画一百元，顾客就觉得顶天了，若不是看在程父的恩情上，这一分钱不赚的经纪人，马浩肯定是不干的。用马浩自己的话说，师父人好，如今他走了，自己多少要关照一下身体病弱的师妹。

只是这份关照在没与哥哥闹翻时，程一品并没觉得珍贵，皆是攒够两千块，来拿一次钱，再送一批货。眼下无家可归了，卖画的钱突然重要起来，重到关乎她还能不能继续活下去！可方才听师兄一说几个月才卖出五幅画，别说是租房，连吃饭都不够……程一品的哭声越来越悲，带着走投无路的绝望感，让马浩也听出了两串子泪。

马浩心想，这小妮子是不是和哥嫂吵架了？想到这儿，他大步走过去，将程一品扶起来，又搀到黄花梨的太师椅上问："小妹，说需要多少吧，哥给你！师父不在了，我不能看着你不管。"

程一品一听师兄比亲哥哥还要仁义百倍，哭声更加嘹亮和悲壮，哭了一会儿，小脑瓜里像是有了主意："师兄，我给你当店员吧？"

程一品的提议很突兀，因为生意一直不温不火，马浩并没有想过要雇店员的事情，怕是顾不上人家的工资，所以自己一直在店里冲锋陷阵。好在有几个老客户助阵，要不然光靠卖点材料和不入流的画作，饿死百回也不止了。如果师妹来店里，给多少工资？少了拿不出手，多了出不起，想到这儿，他略为担心地看了看程一品，问："可以是可以，但就你这身体能保证长期干？"

"能！"程一品斩钉截铁地说。

话音未落，手机响了，马浩掏出来一看，如遇救星般瞟了一眼程一品说："你哥！"

"千万别告诉他我找你了！"

马浩又瞟了一眼程一品，像是什么都明白了。他沉默片刻，庆幸感没了，只觉得这程锐也太过分了，父母不在了，就剩一个病弱的妹妹，不好好疼着护着让地下的父母安心，还把她逼得有家难归。想到这儿，他冲程一品点了点头，决定要替师父师母难为一下这程锐："老弟咋突然想起给我打电话了？"

"一品去你那儿没有？"程锐着急地问。

"没有呀，怎么了？"

"就和我抬了两句杠，离家出走了，我和小雪找半下午了，她一分钱没带！手机也没带！她要是有个三长两短……"程锐的话音越来越着急。

"那会去哪儿呢？"马浩也着急的样子问道。

程锐真以为马浩不知道妹妹的去向，担忧地"唉"了一声，挂了电话。

马浩放下电话，侧脸问程一品说："这下满意了吧？"

不想，就在程一品破泣而笑的一瞬，突然觉得马浩的画廊没法长待了。既然不能长待，落脚的问题等于又悬了起来，想到这儿，她盯着马浩说："师兄，无论到什么时候都不能暴露我的行踪！"

马浩没有回答，走到饮水机前倒了一杯水递过去，待程一品一口气喝了半杯水之后，才坐下来，语重心长地说："亲兄妹哪来这么大的深仇？打断骨头还连着筋，听我的话，别让你哥担心了！"

不想话音刚落，又惹得程一品一阵泪奔如洪。

想起半下午哥哥将自己拖出家门的场景，程一品决定就算饿死在大街上，也不会再踏入那个家。父母相继去世后，她虽与哥嫂一家同住，但一年交给嫂嫂一万块钱的生活费，本来相安无事，可问题却出在父亲生前给兄妹俩一人五十万元上。程一品用分得的钱买了一套五十多平方的一室一厅。哥哥的钱一直未动，直待父亲突然离世后，当着小公务员的哥哥突然有了危机，害怕手中的钱被贬到一钱不值，他们两口子便决定投资房产，像妹妹一样坐收房租。前一段他们东奔西跑看上一套 140 平方的小复式，花了一百一十二万。因为钱不够，哥哥将父亲单位给母亲生前的生活补贴从妹妹手里挤了出来，又用公积金贷了三十多万元。可还贷的钱一个月需要近两千块，程锐越想越舍不得用可怜的公积金填那个无底深洞，便开始打妹妹房租的主意。按照程锐的意思，妹妹住在父亲留下的家里，现在父母不在了，产权归了他，妹妹再住就要掏房租，而那个小房子的房租他替妹妹收了，岂不刚好？可程一品没有工作，一听哥哥要霸占她那一点可怜的房租，自己需交的生活费又不免，自然不同意。可不同意，她就得离开这家……想到这儿，程一品横袖抹了一把泪，对马浩说："你若是不答应，我这就走，让你也找不到我！"

马浩见程一品动真格，忙说："好好好，我坚决不出卖你的行踪！"

程一品点了点头，说："所以，我不能在你店里工作了！"

马浩怔怔地看着程一品，愕然半天，才随着她一秒百变的话转过这个弯弯儿——既然师妹不能待在店里，又能去哪儿呢？若是独自出去租房单过，她一个几乎没有出过家门的姑娘，自然不能让人放心，既然不放心，就不能让她单过，可这又不是一天两天的事情，把她安排哪儿呢？

马浩呷着茶水，正在发愁之际，脑子里突然蹦出一个人——一位常买老宣纸的老顾客，前一段给自己说，若是碰到助手人选，帮他介绍一个。

三

此人姓蒋名章，和程一品一样，也是门里出师，其父生前是省书协主席，因为是省书画界的第一把交椅，名气不知道要比师父大多少倍。马浩见过蒋父一次，老先生长得如同世外仙人，留着一下巴的美髯，从头到脚的穿着能让人带到民国，他除了国画画得好，还有一手八面出锋的好字。在中原地界，你可以不知道他老人家的名字，可看一眼他的鸿爪就能深入你心。正是靠这一手深入人心的好字，蒋父从普通老师一路走向书协主席的宝座，鸿爪遍布省城各大商场的门帘上，几乎成了省城的文化一景。

自古以来，身份地位与墨宝就暧昧难分，自从老爷子升为书协主席，墨宝便供不应求了。蒋父应付不了，可应付不了又舍不得不挣钱，思来想去，便开始让儿子捉刀。父贵子荣，有父亲在，就算是代笔，多年前每平尺没有五千的高价也是拿不走的。只是自从蒋父去世后，蒋章的“笔”算是代不动了，价格一落千丈不说，还有一个有价无市的尴尬摆在眼前。几乎无人问津了。

因为门里出师，蒋章的内功之深自然也是不言而喻。但是如今之世道，功是一说，让人认可又是一说。因为蒋父生前一心想让儿子自己成大器，拒不帮儿子在书画界周旋。逢到儿子抱怨，他总是拍着儿子的肩头语重心长地说：“靠自己的真本事拱出来，才是真拱出来了！”实际上，蒋父让儿子代笔就是想“曲线”帮儿子一把，让世人看看儿子临摹百家的功力。只是事态的发展超出了老人家的想象而已，儿子的仿品加上他的落款和印章，身价等父。可待他双眼一闭，儿子的真功夫就不值钱了，价位立即降了五倍还多。

万般无奈之际，蒋章竭力为自己办了几场书画展，可一连办了几次，钱没有少花，那些掏高价请来的记者和书论家并没有把自己“吹”出来。

蒋章依然是蒋章。

按说，父亲留下的家产，就算是蒋章什么都不干，也足以保证他在这座城市里过贵族般的奢华生活。可蒋章不，因为他志不在享乐，只求混出名堂。名堂是个什么玩意儿？蒋章觉得无非就是功名利禄，后两个字他可以不在乎，可前俩字却是比他的命还要重要。只是在这名堂上，他觉得父亲的那一套老实从艺的理论不实用了，既然那些笨蛋书评家和记者们无力将自己“吹”出来，思来想去，他找出了一个曲线救己的绝招。听说香港又在拍卖宋代老宣纸，他立即飞去，以四十二万的高价买回一张，没有别的意思，就是想证实一下，自己不比那些大师差。

买回天价宣纸，蒋章左思右想，决定临一个纸本的《溪山行旅图》，范宽的原版是绢本的，因为原生态的单丝绢不好找，蒋章就画了一个纸本的。范宽是宋代的大画家，宋纸描宋画，蒋章一开始便先在仿上“真”了一步，下面就要比仿家的内功了。自古以来，赝品超过真迹者就屡见不鲜。

蒋章觉得自己也有这等功夫。

因为这范宽喜欢重墨浓彩，重到何处，浓到哪般，这其间的分寸对蒋章来说不是难事。可是如果比葫芦画瓢一毫不差，傻子都知道是假的，所以仿也得求变，变在哪儿呢？蒋章想了想，觉得还是在染色上略略变通，让“土石不分”略有区分。这样一来，以“假”求真“假”便更真了。果然，功夫不负有心人，经过多日描染，蒋章放下笔一看，别说是自己，就算是鉴定神人董其昌在世，这假中求变、变中求真的高仿之作，也得半天琢磨半天掂量。一般的肉眼凡胎压根就看不出来。有了这等自信，蒋章又自己多刻了几枚印章，一丝不苟地盖上。为让其更“真”，他用电扇对着仿作日夜吹风，让印泥和墨法尽快“沉”进宣纸里。时隔半年，待哈湿手指朝上一抹，不见黑红二色，拿到市场上竟卖出了千万高价，比帮父亲捉刀还要挣钱。

这一下，蒋章像是找到了属于自己的路。

每仿一幅，蒋章均盖上自己的印记，看似藏家癖好，实则是备有朝一日，以沙积塔，让人反观“真作者”的价值。

按说，此等高仿之作，纸的来源是大问题。蒋章觉得不可能回回四处去找拍卖行，于是便结识了开画廊的马浩。

不久前蒋章刚刚离婚，这一天马浩打来电话时，他正和保姆面对面在饭厅里吃晚饭。

“老兄，前一段你吩咐我帮你找一个助手？不知道你现在找到了没有？”

“怎么？有人选了？”

“你这一会儿要是有空，咱们见个面？”

蒋章一听满口答应，二人将约会地点定在了蒋家画室。

四

因为一个大院里长大，程一品自然认识蒋章，一听师兄让她给一个造假者去当助手，一百个不乐意：“我怎么能给一个骗子当助手？”

马浩淡淡地翻了一眼，沉默半晌，道：“你要是有别的门路，不去也可以！”

程一品怔了一下，不再吭声。当马浩带她来到蒋家画室时，开门的正是骗子蒋章。蒋章还是她记忆中那么高，足有一米八五，一身洁白的休闲服，像是刚从高尔夫球场回来，又高又帅，他站在身边什么都不需要说，安全感就能形成四面合围之势。想到这儿，程一品觉得哥哥肯定不敢来这里找她。

蒋章开了门，见马浩身旁的姑娘有几分眼熟，却又想不起在哪儿见过，表情怔了一下。马浩见状，忙起身笑道："你们一个院长大的，就不需要我介绍了吧？"

程一品忙冲蒋章亲切地喊了一声："哥哥！"

蒋章这才猛然想起原来是程叔家的一品，不由亲切地打量了一番，感叹说："几年不见，长成大姑娘了！"说话间，蒋章将二人让进厅内，落座后，他本想问程一品怎么穿着睡衣跑出来了，可再一看她双眼红肿，就知道这泪眼背后定有事情，便止了口，起身要给二人沏茶水，不想被马浩拦住了。

马浩拦了蒋章，开门见山道："我一会儿就走，咱们自己人也就不说外话了，如果你觉着咱妹可以，没有别的要求，只要包住就行。要是你看不上，我咋把她带来的，咋把她带走，另作安排。"

蒋章没想到马浩找来的助手会是程一品。因为整个省书协，书二代也就他们俩，一品的书画底子他是知道的，当助手绝对绰绰有余。只是这程一品自幼体弱多病，夏天还好，一到冬季就必须天天去小诊所里打针，才能将日子过"顺畅"一点。也正是因为有气管炎，程一品的胸腔部位像是比平常人略厚一些，不知道能不能长时间工作？可若为此犹豫，定会薄了马浩的面子，想到这儿，他斩钉截铁地说了一声："没问题！"

那一天，马浩将一切安排妥当后，直到九点多才起身回去。

程一品没想到师兄前脚刚走，后脚从一间房门里走出一位大嫂。那大嫂看到她怔了一下，显然是没想到厅内还有一个没走的客人。第一次见面，程一品以为是蒋章的妻子，挤出一脸笑，喊了一声"嫂子"。

大嫂并没有解释，回给程一品一个笑。

蒋章见状，也没有给二人介绍认识，直接安排大嫂去收拾房间。待大嫂转身走进正迎着客厅的一间房门后，蒋章才小声提醒程一品说那不是他妻子，是他家的保姆。

程一品吐了一下舌头，暗想，这年头保姆怎么一点儿也不像保姆？从穿着到长相再到气质，俨然就是一个女主人，想到这儿，她又歪着头看了看蒋章，越看越觉得二人有夫妻相，本想顺势开句玩笑，但又怕不妥，只得噤了口。

蒋家画室是顶屋复式，楼下是客厅和三间卧室，楼上，也就是顶层，本来没有那么多的房间，可蒋章将赠送的大露台整成了一个大画室，足有一百平方。四围的墙面上，三面都是画作。一张金丝楠木的束腰镂花大书案，方方正正地摆在顶层画室的中央，西面是一溜放印章的专柜。蒋章的印章很多，有自己的，也有别人的。程一品天天站在书案的东头研墨，一抬眼就能看到靠西墙的一排排印章。那些印章本来都不大，却像一块又一块巨大的磁铁吸引着程一品：原来将一纸“自己”变成别人并不难，只要拿其中任意一枚小小的印章，便能轻轻杀死“自己”，复活别人也。当然了，一百元也能随之变成六七千元，甚至几百万元、几千万元。

自从入住到这里，转眼间一个月过去了，昨天开工资了。程一品接过钱，进屋一数，心里不由一凉，只觉得这价钱，别说是三天两头的跑腿，连研墨钱都不够……也就是说，这里的工作并不轻松，程一品除了三天两头去马家画廊里拿材料、送作品、结账，还要隔三岔五地研墨。蒋章除去造假，主要的精力当然还是画“自己”卖“自己”，所以对墨的要求极为严格，除了用上好的老墨锭，一池墨有时候要程一品磨一天。他说只有把墨磨到极致，墨才会生出五色。程一品从小就怕研墨，每次研墨，总觉得不是她磨墨，而是墨磨她。墨磨到家了，可蒋章一拈笔，不是历史中的这个身影，就是那个身影，游走一纸的别人。程一品觉得如此笨蛋的一个人，别说是一个月一千五百块钱的工钱，连她酸疼的手腕都对不起……想到这儿，她的心思不由再次奔涌沸腾开来。程一品又想到保姆大嫂，何时看她，都觉得她一脸的无怨，好像她来这里工作不是为钱，而是为了某个人。说来这大嫂奇怪得很，长得端庄大气，心眼子却小得细菌难钻，动不动就冲程一品撇嘴。刚到蒋家画室的第二天，她便像女主人一般，指使她拿这干那。程一品一个娇生惯养的姑娘，心情正不好，自然也不依，二人渐渐就心生了芥蒂，一整天都不会正经搭一句话。程一品觉得话都被保姆的嘴巴“撇”完了，自然也就没有了正经话可说。有一天，蒋章主动给她五千块钱，让她有空了买两件替换的衣服。程一品接过钱，说了声："谢谢哥哥，待发了工资还你！"不想话音未落，余光一斜，刚好看到在一旁拖地的保姆正冲她撇嘴。她当时还不知道什么意思，直到后来才明白那表情背后原来竟是：隐情重重！

按说，保姆大嫂一不是蒋章的妻子，二不是为儿子挑媳妇的母亲，却不知为什么很戒备她和蒋章单独相处。每天上午她将家务一忙完，啥事不干，径直跑到画室里，朝放印章的柜沿上一坐就是一下午，手里拿着一个十字绣，看似绣得一丝不苟，想必那心并不在"绣"上，不小心针扎着手的尖叫声，常吓着正在作画的蒋章手一抖又一抖的，一幅画又一幅画就这样作废了。前天她又"老调"重响，蒋章忍不住大发脾气，待把她灰溜溜地骂走后，还顾自嘟囔一句："天天坐在这里监视谁的？！"

什么意思？程一品说不来，什么原因程一品更是说不出来，只觉得这套房子里有一股子说不出的异味。不管保姆大嫂天天坐在画室里是什么意思，也不管她天天冲着自己撇嘴是什么意思，肯定都不是什么好意思。据师兄马浩说，头一天她帮蒋章去马家画廊里送货，前脚刚刚离开，哥嫂后脚就赶到了，在店里瞅了一圈儿，没找到妹妹，硬说马浩将妹妹藏了起来，害得他好一阵苦口辩解。程一品听了，强硬地说："不理他们！"心里却在懊悔不该走那么快。

马浩以为程一品还在负气，忍不住劝道："你哥嫂是真担心你！"

程一品一听，又想起哥哥把她拖出家门的场景，用鼻子很响地"哼"了一下："他们巴不得我早点死呢！"

马浩一听，立刻呵斥师妹说："说的什么话！"

程一品见师兄风向倒到了哥嫂一边，半天没吭，不知过了多久，喃喃道："反正，不许告诉他们我在哪儿。"

本来是一句外强中干的话，可自那以后，就再不听马浩提及哥嫂找她的事了。按说蒋家画室离自己的家并不远，她研着墨，扭脸穿过26楼的阳台，就能遥望到自家的小区。家虽近在咫尺，但哥嫂如果不来找，她也是回不去的，真是地距好迈，心距难越！

如果哥嫂一直不来找她呢?

这两天,程一品一直在思量这个问题,左思右想,觉得只有把租户撵走,自己住进去,来个另立门户。可是没了房租,辞了工作,她靠什么生活?靠什么打针?又靠什么买材料呢?家里还存着她的无数张“得意”之作,先前程一品一直觉得创造是无价的,就算是烂掉也不能卖!可不知道为什么,自从昨天接到那一千五百块的工资后,她突然不这样想了!

五

秋冬之交,季节更迭之快,快到程一品置买不起衣服。

前几天刮了几阵酷风,将大路两沿的树叶都刮尽了,程一品觉得胸口有点闷,一千五百块钱的工资,买两身急穿的衣服,腰里就没有打针看病的钱了,她只得忍着。

那一天,当程一品抱着一扎子画作走到马家画廊门口时,一阵风顺着街筒子灌进来,让她打了一个摇摆不定的寒战。天实在太冷,她顾不得多想,一头扎进店内。进得店内,一股温暖从八面合围而来,她不由问道:“开空调了?”

马浩正在挥笔,怕断了内气,直运到“蛇尾”处,才应了一声。因为师妹这一段三天两头来店里,早没必要回回相迎了,便示意她先坐。

程一品哪里坐得住,她将鱼龙混杂的“货”放在柜台上,哈了哈冻僵的手,跑到书案前,眼睛还没落到墨宝上,讨好的话就已经脱口而出了:“师兄内力大长呀!”

马浩没有吭声,只觉得今天程一品有些异常,抬头看了她一眼:“太阳从西边出来了?”

“什么意思?”

“没什么意思,捞到师妹的夸赞不容易呀!”马浩感叹完,只觉得内气被夸赞冲断了,没法再写了,不得不放下笔,走到柜台前。

当马浩打开程一品新送来的货一一看了，不想看着看着，表情渐渐变了："蒋章怎么突然变风格了？"

……

从师兄店里走出来，程一品知道自己犯了致命性的错误，她用西洋的笔画中国意境，想法是好，画得也好，直到师兄狐疑四溢时，她才意识到：蒋章根本不会西洋画法！所以这才让知道根底的人一眼窥穿，好在不是外人，马浩并没说什么，不但没有说什么，还把画留下了。她想好了，如果卖掉，就和师兄来个五五分，以报答他的包庇之恩。蒋章的市场价三千一尺，也就是说，只是换了一个落款，偷盖了一下印记，还是她的画，价格却翻了三十倍之多！就算一个月卖掉一幅，也比工资高很多倍嘞。当然，对于程一品来说，挣钱不是目的，如果她真想挣钱，就不会挂蒋章的"羊头"了，也就是说，这次冒险其实就是想看看自己的画是不是真就值一百元？自己的劳动是不是就值一千五？想到这儿，她扭脸看了一眼马家画廊的门脸。门口静悄悄的，门楣上方的招牌还留着父亲的体温，如果父亲还活着，她肯定不会如此着急地"证实"自己。如今父亲不在了，拿着画作出来一卖，才知道自己埋头多年的功夫才值一百块钱，苦读多年的诗书，到头来一个月才挣一千五百块钱的工资。而蒋章，虽说有临摹百家乱真之功，可却没有跳出来独成一家之能，凭什么一平尺能卖三千块?！而自己画的一纸自己，凭什么就如此一文不值？想到这儿，她拐到路边的一个小手机店里，拿出99块钱买了一部红色的老人手机，像是为了随时接收某种不妙的消息。买后先给马浩打了一个，告诉他自己新买了一部手机，让他把号码存起来。马浩像是在忙，只"噢"了一声，便挂了电话。

程一品从师兄忙碌的声音里得知，日子像没风的池水一样平静着，并没有她担心的那样。可尽管如此，她还是心有余悸地回忆着今日之险，如果接货的人不是师兄，是别人，她现在可能已经大祸临头了！想到这儿，她决定卖掉那批"嫁接"作品后，立即和师兄来个五五分成……主意一定，程一品打了一个冷战，只觉得气管像被冻僵了一般，呼吸又困难起来，不由加快了步伐。先前父亲活着时，一到冬季一天不打针就像是过不去，不想现在，没钱打针了，也能凑合了……程一品一路喘着粗气回到蒋家画室，推开门一看，屋里很静，好像没人。她若有所思了一会儿，朝自己的卧室走去。不想刚一推门，里面有一身影，吓了她一跳。

定眼一看，原来是蒋章。

蒋章正在静观她那些待"养"的画作，听到响动，扭脸一看，笑笑，说："一品，定将成大器呀！"

面对蒋章的夸奖，程一品黯然起来："什么大器？四面八方地投稿，四面八方地石沉大海！"

蒋章显然没有想到程一品会如此自卑，脱口说道："只要是真金子，早晚都会放光的！"说着，他走到其中一幅面前，用手抚了抚画布，让程一品看，"这一幅的思维，以我看已经远远超过了西蒙！或者干脆说是西蒙《呐喊》的前因，名字起得也好——《吊在半空中的人》。"

蒋章说着，朝后退了两步，又左看右看了一会儿，自顾说道："近看：面目不清，远看：万人清晰其中——色彩感也好，与主人公的表情一配，简直就是一个'三才'大世界！"

程一品愕然一下，没想到一手"别人"的蒋章，还有如此高的审美判断，想到这儿，她正要开口说什么，突然听到门口有响动，伸头一看是保姆大嫂掂着一个黑色塑料袋回来了。程一品戒备地看了一眼蒋章，可蒋章站在画作前一动不动，像是沉迷在画里出不来了，连门口的响动都没听到，更没有在意程一品的目光。

保姆大嫂见蒋章在程一品的卧室里，表情沉了一下，没说什么，换了鞋，撇着嘴巴朝自己卧室走去。手里黑色的袋子像染上了某种情绪似的在她手里荡来摆去，不知道里面装的什么，但很轻的样子，跟着保姆大嫂一甩一甩地消失在拐角处。

程一品扭过脸，又要开口，不想保姆大嫂又掂着塑料袋子踅了回来，冲着门口喊了一声："弄好了！"

蒋章听到喊声，癔症好半天，才从画里走出来。他扭过身朝外一看，没看到人影，就用手抚了抚《吊在半空中的人》，一步一步地退到门口后，竖起拇指对程一品说："定成大器！"

送走蒋章，程一品轻轻关了房门，回想着刚才蒋章失神观画的场景，鼻子一酸，流出两串子泪。第一次得到认可，不知道是幸福还是悲哀？看着那些正在精"养"的画作，心里突然排山倒海起来，就像一个为日子继续下去，要将"儿女"送人的母亲，到底卖还是不卖？程一品像割心一般犹豫着，因为这批画作是她饱读诗书后，高屋建瓴思考出来的东西，一共十幅。父亲生前常说："优秀比的就是思维，思维到了，比的就是画啥！"父亲的这套理论，程一品先前不懂，直到父亲去世后，她突然从卡尔维诺的小说《分成两半的子爵》里旁通了这句话的真谛。按说这篇小说的意向是表达人人心中皆有善和恶，因为它出于一句古语："人一半是天使，一半是魔鬼。"可卡尔维诺却来了个直线思维，直接按照古语的字面意思，构置一个被劈成两半的人，一半极好，一半极坏……最终以虚及虚达以大实，又用大实妙喷大虚的艺术效果，直接将人的双重性表达用艺术的形式推到制高点，谁再碰这个主题，都莫想超越卡尔维诺了。这大概就是父亲常说的思维决定论和象本论……程一品将卡尔维诺的这篇小说连连重读了数十遍，思来想去，决定画一幅《吊在半空中的人》。这幅画，她整整构思了两年才动笔。先画的那一幅，因投出去无人问津，早已石沉大海找不到了。除了眼前这一幅，家里还放着一幅：画面上的人物属大写意，没有勾描，直接用无骨法的墨泼成。而天与地却是印象派画法，天涂成白色，地染成黑色，位处中间的"人"吊在树上，近了，那人表情不清，退后半尺，能看到一脸的痛苦、不甘和无奈，神似蒙克的《呐喊》，但又不是。因为主人公正伸着手仰天狂吼，像是在够什么东西，又像是喊人解救……不想看着看着，程一品突然泪流满面，构思这幅作品时，像是与自己没有半点关系，画出来了，才知道原来自己也会遭这样的劫数！难过间，就听到坤包里的新手机突然传来一声"叮咚"，她抹了泪，掏出一看，是师兄发来的短信："有空了，过来一下。"看了短信，程一品心里咯噔一下，不知道师兄发来的这几个字于她是凶是吉？顾不得多想，忙出门去找蒋章请假。

听到喊声，蒋章从保姆大嫂屋里出来了，手里掂着那个黑色的塑料袋，问她何事。

程一品下意识地瞟了一眼那个黑色的塑料袋，说她要出去一会儿。

蒋章若有所思地点了点头，算是允了假。

出了蒋家画室，程一品一路小跑出了小区大门，因怕坐公交车误事，她伸手拦了一辆绿色的的士，一路风行来到马家画廊，眼睛还没有瞅到马浩，就急急问道："师兄，啥事？"

马浩没想到程一品如此之快就跑来了，愣然了一会儿："噢，蒋章那几幅中西合璧的大作全卖完了，叫你来结一下账。"

程一品也一脸愕然，为防师兄看出什么，她淡淡地回了一声："好。"

头一次试手，程一品万没有想到出手如此之顺，因为没敢贪多，只造了五幅，可就这五幅画，一算账，不得了了，一下子卖了两万多块。程一品听到这个钱数，刚才还在憋气的气管突然顺畅起来，她百感交集地问："国画嘞？"

蒋章半晌没吭，将钱交到程一品手里，才说："一共二十八万，一分不少，交给蒋章，那些国画——还没有卖掉！"

"没卖完怎么就结账了？"程一品试探地问。

马浩很"重"地看了一眼师妹，说："一拨一拨地算，省得混！"

程一品不再吭声，接过厚厚的一沓钱，突然又不舍得与师兄平分了。如果分给师兄，明摆着又是一个"此地无银三百两"，常言说"看透不说透才是好朋友"，师兄不说，她若主动去"点"，不是傻子吗？好在那事只是自己在心里想想而已，分与不分，不说出来，一切都由她来定，若说出来，她就没有那个决定权了……想到这儿，她感激地看了看师兄："好，我这就给他带回去。"说着，将三沓儿钱放进包里，又冲师兄点了点头，这才走出马家画廊。

走出了马家画廊，空气里到处都涌动着安全着陆的庆幸因子，程一品想给租户打个电话，让他赶紧腾房子，别耽误她"回家"。可是因为换了手机，没有租户的号码，她想了想，觉得必须亲自走一趟。可是包里装着一兜子现金,一生没有拿过如此多的钱,走出马家画廊不远,程一品的心怯怯地跳个不停,因为离家时没带身份证,看着一街两行星罗棋布的银行也没法存进去,思来想去,她决定先打的回程家画室,那里有蒋章,毕竟这些钱名誉上是属于他的,回到那里应该比较安全。

当时,蒋章正在看电视,见程一品推门进来,像是欢迎贵宾一般热情地站起来:"一品来这里一个多月了,辛苦了,今天晚上我请客!"

程一品惊愕地看着蒋章,一身笔挺的西装,再看保姆大嫂,上穿一黑色薄料的毛呢大褂,头上还戴了一圆顶小帽儿,正对着自己撇嘴。这个女人动不动就朝自己撇嘴,像是撇成了一种条件反射。程一品懒得理她,但看二人的装扮,好像严阵以待等她许久了。

不知道什么意思?

见程一品发愣,蒋章笑笑说:"没有别的意思,一是犒劳,二是补作迟来的欢迎宴。"说着抓起茶几上备好的皮包,也不征求程一品的意见,扭头丢给保姆大嫂一个"出发"的动作。二人前脚后脚,相继来到门口。看那不容商量的态势,程一品觉得像是在绑架自己,被迫跟退到了门外。

来到楼下的大奔前,保姆大嫂当仁不让地坐上了副驾驶,程一品只能惴惴地坐在后座上,看着前面两个人的后脑勺,如同隔布袋买猫,猜不出里面装的是什么。本来是盛请,可一路三人谁也无话,这让程一品更加忐忑不安,直到下了车,上来一群迎宾,抬头一看饭店的招牌,才知道到了"皇宫"。

五

"皇宫"是省城最为奢华的一家酒店,据说进得大厅,没有五千元以上是出不了大门的。当然,能来这里消费者皆非等闲之辈,个个揣着"目的"而来,自然就不能怕花钱。可蒋章为什么要在这里宴请她这个无名小卒呢？程一品猜不透，左手却下意识地抬了起来，捂了捂右腋下的坤包。

因为一直没有来过这里，一进大厅，程一品就觉得有点眼花缭乱，越看越觉得这假皇宫比真皇宫还真，到处都是镀金，墙面、物什，镀出一屋子的高贵，迎门处是一个皇上坐朝听政用的龙椅。

正在前头走着的蒋章，突然停下脚步，扭过头说："一品，上去坐坐，体会一下当女皇的感觉！"

程一品侧脸看看保姆大嫂，见她又在朝自己撇嘴，程一品低下了头，摆出一副软抗的姿态。

蒋章见程一品不好意思，也不再勉强，边走边说："今天你可是主角，有啥不好意思的？"

程一品一听更不好意思了，对蒋章说："让哥哥破费，我无功心愧也！"

"辛苦一个月了，怎能说无功呢？按说在你来的第二天，我就该摆欢迎宴了，只是这一段心乱，所以才推到今天，不过庆功宴和欢迎宴一块办了，也好。"说话间，三人已随服务员来到了电梯口。

一直上到五楼，三人随服务员鱼贯进入一间豪华大包间。包间很大，足有四间房大，程一品平生第一次见这么大的包间，大得让她觉得有点一望无际。进门处是一个大厅，放着"三二一"组合的紫檀沙发，款式就像她"嫁接"的那些画作，中国底，西洋面，靠北墙而摆。对面是唱卡拉 OK 的一套家伙，西边是一个能纳十几人的大圆桌。程一品想不明白，就三人吃饭，为何要包这么大的桌子？

不想，就在嘀咕间，鱼贯来了不少人，皆是省书画界的，有评论家、画家，也有书法家，因为都是熟人，程一品忙起身让座。

众人见到一品，关切地寒暄过后，有人说："今天，一品可是主角呀！我们都是来当陪衬的，你咋能站着？"说着，便欠了欠身子，给程一品腾出位置。

程一品见两边都是男士，中间就一个小空空，不好意思坐，笑笑说："我给你们倒水！"

有人一听不乐意了:“有服务员在,端茶倒水咋能轮得上我们的程大小姐! 快坐快坐!”

程一品为难地看了看蒋章,蒋章见状,忙起身说:“大家都到齐了,我看不如入席吧!”

话音落后,大家伙陆续起身,朝西边的饭厅走去。一个画家走到一品面前,拍了一下她的肩头:“今天你可是女皇!”说完便自顾大笑起来。这有什么好笑的? 程一品心里再次不安起来,只觉得背后好像有一个大家皆知、独有她不知的内容。是不是他们都知道“挂羊头卖狗肉”的事了,以杯酒释兵权的方式,在行怀柔之策? 想到这儿,程一品的心脏再次悬了起来,她抬眼瞟了一眼已经落座的蒋章。

不想,目光刚刚触碰到蒋章,就听到他招呼道:“一品,今天的主位是你的! 快过来!”

程一品乖乖地点点头,背着坤包朝主位走去。因为大部人都已落座,她也不再相让,一屁股落到主位上,暗想,今儿不管是鸿门宴,还是杯酒释兵权,是死是活就“顺其自然”吧! 想到这儿,她本想抬头放射一圈微笑,不想刚一抬眼,就看到对面坐的保姆大嫂又冲着她撇嘴。程一品面色不由一沉,将包从肩上取下,放在腿上,也朝对面放射一脸的“颜色”,暗想,本姑娘有钱了,从今以后再不愿意看你这张嘴脸了!

就在这时,旁边的蒋章举起杯子,在玻璃桌上很响地磕了三磕,起身道:“来,今天为了给一品庆功,干了这一个,咱们就开始!”

出于礼貌,程一品也起了身,手举酒杯,对着众人照了一圈,很大气的样子,说:“谢谢蒋章仁兄,只是不巧的是,我要辞职了。”

话音未落,场面立即凝固了,众人皆一脸诧异,不知道是什么芥蒂让她在这种场合大提辞职的事? 寻思间,就听程一品又急急地补充了一句:“真的,我真的要辞职了!”

蒋章很不自然地笑笑,站起来对程一品说:“今天咱们只讲相聚,不提分离!”说着,又将脸和杯子一齐磨向众人,“来,为咱们的一品妹妹再干一杯!”

那一天，两巡过后，酒再没了第三巡，两巡的酒席，从头到尾吃得有点闷闷不欢。

宴散人走后，服务员来结账，蒋章从包里夹出一张卡，冲对面的保姆大嫂说了一声："你去！"

保姆大嫂显然知道密码，因为她问都没问，接过卡便跟服务员出了门。这是一种什么样的关系？程一品来不及细想，因为蒋章冲她发问了："一品，哥哥亏待你了？"

程一品忙说："没有呀，我就是不想干了！"

蒋章很重地"噢"了一声："就算是不想干，私下和我说不行吗？"

程一品怔了一下，这才意识到自己说错话了，其实话也没说错，主要是说话的场合错了，本来是给保姆大嫂负气，不想话一说出来，却像在给蒋章办难看……想到这儿，程一品的脸"腾"地热了一下，忙说："对不起呀哥哥，我又说错话了。"

蒋章不满地翻她一眼，不再说话，场面再次凝固成一团，直到保姆大嫂再次推门而入，他才丢出一个询问的眼神，保姆大嫂见状，伸手将卡和发票一同递上来说："连上酒八千九。"

程一品一听，惊诧地瞪大眼睛，这才知道原来她背的全部家底，还不够吃两顿好饭……

六

很快，程一品回了自己的小房子，因为租房合同不到期，不得不以双倍退赔押金的方式，将租房户撵走。租房户走了，室里空荡荡的，什么也没有了。一圈家什置买下来，卖画所得，基本上花得差不多了。好在离开蒋家画室的头一天，她灵机一动，又朝马家画廊里送了一批货。

货，正是她在蒋家画室"养"了许久的拿手好戏，皆是中国心、西洋面的水墨画，当然，还有那一幅被蒋章称为超过西蒙的《吊在半空中的人》。马浩接过货，放在柜台上，一张张展开，又是半晌没吭，随后挤出五个字："最后一次了。"

马浩知道程一品辞职的事，这五个字一出，就像当年师父的那几个字"现在可以了"，一出口就在一个复杂的语境上，自然就有了意想不到的多义性。

程一品没有吭声。

马浩继续翻看，不想翻到《吊在半空中的人》时，表情突然愕然了，整个人像傻了一般，足足盯着那幅画作看了二十分钟之久。

看着师兄失神的表情，程一品仿佛看到了那一天的蒋章，虽然这幅画现在已经不再是她的，可她还是从师兄愕然的表情里，得到了她想要的内容——她多年苦读苦思的回报。

的确，马浩如何也没有想到程一品小小年纪竟有如此天才的思维：《吊在半空中的人》让他仿佛从里面看到了自己，不由感到阵阵隐痛……按说，如此绝妙的画作，如此绝妙的思考，真乃可遇不可求，但师妹她怎么就舍得?！想到这儿，他很想对师妹说："这一幅你拿回去吧！"可再一想，既然师妹舍得，他又何苦呢？再说师妹一直没有告诉他实话，显然是不想让他知道，他若自作聪明，主动挑破，又是何苦呢？师妹眼下缺钱，如果靠她的名气，靠"卖自己"度日，别说是吃饭，怕是喝水都不一定够……思忖间，马浩将货收起来，怅然若失了好一时，决定将这幅《吊在半空中的人》开价二百万，卖掉了当然最好，卖不掉了更好！主意一定，他抬起眼皮侧目瞟了一眼师妹，问："缺钱不？"

程一品笑笑："还能勉强吧！"

马浩一听就明白了，师妹这是决意要从头瞒到尾，想到这儿，他转身走出柜台，来到桌前，拉开抽屉数出两千元，朝桌上一放，望了望师妹说："这两千，你先拿去用！"

程一品见状，忙说："不用，不用，还有嘞！"

马浩又看了师妹一眼："可别谦虚，谦虚饿你的肚子。"

程一品意味深长地吐了一下舌头，怕待的时间长了，说露了什么，便匆匆与师兄告了别。

回到家里，程一品就病了。

几经折腾之后，包里所剩无几，依然没有看病的钱。没有钱看病，只能在床上熬着，她将窗户全打开，觉得只有出气，没有进的气，只得一次又一次伸着脖子，使劲吸气，可一切好像都是白搭，氧分子像包里的钱一样贫瘠……程一品一边在这样的空气里挣扎，一边想要去马家画廊把它要回来不卖了，可又一想，若是不卖，别说看病，连吃饭喝水都没有钱了——父母还没有教会她生存的本领，就撒手西去了。而自己埋头苦读多年的书，到头来，连给自己看病的钱都挣不来，如果父母在天有灵，不知道会心疼她，还是会责备她……想到这儿，她对着房顶，喃喃地喊了声："爸——妈——"泪腺像老蒋炸开的花园口，带着淹没中原大地的狠劲儿，一下子汹涌了三天。因为无力做饭，她中间啃了两包方便面，一边啃，一边想，如果那些挂着"羊头"的画再卖不掉，等待她的就是死去半年几个月后，被人发现尸体了的场景了。想到这儿，程一品突然想回家了，她几次拿起手机，想给哥哥打个电话，告诉他，她病得不能活了。

可就在她犹豫不决的时候，手机响了。

接了电话，她才知道画又被卖了个精光。程一品不知道买主是谁，只知道这一次再不用给哥哥打求救电话了。因为急需用钱看病，也没有多想，挣扎着赶到马家画廊。

到了店内，马浩看她面色不对，呼吸不对，忙问怎么了？程一品说没事。马浩担心地看了她好一会儿，没有给她现金，而是递给她一张卡，告诉她钱全部都在里面，并将密码写下来，递给她。马浩也没有具体说多少钱，程一品狐疑地看了师兄一眼，说："那我回去了。"

马浩点了点头。

回去的路上，程一品迫不及待地跑到银行，不想查询余额的数目一出来，"3"后面有一溜老长老长的"0"，吓得程一品的手直哆嗦，细细一数，竟是三百万，程一品有点不敢相信自己的眼睛，又数了一遍，还是三百万！

傻了！

父亲努力一辈子，也没有积蓄到这个数，不想自己“嫁接”十多幅画，就如此轻易地成了百万富姐，恍惚间，就觉得眼睛有点模糊，一眨眼，竟有两串子泪滴到取款机上，程一品不知是喜是悲，因为等着用钱，她取出五千元，刚一扭脸，又担心钱放卡里不保险，决定以最短的时间，将钱全部取出，然后放在家里，再把门锁换一下，就可以一辈子不愁吃喝、不愁看病打针钱了！想以这儿，她又扭身取了两万，走出银行，伸手拦了一个的，直接去了医院。

程一品住院了，身边没有人照顾，她便雇了一个全天医护，舒舒服服地被侍候了一个星期。出院那天，天气格外晴朗，她抬头看着像油画一样的冬日，暗想，这一次，她终于可以自立了，终于可以关起门画自己的画了。待哪一天时机成熟了，也搞个画展什么的玩玩，因为她有资本“玩”艺术了，不但有钱“玩”艺术，也有钱玩那些“评论家”了，当然，她也可以一辈子不理哥嫂了，因为她有给他们负气的资本了！

不想就在程一品暗自得意之时，突然接到省书协的邀请：蒋章要办画展，地点在东开发区的会展中心，时间是后天上午九点。

程一品看着电子邮件里的邀请函，暗想蒋章可真有钱呐！可叹完之后又觉得不够劲儿，又在心里补了一句：“一纸又一纸的别人，再开画展又能展出个啥名堂呢？”此话一出，像是对蒋章有着莫大的仇恨，但其实也没有，想起那一天蒋章花那么多钱宴请自己，程一品又突然有点内疚了。如果不是那一场宴席的费用刺激了自己，自己舍得卖掉《吊在半空中的人》吗？当然，就算自己的画再好，如果不是挂了人家的“羊头”，自己的“狗肉”再香，会有人问津吗？不是没有试过，投出去的那幅《吊在半空中的人》，不是早就被人“闲抛闲掷到野藤中”找不着了吗？——想到这儿，她更加有了歉意。但因为后天就要“走场”，时间紧迫，程一品顾不得多想，关了电脑，决定去街上溜一圈儿，买一身像样的衣服，给自己装装门面，也好用无声的言语告诉蒋章和保姆大嫂，离开蒋家画室，她程一品过得更鲜亮！

时间过得很快!

转眼到了画展这一天,程一品穿着一团火,七点半便开门出发了。因东区离家比较远,坐公交车还需转一趟车,至少也要一个小时。

程一品穿着红色的毛呢大褂,行走在省城冬天的寒风里,一路上惹来不少羡慕的目光。红色本是一个十分挑剔的颜色,因为是搞美术的,她自然深谙其道,稍有不慎,就会穿出一身俗气。但程一品与色彩交道多年,她在一团火上随意甩了一条黑色的围巾,红色毛呢大褂的下摆处,又留着一圈若隐若现的黑裙边,上下一照应,就将大俗色照应出大雅来。红色虽是暖色,可是一件薄薄的毛呢大褂却抵不住中原冬季的寒风,有点美丽冻人的意思了。当她来到位处东区的会展中心时,脸都冻紫了,胸口又开始闷闷不畅起来,她强打起精神,深吸一口气,朝展厅里横目一扫,发现里面只有十来个人,正围着映门的一幅画作观看,看得像是很认真,一个个一动不动。

整个场面丝毫没有预想的热闹。

程一品很是失望,她四下瞅了瞅,没看到蒋章,回头问了保安,这才知道今天已是大展的第三天了。

当然也是最后一天。

程一品头一懵,像是被人推进了梦境,恍惚间,她不明白省书协为什么要通知她第三天来,只是为了让她给这已经寂落的画展添添人气?程一品想着前天的场景,行走在今天的寥落里,心里荡开一股浓浓的失意,说白了,就是自己没名气,在人家眼里只是一个可有可无的小角色,用时唤来,不用时甩也不甩——可既然来了,还是认真看看这场羞辱自己的画展吧!也好再次证实一下到底差到何种地步!当然,刚好也能趁机暖暖冻僵的肺部。

程一品想着,又瞟了一眼背对着门口的那群人,他们仍在围观那幅画,有什么好看的?可再看他们一动不动的后背,一个个就像灵魂出了窍。程一品不想去凑那个热闹,也没有觉得蒋章的哪幅画有此等魅力,能让人看傻。想到这儿,她不屑地对着那群人的后背冷笑一下，自顾走到顶东头的一幅画前。

不想，人还没有走到跟前，眼睛里却飘来一团熟悉，仔细一看，程一品惊得险些窒息——

惊愕间，她又跑去看第二幅

第三幅

第四幅

……

程一品像疯了一般，喃喃地喊着："我的画！我的画！"

程一品的喊声越来越大，凄凉无助地打在一幅又一幅的展画上，像是在努力将它们震下来，可惜，掉下来的只有无力的回声，在虚弱地飘荡。

一个个观画者仍一动不动，像是都没有听到。

恍惚间，程一品仿佛看到头一天的画展场景——无数的人簇拥在那幅《吊在半空中的人》跟前，集体泪奔、呐喊……她扑向它，像是要用生命与它合二为一，一次又一次地努力……围观者恍惚看到有人从树上吊下，瘫倒在他们脚下，像一摊血……可惜，那时候他们一个个因植"入"过深，一时间像是从画里出不来了，只顾自哀自怜地流泪，已经连伸手去救别人的力气都没有了……

第二天的报纸上发了整整五版的画展消息和画评，总标题《水墨画的革新者》，并且将《吊在半空中的人》印发了出来，整整占了一版——所有的评论文章都在围绕《吊在半空中的人》论说乾坤——说来论去，《吊在半空中的人》就成了中国当代画坛上难得一见的精品——蒋章的价位，也在短短几天时间里，翻了十倍！

七

程一品昏倒在画展上，被抢救过来之后，有人用她的手机给她的哥嫂打了电话。哥哥接到电话，险些吓傻，只得让妻子带着自己一路飞奔到医院，推开急救室的门，找到昏迷不醒的妹妹，扑上去放声痛哭，哭声震荡着急救室的四壁，好像妹妹已经不在了人世一般，听得嫂嫂也禁不住潸然泪下。

还好，到了晚上，程一品醒了过来，她在病床上连连想了两天，决定要把“自己”追回来，她告诉哥哥把家里的那幅《吊在半空中的人》找到，拿到师兄的画廊里，能卖很多钱。

哥哥说都病成这样了，还讲什么钱?!

程一品不依，哥哥见别不过妹妹，万般无奈，只得照办。

可画还没卖掉，官司来了。

开庭那天，哥嫂也去了。刚刚出院的程一品站在被告席上，凄苦地咧咧嘴，扭脸朝旁听席里扫了一圈，没瞅见师兄，却瞅一个女人。那女人就坐在嫂嫂的后面，手里已经没有了什么黑色的塑料袋，因为袋子的秘密已经搬上了法庭——

很快，法院以“抄袭罪”宣读审判了结果：程一品包赔损失费三百零二万元。

听到这个数字，程一品冷笑了一下，斜了一眼不远处的蒋章，仿佛看到了一口深不见底的深井……师兄为什么没来，她不知道，反正退赔了钱款，她不得不再次将小房子出租出去。

八

程一品整天不下楼，天天呆坐在画板前，一动不动，像一具被人掏走了灵魂的尸体，一天一天复一天……

坐　忘

俺姑爷从师范毕业到八十岁彻底离开讲台，教书育人无数，扒拉扒拉一算，我们颍河镇有一半都是他的学生。可惜从他手里出来的学生，除了我草草念了两年高中，没一个考上大学的。可没有培养出一个大学生并不能代表我们的雷老师没有学问。因为他是我们陈州八卦协会的资深会员，坐忘的功夫颇深，像是得了阳明先生的真传，却不知道是否打通过内外？也就是说除了研究八卦，姑爷还常常坐在他家的小吃饭桌上“静坐”，静坐的目的自然是体认那门神秘主义的大学问。他七十六岁那年，曾写过一篇名为《静坐和预算》的论文，后来经我父亲推荐，刊发在我们地区文联的小刊物上。文章发表后，在我们那一带掀起不小的轰动。面对那场轰动，姑爷极为镇静，用他的话说就是：“老夫研究八卦和心学近五十载，若不能掀起一丝波澜，岂胜买根面条上吊乎？”

在农村，研究易经就是算卦，谁家的猪丢了，失主就会买上两包彩蝶牌香烟，毕恭毕敬地递到俺姑爷面前，嘴里还恭敬地喊着“雷老师”。姑爷觑了一眼递上来的香烟，又看了看喊他老师的那张嘴和那张脸，想了起来，原来是某某届的一个学生。学生来求他，他自然认真，掐指一算，给学生指点一个方位。失主一听，二话不说，丢下那两盒彩蝶牌香烟，拔腿便朝俺姑爷指点的方位找猪去了。到了之后，果不其然，那头丢失两天的老母猪正领着它的一群儿女在那里“哼哼”地拱地呢！谁家的羊丢了，也会拿两盒香烟来找俺姑爷推算一番。羊在俺姑爷神乎其神的卦象中，自然也会失而复得。

找到了猪，找了羊，邻居很是好奇，便问失主：“咦，咋又找到了？”

刚才还喊俺姑爷“雷老师”的失主，朗声回答道：“让‘雷神经’给算回来的！”

如此一来，俺姑爷“雷神经”的称号就被传得越来越神，连生儿生女这等隔布袋买猫的事也多来找他。不想，俺姑爷还真中，他看了看那些求子心切的乡邻，又眯起眼睛，掐指一算：给你写上一个小纸条，上面写有时辰，让你们几月几日哪个时辰行房事。果不其然，十月怀胎之后，生出来一看，还真是一个大胖小子。

也就是说，很有学问的姑爷，除去教书一塌糊涂之外，处处有超人之处。比如他说话，我们颍河镇的七里八乡，数他肚里的词汇最多，张口就是古语，合口就是书面语言，拖着腔，拉着调，不像是说话，倒像是戏台上书生在念白。再比如说，逢到他管不了的事情，他总会大喊一声“息见了”，扭身走人。当时我并不明白“息见了”是什么意思，但从姑爷扭身走人的细节来看，我又能懵懂窥之一二，只是不得深意而已。再比如，他喊他儿子，都是以“卧龙大先生”称之，我也不得深意。反正在我的记忆里，姑爷像是活在时间深处，又像是静坐在一个时空混然的虚境里，仿佛不食人间烟火。用俺奶奶的话就是：“好在他整天神神经经的，要不然就他家那一摊子，愁都能愁死人！”

姑爷一直在体认那门常人无法通透的大学问，所以几十年如一日。他每天都要静坐上几个小时，时盘腿而坐，时扎马桩而立。逢到这个时候，最倒霉的便是那位四处爬行的大表叔了。

这位大表叔，也就是俺姑爷嘴里常说的“卧龙大先生”。

因为爬行体力消耗大，大表叔一天吃六七顿饭，还时时饿得哇哇乱叫。平时还好，若逢到俺姑爷在小吃饭桌上坐忘，大表叔就倒了大霉，不敢轻易上前捣乱，可不去又不中，因为饿得实在没办法，只得爬过去轻轻拽拽他爹的裤腿，再轻轻喊一声：“爹，我饿。”

连喊几声，姑爷一动不动，仿佛没有听到一般。

大表叔见无法将他父亲从那个“天人合一”的悬空处拉回来，只得无奈地饿着肚子趴在地上等。

姑爷收了架势，睁开眼睛看到匍匐在他脚下的大儿子，先是一惊，随后便拖着戏腔问道：“刚才恍惚之间，仿佛听到我儿喊饿？”

我大表叔抬着饥饿的眼睛说：“正是，爹爹。”

姑爷站起身来，说：“卧龙大先生少安毋躁，为父这就去给你开炊做饭。”

大表叔说：“好的。”

俺姑爷像唱戏一般说完后，就一头钻进了灶屋。当时家家户户都烧煤了，姑爷家依然用着地锅。他一边烧锅，一边擀面条，上上下下地忙活，填了柴火，又急忙大步流星地走到案板前，拿起擀面杖三下五除二滚动几下面，随后又急忙跑到地锅门处，朝里扔两把柴火，然后又去擀面……俺姑爷厨艺很糟，糟到让人看到他们的一日三餐眼圈泛红。自从俺姑奶去世之后，他们家除了白水下面条，几乎没有吃过第二种饭。

不一会儿，一碗只放了盐的白水面条就被俺姑爷做好了，面条薄厚不均，刀功大头小尾……但俺姑爷看着热气腾腾的一锅面条，兴冲冲地走出灶屋门，拖着嗓儿对着卧龙大先生高叫一声：“饭好了——！”随后弯腰从灶屋的窗台下拣起大表叔的专用碗筷。自从俺姑奶奶死了之后，大表叔的专用碗筷就不曾再洗涮过。白白的面条倒进他碗里，周边的灰尘很快晕开，就像浇了一圈儿酱油。姑爷把面条盛好，给他儿子端出来，客客气气地喊道：“卧龙先生，饭好了，粗茶淡饭，莫要嫌弃，你慢慢享用。为父还有其他事要忙。”大表叔爬到饭碗前，回头对他爹说：“好的，爹，你去吧。”然后便开始狼吞虎咽地享用他爹的厨艺。

俺姑爷这个百能百巧之人，不想家门却极为不幸。因为俺姑奶一连给他生了四个孩子，个个都不如人意。第一个孩子，也就是那个四处爬行的大表叔，是一个天生的瘫子，坐立不起，每天在地上爬来爬去。第二个孩子，也就是俺的大表姑雷兰儿，是一个脑瘫患者，年过不惑了，智力还不及三岁的孩子。当初俺姑奶奶让她远嫁他乡，后来，这个表姑因在婆家突遭一场大难，又被强行救了回来，从此以后，再也没有离开过家。他们的第三个孩子，也就是俺的二表叔，本来无疾无恙，不想到了两岁害了一场大病，得了小儿麻痹，两只腿细如麻秆，站立不起。俺姑爷便给他特制了一个带四个小滚轴的椅子。他天天手拿两根木棍，坐在他爹给他特制的椅子上，两根木棍朝地上用力一捣，小椅子的四个滚轴就哗哗啦啦地滚动，自由自在地"翱翔"到任何他想去的地方。最后一个孩子，也就是俺的三表叔，天生痴呆，和他的姐姐一样，成了我们童年时代戏弄的对象。

俺奶奶说，恁那几个表叔和表姑要不是有毛病，肯定都能去当电影演员。

这话不假，正是因为长相出众，我那个天天坐着小滑骑的二表叔，还有过一段风流韵史。当时我二表叔正值青年，有一个姑娘被他英俊的相貌迷得神魂颠倒，不顾家人的强烈反对，硬跑到了二表叔家。可二表叔一家的情况实在太糟糕，那姑娘也体悟出结婚原来是过日子，而不是天天闲着没事干，光瞪着眼珠子看我二表叔那张漂亮的脸庞，不但要天天照顾公婆，还照顾几个残疾的兄妹，一天两天能过，时间一长，心怀浪漫幻想的姑娘就受不了了，压着性子在我姑奶家熬了半年，等幻想彻底被糟糕日子粉碎，便飘然而去。

为此，我二表叔曾伤心地写过一首诗歌，发表在《陈州文艺》上，拿到三块钱的小稿费以后，便激起了他当作家的雄心壮志，天天伏案创作，一心想来个一举成名，让当初那个弃他而去的绝情女人悔之又悔！可惜，从他发了偶然得之的处女作之后，写作水平一直没有多大的进步。天长日久，书稿摞在一起有五米多高，却没有发表过一篇，这让他甚为苦闷。当然这都是陈年旧事，现在的二表叔继续当着他的光棍，继续大搞着文学创作。有一年，他孜孜不倦的创作精神被俺爹宣扬了出去，还荣登报纸，引起很多人的震动和同情。

比起二表叔，俺大表叔的状态就惨不忍睹了。他一天要吃六七顿饭，还喊着饿。俺姑奶奶活着时，天天骂他是饿死鬼托生的。大表叔听到母亲骂他，就会委屈地流泪，那些干净的泪水常常把他的脏脸冲出一道又一道的黄印儿。后来，他娘死了。他爹从来没骂过他，只要他爹在家，他一说饿，他爹或快或慢，都会赐给他一顿饱餐。逢到他爹不在家，他就爬到俺家或俺二婶家要点残汤剩羹果腹，没有剩汤剩菜时，接着两个硬馒头他也高兴得不能行。

可能是因为大表叔长年在地上爬行，身上的湿毒太重，没过五十就一命呜呼了。在他断气的当儿，俺姑爷没哭，而是如释重负地说了一声："卧龙大先生已去，为父我终于息见了一个！"

俺姑爷之所以喊他的爬行大儿子为"卧龙大先生"、称他那位坐轮椅的二儿子为"卧龙二先生"，实因爱子之心太浓。在他眼里，他的儿女们一个比一个出众健全。比如我那个智力不及两岁孩童的表姑，曾经远嫁他乡。过门没多久，他婆家的人想让这个傻媳妇变得正常一些，就请来巫师看一番。那巫师在院子里环视了一圈，又围着俺表姑左左右右地转了几圈儿，硬说俺那位患有脑瘫的表姑有水鬼缠身。既然是水鬼附身，就必须用火攻才能降伏灭之。她婆家的人因救媳心切，一听这话，立即在巫师的指点之下，把俺表姑五花大绑架在熊熊烈火之上烤，以此想驱走附于她身上的水鬼。

俺表姑凡胎肉体，不胜火攻，在熊熊大火之上被烤得鬼哭狼嚎，惊动了四邻八舍，纷纷跑来看驱鬼奇观。不知道俺表姑在烈火上号哭了多久，大队支书才闻声赶到，驱散了看奇观的乡邻，强行制止了这一野蛮行为。如果不是支书出面制止，俺表姑很可能就被烤死了。消息传来，俺姑奶奶心疼得死来活去，立即瘫软在地。

俺姑爷顿时不知所措，急忙跑到娘家搬救兵。

俺爷爷当时还年轻，一听这情况，急忙动用他镇长的身份，把他那位满身燎泡的外甥女从婆家强行接了回来。

姑奶看着满身烧伤的傻女儿，悲痛欲绝，号啕大哭。

姑爷在一旁气愤得不知所措，也心疼得不知所措，说："我女兰儿本是大智若愚，哪里有什么水鬼缠身？如此野蛮不化之行径，真该是千刀万剐也难解民愤！"

从此以后，姑爷便热衷起了"中虚无物，旁通无穷"的坐忘功夫，日夕勤修，不曾中断。只是他静坐的地点不是什么洞，也不是什么窑，一般都在他家那张小吃饭桌上。那张小吃饭桌有些年头了，没漆，尘灰和饭渍已吃进木头里，原木色的饭桌便成了灰黑色的。多少年之后的一天下午，俺姑爷正在那张灰黑色的饭桌上定心息念，不知何时，像是突然静定出了什么不祥，只见他双目一睁，大吼一声："我女兰儿——"急忙跳下小桌，踉跄着腿脚夺门而出，边走边哽咽地呼喊："我女兰儿——！我女兰儿——！"

原来那一天，横卧在我们颍河镇南边的那条大河涨了大潮，顺着大水从上游漂来很多很多的宝贝，有鱼，有菱角，还有死猪和死羊。可以说我们颍河镇的居民每年都要因涨潮而发一次或两次小水财儿。面对大水冲来的水财，我们颍河人一般都是倾巢出动，有网的人家用网，没网的人家，竹篮子也派上了用场，紧要关头都是八仙过海各显其能。每次涨潮，河道里都热闹非凡，大鱼小鱼，被我们逮上一网又一网，挖上一篮又一篮，直到大水退去，我们才拖着疲惫身子，背着满载而归的鱼鳖虾螃从河道里爬上来。就在我们气喘吁吁地爬上河堤时，抬头看到俺姑爷火急火燎地迎面跑来，他茫然而又急切地问着成群结队的人们："诸位可见我女兰儿？"大家也茫然地看着他，愣了很久才恍过神来，知道大傻瓜雷兰儿丢了。这时候，有能人对俺姑爷喊道："你老雷能掐会算，你女儿丢了，你一算不就知道了？"俺姑爷那时候已经急得面色苍白，嘴唇抖着："情急之下，老夫哪里有掐算的闲情！不要再说笑了！"说完，他便跌撞着朝河道里跑去，边跑边喊："我女兰儿！我女兰儿！"

一直到了掌灯时分，俺表姑也没有露面。

我们全家人一见这情形，也顿时慌了神。后来，随着俺爷爷的一声令下，我们全家老少齐动员，开始漫无边际地帮我年迈的姑爷寻找她那位大智若愚的女儿——雷兰儿！

在我们疯狂寻找兰儿的当儿，俺爹跑到大队办公室，说明来意。支书一听事关重大，急忙打开大喇叭，用手指弹了弹麦克风，随后便让位给俺爹。俺爹趴在麦克风前，大声广播："喂喂，诸位乡亲请注意！诸位乡亲请注意！下面广播一则寻人启事：雷万庭老师的女儿雷兰儿已经走失整整一天。她父亲年岁已高，经不起失女之痛，现已卧病在床，望各位乡亲多加注意，多多帮忙，见到雷兰儿者，请速与雷万庭老先生联系，有奖励，有奖励！”

俺爹在大广播里将“寻人启事”连喊了三天，我们一帮人也漫无边际地寻找了三天，还是没见到俺姑爷的那位大智若愚的女儿——雷兰儿。

不想就在寻找雷兰儿多日无果时，派出所里突然传来消息说下游项城的某乡出现了一具浮尸。我们一听，知道大事不妙。于是我的几个叔叔便慌忙带着俺姑爷前去辨认。到那里一看，浮尸果真是俺表姑——雷兰儿。那时候，她的衣服早就被大水冲掉，赤身裸体地横躺在地上，全身泛白，身体被水喂得肥肥胖胖。姑爷看到她女儿，老泪“唰唰”落下，边哭边说：“我大智若愚的兰儿也去了，为父又息见一个！”

埋了雷兰儿，俺姑爷已年近九旬，我那个对文学痴心不改的二表叔，此时也已年近花甲，照旧和他那个年过四十年的傻弟弟一起，天天吃着他爹的白水下面条。

有一年，我回到故里，特意去探望了我那位年过九旬的姑爷。当我踏进他家庭院时，看到姑爷正在打坐练功，不敢打扰，悄声绕过他，进屋去找我那位伏案写作的二表叔。二表叔那时候也已经年过花甲，一看到我，苍老的脸上一阵激动，拉着我的手问长问短。他问我是不是也开始写小说了？我说：“我生性爱动，坐不住，偶尔写点拿不出手的小东西，也是三天打鱼两天晒网，比起您的敬业和执着，我对文学深感惭愧呀！”他说：“哪里哪里！你家学渊源，算是科班出身，比起我这个野班子，不知幸福到何处了！”我说：“我志不在文，又胸无大志，只是略为喜爱，偶尔拾起一解技痒罢了。”说完，我突然想起了什么，问道：“姑爷近来可好？”我表叔说：“他身体好着呢！不像我整天疾病缠身。”我说：“姑爷能活到这般岁数，真是让人羡慕。”俺表叔一听，眼圈陡红，哽咽道：“有什么好羡慕的，他不还是为了我们兄妹几个天天有顿热饭吃。”

正说着，俺姑爷不知何时已经闯入，看到我，他兴致勃勃地喊道：“刚才恍惚间听到室内有人攀谈，疑是幻觉，不想竟是老夫的爱徒登门！爱徒何时回的故里呀？”

我看到姑爷，急忙起身，说，“刚回来，这不看您老来了。俺爸让我给您捎回几瓶小酒。”俺姑爷一看桌上的宋河粮液就抓起来，咂了咂早就没牙的嘴巴叹道：“好酒好酒，令尊现在名声日渐震耳，不想竟然还没忘记我这个老姑夫，遇到这样的贤侄真乃老夫三生有幸！待爱徒回去，请转告令尊，老夫一定会细细品尝他的好酒！”

不想就在我回乡的第三天中午出了一桩大事。

那一天，俺姑爷忙上忙下做好午饭，给卧龙二先生盛了一碗，抖抖擞擞地端到院子里，朗声大喊：“饭好了！清炖鲤鱼一碗——！”就在俺姑爷把白水面条递给二表叔手里时，突然发现三表叔没有回来，他的两只老手在衣襟上抹了抹，又朝门口望望，对卧龙二先生说：“我儿慢用，为父出去寻寻你弟纯儿！”

自从我表姑落水惨死之后，每到吃饭只要雷纯儿不回来，俺姑爷就无法进餐，空着肚子、蹒跚着老腿四处寻找，边找边喊：“纯儿，纯儿……”找到了纯儿，俺姑爷就会很高兴地牵着他回家，随后再一道进餐。如果寻不到雷纯儿，俺姑爷就会含着老泪，独自盘坐在小饭桌上，定心又息念。好像不那样，他苍老的身心就承受不了等待的煎熬一般……直到卧龙二先生划着小椅子走过来把他推醒，他才睁开眼睛。看到安全回来的雷纯儿，他往往会如释重负地长吁一声，随后双手合十，对天长叹说：“感谢上苍，我儿安然无恙，老夫心中的石头就落地了！”说完，他仿佛年轻了十几岁，腾地跳下饭桌，步伐稳健有力，钻进灶屋，把白水面条重新热上一热，盛好端出来，嘴里还唱着：“饭好了——！馄饨半锅——！”喊得一脸喜醉。

可那一天，俺姑爷蹒跚着老腿，沿着半条街喊了好几圈儿，也没找见雷纯儿。万般无奈，他只得悬着心蹒跚而归，收拾完卧龙二先生的碗筷，盘腿坐在饭桌上，开始闭目练功，坠入忘天忘地的恍惚境地里等他的傻儿归来。

我二表叔当时并没在意，看他爹又不吃饭，便劝道：“爹，你先吃吧，我弟饿了自然会回来的，您不需太挂念！”

那时候，俺姑爷已经进入天人合一的境地，没有接卧龙二先生的腔。

这一功练的时间很久，大概有四五个小时，时间在天人合一的境界里不知不觉间来到了半下午。不知何时的一瞬间，俺姑爷又像是静定出了什么不妙，突然睁开老眼，惊恐地扫了一下院子，不见雷纯儿的身影，暗叫一声："大事不妙！"喊完，便急忙跳下饭桌，踉踉跄跄跑出院子……

大概夜间十一点钟，我看书看累了，正要关灯入睡，不想突然听到街筒子里传来一阵凄凉而又浑浊的呼声："纯儿，纯儿……"

那喊声苍凉无比，痛心无比，听得人禁不住一阵惊慌，我忙穿起衣服，又唤醒俺奶和俺爷："快，俺三表叔不见了！"因为等不及他们，我便先独自来到街上，追上姑爷，问他怎么回事。

路灯下，姑爷已经老得不成样子，脸上的五官被皱纹挤压着变了形，凸起的双目成了三角形，松垮的眼帘遮蔽着他大半的眼珠，没牙的嘴巴如同一口深陷的泥潭。看清是我，姑爷那口深陷的泥潭便是一阵悲切又无助的高喊："我儿，我儿……"

看着惊慌到醉态的姑爷，我无须再问已经明白，忙搀扶着他劝慰说："姑爷不需挂念，小表叔可能是迷路了，不会有什么大事，我先送您老儿回家！"

对我送他回家的建议，姑爷没有反对，顺从地让我搀扶着他。

搀扶起姑爷，我觉得他的身子已经因为惊慌陷入瘫软状态，整个身体的重量几乎都压在了我的胳膊上，我感到有些吃力。不过还好，不一会儿俺爷和俺奶追了上来。看到俺姑爷浑身哆嗦，俺爷红了眼圈，用手背揉了一下眼睛，走过来挽住姑爷的另一只胳膊。

我们一行四人走进雷府小院时，大概已经深夜十二点钟了。一进小院，姑爷摆脱了我们的搀扶，跌撞着走向小饭桌，又略显吃力地爬上去，盘腿坐定，闭上了眼睛。

二表叔听到动静，从屋里滑出来，看到我们，又朝后瞅瞅，没见他弟弟，焦急地问："没找到？"

回答他的是一片凝重的沉默。

不知过了多久，俺奶说："让恁爹进屋睡觉吧！坐在院子里不是事，夜里凉……”

二表叔打断奶奶的话说：“就让他练吧，这样他会好受一些！”

听二表叔说完，俺奶奶还想说什么，但没说，抬头看看夏季夜晚的苍穹，不知是茫然，还是在替我可怜的姑爷默默祈祷，足足看了五分钟之久才回过神来，瞥了一眼出世寻仙的“雷神经”，对俺二表叔说：“明天我让恁表弟去大喇叭上喊喊……”

那时候，二表叔因力不从心感到十分内疚，他变成了一个无助的孩子。只见他在滑椅上长吁一声，眼含泪花，嘴唇抖了几抖，叫了一声：“妗子——！”便无语了。

姑爷家在颍河镇是孤门小户，就我们一家门弟尚近的娘家亲戚，再无其他亲戚所依。姑爷是一个书呆子，碰到大事，除了酸醉、急醉和慌醉之外，便是无措了，除了喊一声“息见了”，他仿佛再没有别的本事，所以凡事都得俺爷俺奶替他出头。

第二天早集一上来，俺四叔跑到大队办公室，敲着麦克风喊道：“广大社员同志们，广大社员同志们！请注意，请注意！下面播放一则寻人启事……”

俺四叔在大广播里播报寻人启事时，俺奶让我给姑爷送早饭。我右手提着红薯稀饭，左手拎着油条和馒头来到雷府小院，看见姑爷仍盘坐在小饭桌上，双目微闭，一动不动，看那姿态，好像从昨天晚上就没有动过。

伴着四叔嘶哑的嗓音，我小心翼翼地走过去，看到老姑爷沟壑纵横的面颊上滚落下两行泪珠。我的鼻头一酸，眼圈陡红，心想，姑爷真是老了，惜子之心越来越浓了！先前大表叔去世的时候，他轻松地说了一句：“卧龙大先生一去，为父终于息见了一个！”表姑兰儿惨死时，姑爷哭得一塌糊涂。现在三表叔只是下落不明，他就已经紧张到无法面对了。看着那两行老泪，只觉得他哪里是在坐忘？哪还有什么能力钻进那个悬空的境地？此举纯粹是在忍受煎熬，更准确地说应该是在用他独特的方式逃避，只是脸上的两行泪水让他的逃避显得很是徒劳！

中午俺奶又让我给他们爷俩儿送来饭菜，我走进小院，小声问二表叔，早晨姑爷吃饭没有？二表叔一脸沉重地摇摇头。

姑爷一直一动不动地坐在小饭桌上，脸上的泪痕早已干了，苍老的身子就像一个木乃伊，没了生息。我扭头看看二表叔，发现他一脸的凝重，正唉声叹气地看着他的老父亲……

姑爷不吃不喝，徒劳地朝那个“忘我”“悬空”的境地里硬钻硬拱。往日那个任他自由进出的“悬空”之地，如今却对他堵起了一道厚厚的城墙，他的灵魂在那道厚墙上碰得头破血流，可他还在挣扎着朝那堵厚墙上撞，力图钻进那片“虚空”，可一连撞了两天两夜，姑爷的灵魂都快撞碎了，也没钻进去……

噩耗终于传来，三表叔雷纯儿掉进了颍河一中的大粪池里淹死了。

颍河镇一中的大粪池有两米多深，四四方方，宽长数米，储存着两千多个学生的粪便和尿水。

三表叔被打捞上来时，颍河镇一中的校园里立即弥漫起呛人的臭气儿，想必除了满身的屎尿之外，肠胃里肯定也灌了不少。因为臭气太浓，前去看稀罕的乡邻无不紧捂鼻孔。

消息传到雷家，俺姑爷如“死”了一般的身子、撞散的灵魂终于在那个夏季的上午蠕动了一下，透出一丝生的气息。

我忙走上去，想把他搀扶下来，不想他仍紧闭双目，举起右手，止了我说：“这一次就让老夫彻底息见吧。”

我一听吓了一跳，以为俺姑爷要自寻短见随儿西去，禁不住失声喊道：“姑爷，你不能想不开呀！”

姑爷没有回应我焦急的呐喊，他正了正身子，收掇了一下撞散的灵魂，再次朝那片围着城墙的“虚空”撞去。

雷纯儿臭气熏天的尸体运回来时，有不少乡邻都想让姑爷与他那位惨死的小儿子告个别。可无论如何喊他，他都一脸的肃静，一动不动，像个槁木。俺爷爷见唤不醒他，便阻止说：“我姐夫年事已高，就别再勉强他告这个别了！”

俺奶奶听到这里，像是悟出了比生死离别还深的大悲，一屁股坐在地上，拍着地失声痛哭：“我可怜的老姐夫呀！”本来是我三表叔的葬礼，不想被俺奶一哭一喊，像是成了姑爷的葬礼。

众人听着俺奶奶的悲呼，看着盘腿打坐一动不动的“雷神经”，无不垂泪抽泣。

三表叔从淹死到打捞上来已经三天了，因为天热，腐尸的迹象已经很严重，再加上他满身满肚的屎尿，让前来帮忙的众乡邻嗅觉难驾。几个长辈商量了一番，决定立即入殡，免得化了尸。

因为葬礼太仓促，整个小院里人来人往，如同乱麻，唯有俺的老姑爷微闭双目，盘腿而坐，一动不动。

俺奶奶看着雷纯儿满身的屎尿，不想让他走得太肮脏，无论时间追得多紧，她还是决定给她这个近门的外甥洗个澡，换身衣服，让他干干净净地走……可尸体已经腐烂，再加上一身的臭死，别说是洗澡，稍走近一些，臭气就打鼻子。万般无奈，奶奶只得找来几块破布，勒上鼻子，让几位前来动手协助她的男劳力也勒上鼻子，随后又找来一个大澡盆，算是给死得极为肮脏的雷纯儿洗了个澡，随后又给他僵硬的尸体换了一身干净衣服……看着雷纯儿干干净净地躺在棺木里，俺奶奶这才如释重负地哀叹了一声。

直到三表叔的棺木抬出小院，姑爷才睁开双眼，示意让我扶他走到门口。

那时候已是傍晚时分，看着送葬队伍中间的那口没有花架子的白色棺木，姑爷的眼里滚出两行悲泪，抽了一下鼻翼问我：“爱徒，我儿小纯儿真的已去？”

我看着可怜的姑爷，嘴唇抽动了几下，泪水滚滚而落，不知该说什么，只能陪着姑爷流泪。

埋葬了雷纯儿，姑爷又不吃不喝静坐了两天两夜，终于，闹腾出一场大病。

当我四叔把他送到医院时，他躺在架子车上，哭哭泣泣地大喊大叫：“老夫大限已到，死不足息，可老夫膝下还有一卧龙先生等着吃老夫的清炖鲤鱼呀！”姑爷的声音很大，很悲，也很酸，好像要让阎王爷听到他的呐喊，放他一马似的！

姑爷这一病，病得真是不轻，奶奶爷爷几乎要给他准备后事了，不想在医院一连挂了半个月的点滴，他又返阳过来了。

出院那天，他对俺爷爷说："贤弟呀，老夫早就给自己合过八字，阳寿只有区区九十八年，今天返阳多亏贤弟搭救！可时下刚入仲夏，剩下的半年老夫随时都会一命呜呼！若老夫撒手西去，我儿再难吃上清炖鲤鱼……劳烦贤弟施给他一点残羹寡粥，也好让老夫在九泉安息……"

俺姑爷酸醉了一辈子，俺爷爷最讨厌他满口的书面语言，没理他。

俺姑爷一直焦急地等着俺爷给他个口头承诺，哪怕是微微的颔首也好。可俺爷爷就是不搭理他，心想我怎么可能不管我的外甥？但他就是懒得给这个神神经经的老头子什么口头承诺。

从医院里出来，俺姑爷等了一路，也没有等着俺爷爷的回应，期待的眼睛不知道什么时候好像没了魂儿……

可那一年，俺姑爷提心吊胆地活到了大年三十的晚上，也没等来"一命呜呼"的场面。这让他高兴得不知所措，摇头晃脑地对着他儿子说："儿呀！为父研究《易经》数十载，难道也有错算的一笔？"

卧龙二先生见父亲没事，自然也很高兴："那可不？神仙还有不灵的时候呢！何况爹是一介凡夫……"

一转眼又过了二三年，颍河镇的故人一茬儿一茬儿地疾速离世，只有我那位一百多岁的老姑爷还在生龙活虎地活着。

俺奶奶常说："也不知道是什么心劲儿在后面支着他，他越活越兴？"

时间很快到了 2009 年的春天，卧龙二先生不幸得了癌症，到了七月份就卧床不起了。

因为得的是癌症，卧龙二先生到最后几个月天天浑身乱疼，姑爷听不得儿子呻吟，便把所有的积蓄都拿出来，给二表叔挂点滴止疼。尽管如此，还是免不了他的痛苦，老姑爷看不得他儿子那一脸的痛苦相，每次忙完都盘坐在小饭桌上，自吟一声"息见了"，便眯起了双眼。

二表叔昏昏沉沉地挂着吊针，俺姑爷则在小方桌上坐忘。

只是那时候姑爷坐忘功夫大不如从前了，只要听到他儿子一声哼唧，他便立刻睁开眼："我儿又有何事需要为父相助？"

我二表叔说："爹，我想尿！"

姑爷一听，急忙下桌，将床底下那把医用尿壶抽出来，送到床上。待卧龙二先生尿完，俺姑爷又蹒跚着腿脚把尿液倒进旱厕里，回来对他的二儿子说："卧龙二先生真乃神体，倒尿时为父从未闻到臊气。"

二表叔忍着剧痛，苦笑说："不是孩儿的尿不臊，是爹的鼻子瞎了！"

俺姑爷听得此言，恍然大悟，屈指算了算，噢，原来今年他已经102岁了，禁不住大叹："难怪，难怪呀！"叹完，他又重新爬上小桌，喊了一声"息见了"，接着坐忘。

在二表叔病重的几个月里，俺老姑爷没日没夜地守在他儿子旁边，二表叔因为腿脚不便，床铺一直在客厅的方桌旁边。他病危卧床之后，他爹便把小饭桌拉到他床前，日夜盘坐在小桌上，连卧龙二先生都分不清他爹是在睡觉还是在练功。

卧龙二先生大限将近那几日，俺奶和俺爷轮换着去看他爷俩儿。

2009年10月的一个下午，俺奶刚踏进雷府小院，就感到一阵隐隐的不妙。因为那一天，她没有听到卧龙二先生的呻吟声，进得屋去，果然一片死寂，墙上的点滴瓶子已经静止不动了。

俺奶见状，急忙走上前去扒卧龙二先生的眼皮，扒开一看，发现他的瞳仁扩散，身子也僵硬了，想必已死去多时。

奶奶本想叫醒盘坐在小桌上的姑爷，可连喊了几声，都不见姑爷应声。俺奶奶以为百岁老人睡着了，便上前想把他推醒。

不料，俺奶刚一伸手，就看见俺姑爷的身子像枯树桩一歪，"呼嗵"摔在地上。此情此景，给俺的老奶奶吓了一跳。急忙走上前，用手掰开百岁老人的右眼，发现瞳孔也已经放大。

俺奶奶松了手，直起身，对着她的老姐夫长长地吁了一口气，叹道:“老姐夫呀,你喊了一辈子息见息见,这一回终于如愿以偿了!”

在农村死了人,必须得找人算一算死者何时灵魂出壳,亲人们好外出躲一躲,以免被冥火误伤了身子,这一习俗称“打秧”。也就是说打秧人所说的“秧”字,就是死者的“灵魂儿”。很显然“打秧”一事,也浸染着常人摸不透的神秘主义。

那一天,打秧人给雷家父子算“出秧”时辰时,面色大骇,惊恐地望着俺奶和俺爷说:“老雷的秧已经走四年了!”

俺奶俺爷一听,也陡然一惊,四年?四年前不正是他大喊着“大限已到”,缠着俺爷给他许诺的那一年吗?

活期存款

一晃都一年了，当初孔宪英一个月一千块钱的许诺，至今没有兑现一分。先前想起这事，六十八岁的许桂兰还略为不满，后来再想，也就兀自一笑了。

七十三岁的孔宪英脑子充过血，好是好了，可半拉脑子毕竟坏掉了，行动一直利索不起来。本来她想去老年公寓，可就是找不到那个签字人。其实也不是找不到，只是不愿意去找罢了。用孔宪英的话说闺女毕竟不是亲生的，骨头还没打断呢，筋就断了。每每想到这个继女，孔宪英就忍不住在许桂兰面前落泪："妹子，从一岁呀！就这么长一点，我把她一点一点地拖大……没法说，坏良心！"

孔宪英和继女闹僵，是因为孔宪英眼下住的这套两居室。这套房本来是老伴留下的，按说该给女儿，可是孔宪英不想给，为防节外生枝，她早早立下了遗嘱，将房子给了娘家侄子。不想这一来，算是彻底得罪了女儿，几经大闹无果，便放言断绝母女关系，从此断不往来。虽然口头上断绝了母女关系，可孔宪英的法定监护人还是继女，继女不签字，老年公寓不收人。一拖再拖，孔宪英去老年公寓的念想便断了。

侄子呢？并不是孔宪英所愿望的那般孝顺，简直是铁毛老公鸡——一毛难拔。可这只铁毛老公鸡的嘴巴倒是甜得让人心碎，整天姑这姑那的许诺，哄得孔宪英心花怒放。直到孔宪英中风进了医院，才真正见识了侄子的为人。医疗费侄子死活不肯掏一分，逢到护士催着让交钱的当儿，皆是一口一个姑夫地喊老秦："姑夫，人家让交钱了，你咋还不去？""姑夫，赶快去交钱！"回回听到这话，躺在病床上的孔宪英都气得面色发青。老秦是孔宪英的半路夫妻，也近八十岁的人了，东一头西一头地在医院侍候了孔宪英近一个月。因为没有领结婚证，一场脑溢血的花费将那老家伙吓跑了，孔宪英人还没有出院，老秦就从她家里搬走了，草草结束了十多年的同居生活。再往后除了隔三岔五地像走亲戚一般来看看她，再也没有了更深的交情。

老秦吓跑了，侄子又靠不住，孔宪英本想回头笼络继女，可惜为时已晚。继女开罪罢了，若再拐回头去重写遗嘱，心里毕竟有了沟壑，也不见得会比侄子好。

这样一来，孔宪英算是八面难靠了。

从医院回来，孔宪英一连找了几个保姆，皆因拖欠工资，逼着人家一个个拂袖而去。有一个性情暴戾的，临走时一把将孔宪英脖颈上的金项链夺走，因为用劲儿太猛，金项链断了几截，痛得孔宪英眼泪直掉，可也没说什么，抚着脖子揉了又揉，也算是结了工钱。另几个倒是空手走的，找到了新主家后，还不忘三天两头跑回来缠那几个工资钱。有两个心软的，来了几次，便不来了。孔宪英每个月靠那几百块钱的低保度日，吃喝都顾不住，何来进项还人家工资？明知无望，便索性来个不跑那个空腿了。可也有一个难缠的主儿，硬是看不见这窘迫状，一根筋地钻进了死胡同，大喊着孔宪英是个骗子，明知道自己掏不起工钱，为什么当初要骗她？话说得实在难听，一来二去，两个人便吵了起来。来一次，吵一次，直到来串门的老秦看不下去，替她结了工钱，才算罢休。讨债的保姆走后，孔宪英趴在床上结结实实地大哭了一场，又大骂老秦心狠，骂老秦是个陈世美。老秦越听越烦，心想我心眼儿够好了，帮了你这帮你那，你还这般指责我。小老头一生气，走了。再后来，常来看看的老秦也不常来了。

老秦走后，空荡荡的屋子里，只剩孔宪英一个人，三天一大哭，半天一小哭，说来皆是"凄"字绕心，排泄不了。一连哭了几天，家里连一点米面都没有了。这才想起了先前因花结缘的一个好姊妹许桂兰。

许桂兰先前开个花店，爱花的孔宪英常去光顾，一来二去，二人越聊越投机。后来年岁大了，许桂兰将花店交给了儿媳掌管，自已当了甩手掌柜。老朋友多年不见,竟渐渐淡出了记忆。直到有一天,孔宪英打来电话让她过去,许桂兰才想起这个老姐妹。

孔宪英本来也是试问一下她愿不愿意过来,没想到许桂兰还真来了。

开始孔宪英许诺给许桂兰包吃包住,一个月一千块钱。许桂兰一甩手说:“好姐妹嘞,讲什么钱!”谁想到本来的一句客气话,那孔宪英当了真,连干两个月,许桂兰还真一分钱也没拿到。其实孔宪英也不是真的当了真,因为每每逢到月底,她心里比谁都内疚和着急,但也不愿直说,看到许桂兰干点啥,她都像是受了神仙的恩惠一般,一副诚惶诚恐的样子,说这怎么使得,那怎么使得?许桂兰早就看出来了,孔宪英就是死要面子,穷在心里,富在嘴上,真是死要面子活受罪呀,但也不能直说,怕伤了孔宪英的自尊:“没啥使不得的,赶明你好了,你做饭,我吃,让我再享受回来不就得了!”

不想这一句劝说的话,竟勾起了孔宪英心底的大限随时可能到来的悲凉:“就我这个样子,还怎么好得了呀——!怕是我这一辈子都还不了了呀!”

许桂兰看着泣不成声的孔宪英,又是一个心疼得不行,但又不知道如何再劝。先前两人虽好,可不在一起生活,彼此的性格都隐藏着呢,看到的皆是好的一面。这一次,许桂兰搬过来两个多月了,和孔宪英生活在一起,才算摸清了她的一些脾气,不劝她还好,越劝劲儿越大,越劝哭得越欢,好像她心里有着可多可多的大悲大凄和大仇大恨,无心的一句话就能惹得她哭几个小时。有一次,许桂兰见孔宪英哭得实在是凄楚,也跟着哭了。谁想许桂兰一哭,孔宪英戛然不哭了,还反过来大劝许桂兰。许桂兰知道了孔宪英的脾气,逢到她哭,许桂兰也跟着哭。许桂兰的泪水,回回都能让孔宪英破泣而笑,渐渐成了治她悲凉的一服良药。

许桂兰一连干了两个月,还倒贴进去几百块钱的生活费。儿子得知情况后,死活不愿意让母亲再干。许桂兰无奈,只得离开了孔宪英。

人离开了,心却挂念得很,先前滑一天滑一天的日子,突然像坠了一块大石头，过得要多慢有多慢，心里七上八下，坐卧不安。不知道这两天连路都走不好的孔宪英是咋过的？第三天实在忍不住了，便去了。不想许桂兰人刚走到楼下，孔宪英的哭声就从三楼飘下来，听得许桂兰内疚地流下了两行泪。钥匙还在许桂兰手里，她上得楼来，抹了眼泪开开门一看，孔宪英正趴在沙发上哭天号地，一问两天没吃没喝了，要绝食自杀嘞。许桂兰一听，又是一个心痛袭胸，忍不住上前劝了两句。不想这一次劝，孔宪英不但没止住哭，还冲她发起了大脾气："你们都不要我了，让我死了吧！让我这个累赘死了吧！"

许桂兰一听，也像是来了气，冲孔宪英吼道："就是死，我也陪着你，好了吧！"

许桂兰说话还真是一言九鼎，这不，一晃都义务照顾孔宪英快一年了。家里也不敢再住，搬到了闺女家里，白天来，晚上走。闺女心眼也好，帮她这个当娘的瞒着哥哥，偶尔家里有了好吃的，还让母亲给孔大姨拿些。

清明前一天下了大雨，女儿心疼许桂兰，给孔宪英打了个电话，说母亲有点发烧，过两天好一些了再让她过去看您。电话打过了，可许桂兰还是不放心，犹豫了半上午，还是踩水冒雨地去了。

孔宪英见许桂兰开门进来，怔了一下，也没问什么，抖抖索索地从兜里掏出五十块钱，让许桂兰帮她去买些冥币。许桂兰觉得就算自己身体再好，毕竟也是古稀之人了，踩水顶雨，又转几趟车，不想刚一进门，连大气都没顾得喘一口，孔宪英就这么支使她出去买东西？按说孔宪英的两任老公都不在了，清明时节雨纷纷，屋里遗孀欲断魂的悲苦她能理解，但也不至于悲苦到如此不通人情吧？许桂兰接过钱，面色有点不好看，正要出门，孔宪英又开了口说："妹子，我想好了，要买就买它一百年的。买个十年八年的不中，到时候没有人续钱，混得连个家都没有。"许桂兰听半天没听懂她在说什么，也懒得接话，开门朝菜市场走去。可走出楼洞口，才意识到孔宪英给自己出了一道难题。一般因为冥币都是配卖物，平时菜市场入口处倒有一个卖冥币的地摊儿,可这阴天下雨的,人家会出摊儿?想到这儿,许桂兰又拐回楼洞,合上伞,思忖一会儿,越想越觉得没有必要跑这一趟。孔宪英自己还没钱吃饭呢,却想给死者来个一掷千金,这算什么事?!再说这五十块钱,差不多够孔宪英两天的伙食费了,如果买成冥币,不知道能买几个"亿",现在冥币的面值越印越大,想必那边的钱肯定也在一天三贬,说不准一顿饭就得一个"亿"了。因为清明尚早,前几天她和女儿一块去给老头子扫墓,送的就是"亿"元大钞。本来也有面值"一千亿"的,女儿没买,怕面值太大,老爹花不出去,所以就折中买了几沓面值一个"亿"的。回到家,许桂兰看着几沓"亿"元大钞,还给女儿感叹说:"够你爸花一阵子了。"可这一会儿,她突然不那样以为了,只觉得前天送的那几沓"亿"元大钞,老头子能勉强花到十月初一的鬼节就不错了……许桂兰一边想一边约莫着时间,大约在楼道里站了半个小时,又噔噔噔回到三楼。开了门,装着气喘吁吁的样子对孔宪英说:"下着雨,人家没出摊儿!"

不想,孔宪英一听这话,竟神经质地大哭起来。

许桂兰见孔宪英又因一点小事号啕大哭,蹙了一下眉头,说:"别哭了,我再出去瞅瞅。"说着,又开门走了出去。一晃听孔宪英的哭声都两年了,真是听够了,可不来又挂念她,像是上辈子欠了她什么一般。许桂兰一连跑了几处,才找到一家配卖冥纸的店铺。她买了一大摞儿"百亿"大钞,剩下的钱又买了一沓叠元宝用的黄表纸。抱着冥币回来的路上,许桂兰心想,也不知道这孔宪英火急火燎地要给谁送钱——眼下孔宪英给别人烧纸送钱,待哪一天孔宪英闭了眼,有谁会给她烧纸送钱呢?真是活着悲苦,死了依然摆脱不了可怜。

眼看着孔宪英身体一天不如一天,虽然有时候也受不了她爱哭的性格,可毕竟姐妹一场,总不能眼睁睁地看着她死无居所吧?眼下的火葬费加墓地是越来越贵,别说孔宪英一个无儿无女的孤寡老人,就连他们这些有儿有女的人都觉得死不起!曾经几次她想去找老秦,商量一下孔宪英的身后事,因为孔宪英的女儿和侄子都指望不上，唯一可能指望上的就是老秦了，可后来想想，连孔宪英自己都不去深想的事，自己先替人家想了，要是让孔宪英知道了，说她多事是小，若怪她诅咒她，她可就说不清了！

许桂兰一边想一边走，不想回来后，却不见了孔宪英。

许桂兰看着空荡荡的两室一厅，傻了眼，暗想不会是孔宪英看出了什么，生气出走了吧？不会呀，这是她的家，就算是生气，也犯不着玩出走游戏呀！许桂英放下怀里的冥纸，只觉得孔宪英拐着个脚不会走太远，想到这儿，她急忙开门朝外跑，不想跑到家属院门口时，碰到了老秦。

看到老秦，许桂兰愣然地怔了一下，停下问道："您咋来了？"

"不是给她跑抵押贷款的事吗？"老秦淡淡地说。

"她把房子抵押了？！"许桂兰瞪大眼睛问。

老秦说："不抵押咋弄？连个埋葬她的人都没有！"

许桂兰一听禁不住大惊，原来自己想到的事，孔宪英不但早想了，还在暗地里开始行动了……许桂兰哀叹一声，这才想起孔宪英不见的事，忙说："孔姐丢了！我正要出去找她呢！"

老秦一听，表情紧张了一下，问："她拐着个腿脚能去哪儿？"

许桂兰说："我也不知道，她让我出去帮她买冥钱，一回来人就不见了！"

老秦一听，像恍然大悟了一般，笑道："别怕，我知道她去哪儿了！"

许桂兰愣然了一下，问："去哪儿了？"

老秦说："一准又去土地庙了，这样吧，你回去把你买的冥钱全拿上，咱俩一块去找她。"

"去土地庙拿冥币干啥？"许桂兰不解地问。

"还能干啥，烧呗！"老秦说。

许桂兰只知道给神仙送香火的，还头一次见识给神仙烧纸钱的。可不管干啥，眼下找到她重要，否则自己也脱不了干系，想到这儿，许桂兰急忙拐到楼上将冥币抱下来，见老秦伸手要接，拦道："别换手了，下着雨万一掉地上弄湿了，老孔姐又闹腾！"

“这老婆子，谁对她好，她就在谁面前脾气大！”老秦很生气地说。

许桂兰没有接腔，二人一前一后走到路口处，老秦伸手拦了一辆的士。按说从肉联厂家属院到土地庙，步行二十分钟就到了，但因为下着雨，怀里又抱着东西，许桂兰就没客气，一边让老秦帮她合伞，一边朝车里钻。老秦帮她合了伞，打开前门坐上了副驾驶，对司机说了一声去土地庙，便扭过头来感叹说：“老婆子碰到你这样的姊妹，是她的福！”

许桂兰没想到老秦对她说这样的话，听口气，依然像是孔宪英的“那一位”，不由回了一声：“老孔姐碰到你，也一样。”

老秦一听许桂兰反过来夸他，又接着感叹说：“没法呀，不管她，她过不去，我更过不去！”

许桂兰一听这话乐了，这才发现老秦对孔宪英也和自己一样，有一种难以割舍的感情，也跟着随口叹道：“一样的心！”

说话间，土地庙到了，老秦付了车费，看雨还没有停的意思，便急忙下车帮许桂兰撑开了伞。许桂兰下了车，朝四处望望，没见孔宪英的身影，狐疑地问老秦说：“你敢肯定她一定来这儿了？”

“错不了！”老秦斩钉截铁地说。

许桂兰又朝大路深处望望，不解地问：“只听说给神仙上香的，没见过烧纸的。”

老秦见许桂兰不信，哀叹一声，说道：“还不是因为没儿没女没依靠吗？她年年清明都来这儿烧纸，说是让土地爷帮她先存着，待她百年之后再找土地爷要。”

许桂兰一听，禁不住瞪大了眼睛，一种从未有过的凄凉从头袭到脚，扭头一看，不远处果然“顿”来一位一走一拐的身影，眼泪已横流一脸。许桂兰正要跑上去接着孔宪英，不想被老秦拦住了：“让她锻炼锻炼！”言毕二人都不再说话，静静地等着孔宪英“顿”过来。

孔宪英“顿”得很专注，她低着头，看着自己的脚，像是每一步不亲眼看着，就迈不动一般。近在咫尺站着两个自己生命尾声里的重量级人物，她竟然没有发现，眼看就要与二人擦肩而过时，许桂兰忍不住喊了一声："孔姐！"

孔宪英听到喊声，愕然地抬起头，看到老秦和许桂兰，忍不住又悲声大放起来："我以为你们都不管我了！"

孔宪英的号啕声惹得路人纷纷侧目，老秦高喊斥问说："正好好的，又哭个啥嘞！"

不想老秦的斥问声让孔宪英的哭声更烈了一层，许桂兰见状，知道要治住孔宪英，必须她出马才行。

"我们怎么会不管你呢？"许桂兰哭着喊着，将怀里抱的冥币伸出来给孔宪英看，"我跑好多家才买到，一回家找不着你了，你是不是要吓死我呀！"

见许桂兰一哭，孔宪英像是愧疚起来，横起胳膊擦了一下泪，说："妹子，别哭别哭，姐这不是好好的吗。"

许桂兰见自己以哭制哭的妙招再次见效，斜了一眼一旁的老秦，说："孔姐，秦大哥为你跑东跑西，抵押贷款的事已经跑好了，你呀，后半辈子就可以高枕无忧了！"

不想孔宪英听后，像是在生老秦呵斥她的气，漫不经心地"哦"了一声，目光也没给老秦一下。

老秦跑东跑西地帮忙，换来一声满不在乎的"哦"，脸上有点挂不住，尴尬地换了话题说："要存钱，赶快去吧，一会儿回去还有一堆事儿要办嘞。"

孔宪英这才扭头看了看老秦和他手里的资料，说："把墓地的钱和火葬费留够，剩下的交给我就中了。"

老秦点了点头，三人随后并肩朝土地庙走去。

土地庙是改革开放后新盖的，不过这新里也藏了些年头，三间青灰瓦房，木门木窗，一看就是八十年代的建筑。也不知道是谁起的头，比一般的土地庙大许多，可能是想让窄狭几千年的土地爷也享受享受阔宅的生活。只是由于这座土地庙不属文物，香火一直不盛，进进出出，并没有把门收钱的人。

孔宪英熟门熟路，歪歪栽栽地跨过门槛儿，朝功德箱前的棉垫儿上一跪:“土地爷,我又来存钱了,你老人家先给我放着,到我百年之后来取!”说着,从兜儿里掏出打火机将香点燃,又对土地爷磕了三个头。

看着这一幕,许桂兰忍不住泪流满面,若不是把人逼得太狠,谁会想出这种鲜招儿?人还没走嘞,就提前想好了那边的生存问题……回到家许桂兰忍不住给闺女说了。闺女一听,也心疼出两行眼泪,可停了半晌,又对许桂兰说:“其实仔细想想,孔姨也没啥可怜的,她自己给自己存钱,可谁又不是呢?比如你,把我和我哥养大,再想想养儿防老的那句话,不也是在变相为自己存钱吗?”

听闺女如此一说,许桂兰不禁愕然,自己活到七八十岁,还没有想过这一层,不由哀叹一声说:“明天咱们俩去百货楼给你孔姨买一身漂亮点儿的衣服,就她这状况,人说走就走,要是准备晚了,说不定会让人措手不及。”

闺女一听笑道:“孔姨有你这样的朋友,真不知道她上辈子积了什么大德,才修来这样的福分?”

“这叫什么福分?这叫天无绝人之路,亲人不管,朋友再不帮忙,人咋活?!”

不想,女儿正要说什么,突然从卧室里传来一阵号啕,吓得二人一愣,忙起身拥向卧室。进去一看,才发现刚才还在睡觉的小家伙从床上摔了下来。女儿一个跨步将儿子抱起来,许桂兰急忙去摸头。可摸了一圈,没摸到疙瘩,许桂兰说:“只要不摔着头,就不会有什么大碍。”

可不知为什么,小家伙一直哭声不止。

女儿抱着百哄不停哭的儿子,问许桂兰说:“是不是摔着骨头了?”

不想,当母女二人跑到医院给小家伙拍了片子后,还真发现了问题:右腿小腿骨摔裂一条缝。因为孩子小,腿上又打上了石膏,所以格外难伺候,忙得许桂兰一连几天都没空去看孔宪英。

许桂兰好几天没有露面,再想想老秦,孔宪英躺在床上,喃喃地说:“都不要我了……”

那一天从土地庙回来,老秦准备将抵押款全部取出来交给她,不想孔宪英坚决不同意:“我行动不方便,买墓地的事只能靠你去交涉,钱来钱去的,麻烦!干脆,你算算除去买墓地的钱、火葬费和埋葬费,大概还能剩多少?”

老秦一听明白了,点点头说:“那就按你说的办吧!这两天我带你去瞅瞅墓地,你瞅中哪一块,咱们就要哪一块儿!”老秦说完,掰着手指头算了算,又说:“抵押贷款一共五十六万,除去你一百年的墓地产权和埋葬费,大概能剩十来万,我先给你取出六万,剩下的五十万我先放着,待花剩下了,再给你也不迟。”

可老秦说了先给她六万的事情,竟一连好几天不见人影,也没有电话。孔宪英躺在床上正嘀咕着,就听门外传来“咚咚咚”的敲门声,不知道是送钱的老秦,还是来看她的许桂兰?

开门一看,才知道是“嫌疑人”老秦,孔宪英心里不由一阵窃喜,可脸子却是沉的:“死哪儿去了?几天不露面!”

“死哪儿去了?不还是忙你的事?”老秦说着将门带上,进得厅内,屁股还没挨着沙发,就开始掏钱。钱放在一个姜黄色的布兜里,一共六沓。老秦掏出来朝茶几上一扣,说,“看见没有?六沓,六万块!”

孔宪英看着钱,禁不住百感交集,自己活了一辈子,手紧了一辈子,死了说啥也得过过富婆的生活!想到这儿,她对老秦说:“车和别墅一样都不能少,丫鬟、仆人、司机什么的也不能少!”

老秦说:“你放心吧,到那边了,一定不会再让你过穷日子了!”看似说笑,不想还真说到了孔宪英的心坎上。直到老秦走后,孔宪英还一直在想,如何才能让自己到那边不过穷日子呢?思来想去,还是归结到一个“钱”字上。想到钱,孔宪英再次转向那堆儿钱上,就见她目光陡然一亮,心里像是突然有了大主意!

尾 声

第三天，土地庙里春光明媚，土地爷静静地看着门外的阳光，突然听见一阵车鸣，随后就见院子里一前一后开进来两辆卡车，仔细一看，车里全是冥币。

随后两个司机和几个小伙子从车上跳下来，又搀扶下一位老太太。

老太太拐着腿脚下了车，对那群年轻的小伙子说："麻烦你们帮我把钱都搬到庙里头！"

小伙子们齐声回了一声"好嘞"便开始卸"钱"，直直卸了两个多小时，将三间土地庙装得满满堂堂，才驱车离去。

看着三间房的冥币，老太太心想，这下再也不用愁那边的生活了！可就在暗喜之际，愁事也来了：这么多的钱，如果一沓一沓地烧，不知要烧几天才能烧完？思来想去，觉得不如成堆成堆地烧——来得快。主意一定，她从兜里掏出打火机，刷开一捆票子，几张几张地点着，又分别撂到钱堆上，看着地上慢慢燃起来……老太太跪在棉垫上，对土地爷说："土地爷，我又来存钱了，这一次存的多，你老人家可给我放好喽，待我百年之后去取……"

不想就在这时，钱堆儿突然发疯般地烧了起来，滚着黑烟，开始极力找氧气，打着旋儿朝门口扑……很快，熊熊烈火吞食了跪拜的老人——当人们来到火灾现场，将大火扑灭后，只寻到一具分不清是谁的焦尸……

壶里怀梦

对壶讲究越深，越会让人觉得喝得起茶，不一定买得起壶。从供春时代名壶便处在极度“缺货”的状态，壶的价钱自然也历来不菲。对走进壶里的人来说，一把小壶能换万贯家产也就不是传说了。没有几百万的身价，玩不起好壶，家里没有几千万，买不起名壶。

高亚迪就属于那种能喝得起茶，也买得起壶的大玩家。

省城的茶城有好几家，除去大卖场，还有一处高档的会所，名为新悦茶城。沿茶城转一圈，看到的不是茶，而是扎眼的红木家具。店店如此，黑檀、红檀或鸡翅木的明式茶几迎门摆着，几把线条简约的太师椅围几而摆，店两侧的多宝格依墙而立，上摆几盒精装的茶叶，在店家看来足矣，其余的格内多是各种旧件，有真品，也有做旧做出的仿件，中间再搭上几把仿造的名壶，哪里还像卖茶？倒像家里博物架上的陈设。多宝格和中间的堂器一样，皆是名匠联合打造，视觉和触觉自然无可挑剔。寥寥几件明式家具一排一立，进得店内便有一头钻进历史深处的恍惚享受。如果说怀旧是一种享受，那怀旧最实质的内容便是恍惚。进得茶城，其实就是一头扎进了恍惚之中，分不出今夕何年了。

来这里买茶，让高亚迪感受最多的不是买茶，而像是来走亲访友。进得一家店，便会被店主请进去，落座在红木茶几旁，再由店主表演一番茶艺，沏上一道上好的茶水，一小盏一小盏地对饮，比品酒还慢、还细，彼此都不说话，皆醉在一片茶香之中。店主细品时，目光看着高亚迪，直等她喊了一声“好茶”，才会露出“茶”逢知己千盅少的一笑，随后便情不自禁地开始和高亚迪侃茶香，由茶香深入茶味，再由茶味深入茶文化，从头到尾，没有一句劝买的话，算是将买卖做到了返璞归真的高境，渐成了新悦茶城的一大文化特色。不管买不买，来者皆是客，店主的表情一律热中含静，心情一样不一样另当别论。

高亚迪的公司离茶城不远，中午没事时，便会开着她的白色奥迪来喝几口免费的好茶，再听店主讲讲茶文化。一般讲茶时，皆要捎带侃几句壶。捎带着听得多了，高亚迪在爱茶之余，也开始由茶及壶了。

高亚迪最常去的一家店叫“姬氏茶业”。店主是一个编辑，姓姬，在报社负责收藏版，对古文化热爱到身先士卒，便开了这一家茶社。店名起得很大，乍一听像茶厂，其实只是二十平方左右的一爿小店，主卖红茶。女人嘛，一切目标都是“美容”二字，爱茶也爱得“容”有所值，否则就划不来了。绿茶、白茶喝多了，毛孔放大，把细白的嫩脸变得“千孔”裸露，就像恋爱一样，付出与收获不成正比，自然会让人望而却步。红茶就不同了，红茶就如红酒，捎带着美容的功效，被人炒得火热，更被女人爱得火热。高亚迪喝的自然也多是上等的普洱，去的最多的也是主营红茶的店铺。可把茶城经营红茶的店铺转几圈下来，讲文化讲得最好的店主还是姬编辑。每每听了姬编辑侃茶，都会让高亚迪大叹不已：真学问在肚与道听途说就是不一样，同样的知识经由姬编辑的嘴吐出来，就陡增了一层或几层新鲜感。新鲜在哪儿？就是内里处处掺杂着姬编辑自己独到的见解。见解混在“死”知识里，“死”的知识在听者耳朵里就活起来了。就像一把上好的壶，有了思想支撑的天趣，才能在人眼里“活”起来一个道理。

姬编辑和高亚迪年龄相仿，都四十来岁，都属于那种说不上漂亮也说不上丑，却又心怀一身傲骨的金领人士。姬编辑所在的报社属省内第一大报，不坐班，多数编辑在外面都有第二或第三职业。姬编辑的第二职业本可以选择其他财路宽广的行业，可她不想离开文化，她觉得一个文化人离开了文化，是一种堕落。这是她给高亚迪聊天时常透露的心声。于是便选择了开一家小小的茶社,一边营业,一边坐在店内编稿子。

虽不坐班,但毕竟有职务在身,报社事多,又不能不去,所以“姬氏茶业”的店门开得很没准头。高亚迪一开始去茶城都是瞎撞,后来二人越发熟络,每次来时都先打个电话,问一下对方在不在店内。

“姬氏茶业”的店里除去卖茶,还经营壶,皆是出于二流或三流工匠之手,属于只仿其形不讲其神的几案用壶,都不甚值钱,居高者万元便可到手,但买者甚少,只卖出过一把,买主还是壶知识陡增的高亚迪。剩下的两把至今还陈列在店内,无人问津。姬编辑索性拿出一把,放在根雕茶几上招待来客,同时也是借机养养壶质。好壶需养,越养越亮,就像漂亮女人得经常去美容院美白亮肤一个道理。外需一天三洗,内需好茶滋养,这样才能达到“一亮三分俊”的视觉效果。

二人讲着养壶,不想姬编辑突兀地来了一句:“我现在算是知道人老先从哪儿老了。”

突兀的话是讲给内行的,高亚迪一听立即明白其意,端起锃亮的小壶看了看,说:“要是知道会老,咱们年轻时就该像养壶一样好好养肤!”

“这就叫悔不当初!”

“是呀,姬姐知道我现在最怕什么?”

姬编辑神秘地看了一眼高亚迪,问:“怕你老公——?”

高亚迪还没等姬编辑把话说完,便开始哈哈大笑:“就他那窝囊相,一年挣的钱还不及我一天,打着他离开我,他都不会!”

高亚迪的老公沙轩,是街道办事处的工作人员。因为朝中无人,他几十年如一日,仍是一个身份卑微的小职员,但在腰缠万贯的老婆面前却不卑不亢。因为高亚迪嫁给他时,还是一个刚来省城的乡下小媳妇。只因发表过几篇情感小文,竟幸运地被一家纪实性小刊物招聘为编辑。只是这幸运中也有失意,失意是来了之后才陡生的。面对一屋子的正式工,她这个编外的临时工难免会有种低人一等的自卑,越自卑越是找不着根。一个女人像浮萍一般无根地漂在省城，那时的她只想抓住一个根！终于有一天她抓住了，这个根就是沙轩：一个离了婚，想再续填房传宗接代的“二手”男人。高亚迪碰到这个大她十岁的沙轩之后，便毫不犹豫地甩了老家的丈夫，嫁给了沙轩。嫁给沙轩，高亚迪实属高攀，虽然他家里并不富裕，虽然他的个子还不及她高，虽然她不负众望给沙家生了一个男孩子，但人家是地地道道的省城人，七姑八姨的亲戚遍布省城的大街小巷，盘根错节，优越感不言而喻。就算高亚迪的资产翻成了比尔·盖茨，曾经高攀的历史在婆家这边也抹之不去。所以在家里，沙轩一直是“爷”，对高亚迪呼来喊去，让她端茶倒水。高亚迪不知是习惯了，还是最初形成的卑微，在丈夫面前，她永远是那个高攀的乡下小媳妇，就应该像丫鬟似的侍候让她一跃成为城里人的沙轩。平日里，沙轩连澡都懒得自己洗，皆让高亚迪侍候。当然这些内部的家庭细节外人不知，而且每在外人面前提及老公，高亚迪也总是把自己说得高高在上。

姬编辑看了看不太出众的高亚迪，“这么自信？——那你还怕什么？”

高亚迪神秘地笑了笑，说：“一尘不染的镜子！”

高亚迪的回答让姬编辑吃了一惊，没想到高亚迪竟然和自己隐形的心灵恐惧不谋而合，而且还准确地总结了出来。原来这女人上了岁数，都有或轻或重的岁月恐惧症，都害怕看到一脸纵横交错的时光印迹。

“一张细白的脸，不知道什么时候就有了毛孔粗大的危机！好在我家的镜子上蒙的灰多，让我的眼睛看得还凑合！”高亚迪又顾自说道。

“人家是月下美人，你却追求灰镜美人。”

“月下美人是让别人看的，灰镜中的美人才是让自己看的！图的就是一个自欺欺人的痛快！”

姬编辑听到这里，突然举起茶碗，对高亚迪说：“来，让咱们来个‘茶’逢知己千盏少！”

“何止是千盏了？我在您这儿喝的茶加起来万盏也不止了！”

高亚迪说完，端起茶盏迎了上去。

姬编辑手中的茶盏与之轻轻碰了一下，说："那咱就来个'茶'逢知己万盏少！"

二人碰了盏，皆仰起头来一饮而尽，这在二人的喝茶史上前所未有。豪饮了茶，姬编辑又端起备好的电水炉朝壶里续水，边续边说："好茶不但要配好壶，水质和水温也得甚为讲究，同样的好茶，经由懂水的人沏出来香味是不一样的！"

"姬姐说得不错，喝这么多年茶，我才知道茶香也是有区别的，我在别家喝茶，茶香皆是成团扑进鼻子。喝姬姐沏的茶，香味是一层一层飘进肺里的！"

姬编辑听到这里，会意一笑，知道高亚迪这几年没有白爱茶。

高亚迪呢？每每看着精通茶道的姬编辑沏茶，头脑里就会蹦出两个字："精细。"她觉得喝茶喝到一定的境界，不是茶侍人，而是人侍茶了。可惜，如此精细的侍茶人，愣是没有一把绝品好壶相伴，实在是惋惜。可从材质上讲，姬编辑手中的小壶不能不算是一把好壶，它浑身上下"栗色暗暗"，远观近瞧都有"如古今铁"的材质，日光从窗户上漫进来，"铁"壶浑身乌亮，咋看都像一团乌金。可如此漂亮的壶，却缺少一个重要的东西，那就是"内在生命力"。"内在生命力"是姬编辑的话，她说一把好壶除去质地，还要看它有没有内在生命力。有内在生命力的壶，就是活泛的艺术，没有内在生命力的壶，还是一个物件。

内在生命力？

高亚迪到现在还没有看到过哪把壶里有内在生命力。回到公司，她拿起那把万元高价买来的海棠红小壶品来观去，也找不到那个能让壶活起来的"内在生命力"，但又不好意思去问姬编辑。一是壶在她店里买的，二是怕姬编辑背后笑她才疏学浅，于是便打开电脑在网上搜了搜古往今来的经典之作，想比较一番。

好壶一搜出来，新鲜感扑面而来！

好家伙，一把把带着历史阵香的小壶竟能在今人的眼睛里飘荡着层出不穷的新鲜魅力！这还了得，那是什么力量让这些百年古物在黏稠漫长的岁月里“新意”不退、天趣四溢？思来想去，大概就是姬编辑所谓的那个“内在生命力”。什么僧人帽、阴阳太极壶、南瓜壶……把把都匠心独运、妙不可思，着实有“大道”附身。什么大道？高亚迪也说不出个所以然，只觉得那股子“道气”隔着电脑屏幕就能把她震翻了。

高亚迪越看越是感叹，原来这壶和壶还真是不尽相同！

随着高亚迪对壶的研究日益清透，“姬氏茶业”经营的壶已经满足不了她的精神需求了。每到这时，高亚迪就会心生感叹，具有原创思想支撑的好壶根本到不了“姬氏茶业”，来“姬氏茶业”的顾客都识不出好壶里蕴含的天趣，虽然姬编辑能欣赏，却没那个财力去购买。想到这儿，高亚迪又一阵感叹涌来：原来对真文化豪情壮志的姬编辑也有识时务的时候，店内摆放的那些待卖小壶便是一个说明。

这大概就是所谓的市场。

阳春三月的紫砂节上，高亚迪在姬编辑的引见下，有幸结识了几位壶界名匠，又有幸买了几把名匠的真品，皆是一用二养三把玩的掌中至宝。虽然有姬编辑作中介，价钱却还是把把不菲，让平常人家不敢问津，高亚迪自然也不敢给沙轩说。沙轩毕竟是在市井里长大的小男人，若让他知道自己掏十几万块钱买一把小壶，不知道会闹成什么样。更何况买来的壶，天趣却远不及网上的那些经典耐读。沙轩一个大老粗定会觉得物不所值，骂她是个疯女人，她便索性放在了办公室里，独自享用。

不用不知道，一用竟顿悟出好壶的妙处来。光看那简约流畅的线条、光润的壶身就能让人心旷神怡，尤其是小壶，把玩起来，总能让人一头钻进壶里，万事皆忘，大有念珠“斋以清心”的功效。

高亚迪酷爱小壶，大一号的中壶也不是没有，博物架上摆着的那把大彬僧帽壶便是。这把壶的造型和网上的真品一模一样，口沿长有五瓣莲花，壶盖呈正五边形，隐现在花瓣之中。本来一把神韵自若的好壶，却被仿者弄得黑不溜秋的，唯恐买者看不到其中的

"年头",便在壶身上打磨了一层黑鞋油,乌渍斑斑,岁月的沧桑感是抹出来了,可人的茶欲却被抹没了,只能当作"古董"陈列柜上。

自从有了好壶相伴,高亚迪去"姬氏茶业"的次数便陡然减少,开始享受"一壶香茗独自饮"的惬意。每每品饮,她都将几把小壶统统拿出,一把一把地用,一把一把地养,不偏不向,像奶孩子一般。喝茶也不再用茶盏,直接就壶而饮,边饮边养边把玩,竟渐渐把姬编辑那头给淡忘了。不想一天姬编辑竟沉不住气,打来了电话,问高亚迪怎么突然销声匿迹了?高亚迪这才想起来好久没有去茶城了,心里一阵不好意思,忙说:"姬姐,我正要给您打电话呢,万家的二期项目十多家公司竞标,我后台不硬,正想找姬姐出面给我拉上一单呢!"

姬编辑一听,笑道:"你要是找古玩商,我兴许能说上一句话,可在房地产老板面前,我就人微言轻喽!"

"姬姐总是这么谦虚,你说自古以来有钱人哪个不玩古董?在中原玩古董的人哪个不知道姬姐?知道姬姐的人又有哪个不是掏出心来崇拜您?"

此话虽说媚味太浓,但也不是没有道理。姬编辑管收藏版十余个年头了,古玩界朋友积累的很多,省城内的名玩家与她也几乎无不相熟,再加上姬编辑本身就是一个古玩行家,经由她法眼看过的物件,真假几乎能定个八九不离十。有了这层关系和这双慧眼,姬编辑周围的古玩发烧友都玩得很踏实。虽玩到手的赝品居多,但买时姬编辑都会将真伪说在前头,不欺不诈,所以在古玩界的声誉远远超出了一个编辑应有的荣光。有一次,古玩发烧友举办了一次活动,姬编辑应邀而到。不想人刚到会场,便被几个眼尖的发烧友看到,只听一声高喊:"姬大编辑驾到!"全场哄然起立,爆出一片雷鸣。大家纷纷离开座位,蜂拥跑来,围着姬编辑就像围着情歌王子张信哲一般,个个兴奋得眼睛发亮!可是,让一个管收藏版的编辑在地产界说上一句一言九鼎的话,恐怕有点为难,但也不是没有可能,前提是要看看对方有没有收藏爱好。

高亚迪的公司明说是房地产公司,其实只是一个替开发商销售房子的二手商户。省城大搞建筑的地方随处可见,可细数下来,新建待售的楼盘又屈指可数。面对这些屈指可数的待售楼盘,包销的二手商竟比牛毛还多。哪里刚刚兴土,这些人便闻风而动,有人找人,没人用钱。竞标自然是首要头痛的大事,往往生意还没个眉目,钱就得先行一步了。特别是万家的楼盘,质量在群众中极有口碑,每开一盘就像在省城投下一枚炸弹。有一次开盘仪式连省里的领导都亲临了,并为万家房产留下一个经典广告词——“万家筑万家,万家汇万家”。

万家的老板姓曾,是一个三十多岁的女人,据说其父是省里的一个领导。因为曾老板从商,改了母姓,所以就不能按姓氏排查根系了。

曾老板不但长得漂亮,浑身上下还散发着明星气质。先前在报纸上看到曾老板的倩照时,高亚迪只是看到一个漂亮的女人。就在半个月前,因为心里一直涌动着想拿下万家全部销售权的野心,就托人宴请这个曾老板,先探探路。不想那一天曾老板姗姗来迟,一桌子有钱人候了一个多小时,气氛便渐渐凝固了,说说笑笑的场面不知什么时候就鸦雀无声了,一张张气血充盈的脸上不约而同地泛起了烦躁。

曾老板迟迟不来,给牵线人弄得很没面子,几次低着头偷偷发短信催促,最终才将这个漂亮的女人催来了。

曾老板在保镖和司机的陪同下推门而进,在场的人都和高亚迪一样,只听闻其美,还都未见过真容。曾老板夹在两个高大的男人中间,本来应该是被遮蔽忽略,不想众人第一眼看到的却是阴盛阳衰。一米六左右的小女人反倒把两个高大的男人遮蔽了,一桌子的眼睛只看到曾老板,目光都像被什么东西电了一下,心里不由惊叹,如此财大气粗的女人竟是一个妙不可言的人间精灵,太不可思议了!

为自己的长相自信了半辈子的高亚迪此时也愣住了,只觉得有什么“大道”附在这个漂亮女人身上,美得让人说不尽品不完,简直就是一个精致的紫砂壶,不由脱口说了一句俗到家又让人乐到家的话："你这个姑娘不是人呐——是天上仙女下凡尘吧！"话音一落，一桌子的人都笑得合不拢嘴，算是化开了刚才的僵局。但笑得最响的还是曾老板。曾老板一笑，满嘴的牙齿犹如晶莹的玛瑙在灯光下闪跳，她投了一眼牵线人。牵钱人一看见这眼神，"恍悟"般拍了一下脑瓜子，忙起身说道："你看我这脑子，一看到美女就短路，连介绍这等大事都给忘了。这位就是高总，这位是冯总……"

曾老板随着牵线人的介绍，一一点头招呼。招呼过后，又对着高亚迪灿烂地一笑，接着刚才的话说道："高总真会夸人！"

"这可不是夸，夸是夸大其词，我这叫实话实说！"高亚迪一脸郑重地解释。

曾老板一听，笑得更加灿烂了，只是不再接话，想必再顺着此话题说下去，就有索要"夸奖"的嫌疑了。只见她微微一笑，举起一杯酒，站起身来，将酒杯优雅地转了一圈儿，话锋一转，道："让大家久等了，我先自罚一杯！"

整个酒席过后，高亚迪只有一个印象，这个女人太漂亮了！漂亮得就像明代三大紫砂"妙手"强强联合打造出的一把掌中至宝。如何拿下这个财大气粗的漂亮女人？如何拿下万家的销售权？高亚迪头痛了，人家可是什么世面都见过，什么好玩意都见过，钱在这个女人面前肯定是没有意义的，好字好画人家肯定也不稀罕，那用什么才能拢住这个女人？思来想去，高亚迪还是想到了壶，但又不知道她爱不爱喝茶，不爱喝茶的人肯定也不会爱壶。不想曲线打听了一番，才知道曾老板原来也是一个爱茶之人，办公室里设有茗饮，还专雇了一个深懂茶艺的姑娘给她沏茶倒水。一打探到这消息，高亚迪不由血液沸腾，只觉得事情已有了指望。当她正准备找姬编辑商量买壶之事时，不想姬编辑的电话先打了来。电话一通，姬编辑的曲线指责就让她慌了神，她便只顾为久不去茶城的事自责，愣是没把话说明晰，更让姬编辑误会了自己。

姬编辑以为高亚迪想让她出面说话，殊不知，姬编辑的老公是人事厅的处长，若真是至亲相求，她肯定能找到人说上话。可作为朋友，她就没必要了，便婉言推辞。

话被误解了。

高亚迪只得顺着那个误解说下去,吹捧了一番姬编辑。随后,又拉了一会儿家常,才问道:“姬姐,现在买一把大彬壶得多少钱?”

姬编辑随口答道:“那要看真假,要是假泥假货的那种,百十块钱便可得手!”

“当然问真的。”

“真的? 那可得上千万!”

高亚迪一听,吓得一阵心悸:“那买他徒弟的壶呢?”

“徐友泉吗? 若是代表作自然也是千金难求,保守估计,至少也得个千儿八百万吧!”

高亚迪又一阵心悸,话锋一转道:“问题是能不能买到真品? 要是买到真品,为之倾家荡产也值得!”

“想买到真品,当然形同大海捞针……怎么? 你想买?”

“没有没有,我哪里买得起? 只是问问行情罢了。”说了这话,高亚迪刚刚萌生的希望,突然又一下子泄了气,以前以为自己爱茶已经爱得很奢侈了,不想今日一问,让她觉得自己在茶上还是一个乞丐。一把壶上千万,真应了古人所言:“明制一壶,值抵中人一家产!”再说,买壶是为了送礼,若为送礼拉生意倾家荡产从零开始,甚是不值。高亚迪的心情在一瞬间低落下来,正想着如何尽快挂了电话,可那边的姬编辑突然说道:“你要是真想买名壶,还真有一把。不过不是大彬壶,是惠孟臣的梨壶。”

酷爱小壶的高亚迪是知道的,惠孟臣是明代的紫砂大师,如果说有真品存于民间,那也得让她倾家荡产。想到这儿,高亚迪突然沮丧了,只觉得自己爱壶爱得有点力不从心:“白送吗?”

姬编辑一听哈哈直笑:“是白送,不过至少得先给人家五六百万人民币之后。”

五六百万,高亚迪一听这个价儿立即来了神:“什么? 才五六百万?”

“真是大款! 五六百万,还用个‘才’字!”姬编辑在那边调侃道。

高亚迪没时间和姬编辑开玩笑，急切地追问："是真的吗？你见过货吗？为什么要出手？"

"我虽没见过货，可人家有专家的鉴定证书，肯定不会假。至于为什么要出手，可能是手里资金周转不开了，想把壶换成钱。古董这东西你也知道，有价无市，往往是卖家碰不到买家，买家碰不到卖家。他想出手的事给我说一年了，我到现在还没给他瞅到买家嘞。你要是想买，咱们抽空约个时间，见个面。"

"好呀！"高亚迪兴奋地说，"要不晚上？"

"这么急？"

"那可不，名匠手下的妙品对于壶迷来说就是一块大吸铁石，引力无穷！"

"理解！我现在就给他打个电话问问他晚上有没有时间。"姬编辑说完，便挂了电话。

放下手机，高亚迪突然又恍惚了，反复追问自己刚才是不是头脑太热了？一把壶五六百万，就是搞搞价钱，至少也得四百万，若用一个价值四百万的壶送礼，对于她来说还是有点咬牙。问题是，就算送了礼，能不能拿下生意还是一个未知数。若送了壶，生意没拉成，那真叫血本无归了！就算拉下这单大生意，能不能捞回送礼的本钱也是一个未知数。若只是把本钱捞回来，那她图什么呢？图个白忙活？想到这儿，高亚迪突然犹豫了，想给姬编辑打电话取消约会，又怕人家嫌她事多，便止了念头。但转念一想，见见就见见，到时候以价钱谈不拢为由作推辞，既顾全了双方的面子，她也能有幸一睹妙品的芳容。

心思一顺，高亚迪从容了很多，单等姬编辑来电话通知她。

高亚迪爱干净，在公司专门雇一个打扫卫生的老大姐。卫生员老大姐换了好多，因为她们都觉得这个高老板难伺候，除去规定的一天拖两次地、擦一次桌椅之外，高亚迪还鸡蛋里面挑骨头，进进出出间，双眼像铜铃一般瞅着地面，反光处哪里有一个污点，还要再补拖一次，害得卫生员时刻都要拿着毛巾，双目瞅着地面，随时备战。跟着一个有洁癖的老板干活，身体累不说，心也累，唯恐老板瞅到哪里有个小污点，当着全体员工大呼小叫。这次新来的卫生员姓冯，冯大姐也是一个干净成癖的人，属于那种见不得一点污迹的人，每天都把办公室打扫得一尘不染，连桌子腿都擦得干干净净。碰到如此干净的卫生员，哪里还需要高亚迪瞪着眼睛瞅毛病？干净人碰到干净人，像是碰到了知音，让她少操了很多心，所以她对这个老大姐很是尊重。只是唯一让高亚迪不满意的地方就是这个冯大姐爱擦卫生间的镜子，害得高亚迪来去匆匆，唯恐一不小心看到了镜子里清晰的自己，看没了好心情。

除去那面一尘不染的镜子，总体来说，这个冯大姐还是很合她意。每次打扫她的私人办公室时，高亚迪总爱和她亲切地聊上几句。慢慢地，高亚迪知道了她的不少根系。冯大姐原来是西郊纱厂的退休工人，厂子早倒闭了，好在她提前退了休，有一份旱涝保收的工资。可几年前，老公得尿毒症死后，把家底花光了，还给她撇下不少债务。唯一的儿子也不是太出色，只能勉强顾住他自己，还债的事情指望不上他，冯大姐万般无奈，只得出来打工，多挣一份钱攒着还债。再后来，高亚迪还得知，冯大姐的祖上出过一个了不得的人物，当过郑州的知县，再后来，便把后人留在了郑州，以书香传家。直到冯大姐的父亲这一代，个个还算饱学之士，据说其父曾参加过郑州县志的编撰工程。冯大姐第一次进高亚迪的办公室，看到茶几上的茗具，失声说过一声："壶不错！"当时高亚迪很诧异地乜了她一眼，心想一个打扫卫生的连好茶都不一定识得，还能看出壶不错？高亚迪没有在意，也没理她。冯大姐像是看出了高亚迪内心的不屑，便收回目光，垂头开始打扫卫生。

今天高亚迪悠闲地等姬编辑的电话，为把时间过得惬意十足，她又拿着在紫砂节上买来的名匠之作，开始把玩。刚品了一口，就听到几声胆怯的敲门声，便喊了一声："请进！"

冯大姐轻轻地推门进来，拘谨地对着高亚迪谄笑一下，又细弱地说了声："打扰了！"

高亚迪礼貌地回笑了一下，又自顾喝起茶来。心想找城里的卫生员，好处就在这里：有礼貌。尤其是像冯大姐这种从高处跌落过来的人，处处都摆着一副把身份放大后的唯诺之感。这种过分的唯诺有时候反倒让高亚迪不好意思，便会回上一句："辛苦了！"

冯大姐用笑容回了高亚迪，发现老板今天心情不错，便瞟了一眼她手中的小壶，情不自禁地叫了一声："好壶！"这句喊叫好像憋在心里好长时间，今天终于有机会喊出来似的，短短的两个字竟被喊得千回百转，起伏得有音有韵，犹如旧时代的叫卖声。

高亚迪认真地看着冯大姐，问道："好在哪里？"

冯大姐不说话，走上前来，拿起高亚迪的小壶，轻轻用指头敲了敲，支耳细听声响："声如磬，火候把握得好，烧得不老不生！"

高亚迪不由叫道："连这个你也懂？"

冯大姐说："让高总见笑了。"

高亚迪忙说："不见笑不见笑！反倒是让我开了眼界，壶还有生老之说？"

冯大姐说，"那可不？壶烧得生老，一敲声音就知道，生了，吸水性太强，沏茶得分壶，否则容易串味。"

姬编辑给高亚迪讲了几年的壶，皆是从形而上的角度讲及，从没有涉及过如此细节的壶质问题。今天冯大姐的一席话，让她有一种突遇高手的感觉："真不愧为书香门第！"

冯大姐正要说什么，突然高亚迪的手机响了。高亚迪调皮地对着高大姐做了一个"嘘"的动作，拿起手机一看，是姬编辑。接了电话，姬编辑不等高亚迪喂一声，便直接说道："约好了，晚上七点在文化路上的迪欧咖啡厅见。"

"别忘了带壶！"

"那是自然。"

"好，不见不散！"高亚迪挂了电话，对冯大姐说："晚上我请客吃饭，你随我去见一个朋友。"

冯大姐一听，忙用眼睛瞅了全身，示意给高亚迪看："就我这一身，哪能随老板见客？丢人！"

"哪里话？皇帝还有三个穷亲戚嘞，何况我一个做小生意的？"

冯大姐见高亚迪执意让她随同，便试探道："要不，我现在回家换身衣服？"

高亚迪这才定睛看了看冯大姐。冯大姐虽然人到中年，可地摊货到了她身上，仍放射着一种城市味。不由暗想，这讲究人穿着再低档也不失体面，便斩钉截铁地说道："不换！就这一身，挺好的！"

冯大姐又低头看了看自己，笑笑，不再言语。

高亚迪看着冯大姐忙碌的身影，思绪却已经跑到了晚上。今天晚上有姬编辑和冯大姐两个高手把关，辨壶晚宴不知要精彩到什么程度！一个从形而上把关，一个从形而下把关，保险能挑出不少毛病，就算是挑不出毛病，还有她把价钱关，壶肯定买不成！

要的就是这个结果！

高亚迪得意地想着，突然说道："你在壶上挺内行的？"

冯大姐止了劳作，起身说道："内行说不上，只是我爸和我爷爷在世时爱壶，耳濡目染知道一点皮毛！"

"噢——，难怪！"高亚迪若有所思地吟道。

"家里现在还存有几把老货，都是上辈人风光时留下来的。"

"古壶？"

"算是吧！"冯大姐心不在焉地说，"高总，晚上真让我去呀？"

"那还有假？"

冯大姐一听，又朝自己身上打量了一下，吞吞吐吐地说："那……那我还是回去换换衣服吧？"

高亚迪一听，不由笑了，心想这女人就是女人，无论多大岁数都不甘落后，便看了一下手机上的时间，说道："好吧，卫生暂停，赶快回家换衣服。我在办公室里等你！"

冯大姐一听，兴奋得像孩子似的："谢谢高总！"说完，便提着拖把夺门而出。

冯大姐走后，高亚迪想补一次妆，虽然见的不是什么重要客人，求的却是自己心悦。高亚迪越老越知道，女人化妆、打扮，其实大都是给自己看的，就算在大街上偶尔有人无意间瞟你一眼，转眼间便忘了。可还是有很多人不明白这个道理,包括她自己,总想打扮得万众瞩目。每次花几个小时精心打扮之后,上大街上转一圈,才知道什么叫失落。转眼间到四十多岁的女人,才会在时间里区分出什么叫万众瞩目和“自己瞩目”。像曾老板那种漂亮得让人看一眼便能刻骨铭心的女人实在太少了。那种女人就像供春壶,属于传说里的人物,世上少存。女人和壶一样,大路货居多,精品极少。不少女孩子为了达到曾老板那种万众瞩目的效果,不惜赤皮露肉,把“争奇斗艳”四个字书写到了极致,奇艳到满大街都赤皮露肉了,反而不奇了,肉和皮都白露了。想想那一个个期待着“万众瞩目”的女孩,真是让人怜惜!

想起曾老板,高亚迪的愁绪又来了,她不由哀叹一声,心想算了,何苦为难自己,生意就是生意,一把抓和零抓一样,只要不闲着就是了。为什么非要把自己折腾回“零”?生意上的朋友,把自己折腾回零的不少,以为赚得更多,为那个“更多”孤注一掷的倾家荡产者比比皆是,说来都是一个“贪”字所致。她不想当这样的傻瓜,所以再次在心里声明一下:今天光看壶不买壶!生意上只零抓不贪整!想到这儿,高亚迪心里突然舒畅了,从抽屉里取出化妆包,决心把自己焕然一新!

很久没有在办公室里化过妆了,一时间竟找不到的镜子,先前有事外出,都是在卫生间里化妆,现在卫生间是不敢进的。卫生间的镜子被冯大姐一天擦几次,高亚迪每次方便路过,都得夺路而逃,不敢正视镜面里的自己。想到这里,高亚迪心里不由一阵好笑,笑自己居然是一个不敢正视现实的女人!找不到镜子,妆不化了!高亚迪在心里对自己说道,就把自己当成天下第一美人吧!化妆包还没有打开就被自封天下第一的美人放回了原处,高亚迪翻开手机一看,时间还早,喝壶好茶惬意一下吧。

高亚迪提起电水壶到水管处接了水烧开,先将壶体温了一下,放入茶叶,正准备倒水时,手机突然响了。低头一看是那位牵线人,便慌忙放下电水壶。电水壶在高亚迪慌张手里一荡,开水溢溅了出来,只听高亚迪一声尖叫,一百度的热水已经把她手背烫红了一片。高亚迪忍着炙痛，拿起手机“喂”了一声。只听见牵线人说：“亚迪，好消息！曾总那天对你印象不错，今天晚上点名想和你聊聊。”

“好呀！”高亚迪甩了甩被开水烫伤的右手，“看来，再漂亮的女人都抵不住赞叹的诱惑呀！”

“那可不，今天你见了她，再下劲儿夸夸她，说不准，她再一高兴就会把生意拱手送给你了！”

高亚迪高兴得一时间忘了疼：“好！我一定下劲儿夸她！”

“别夸过了头，把马屁拍到马腿上了。”

“放心吧，这个分寸我还是能把握住的！”

“那你一会儿直接去她办公室，她在办公室里等你！”

“好，我这就去！”高亚迪说完，就按了电话。按电话的一瞬，隐约听到牵线人还有声音传来，本想拿起来再听听，可手指头却下意识地摁断了。高亚迪不由浮起一阵自责，暗骂自己莽撞，想再打过去，但被烫红的手背这时候又火烧火燎地疼了起来。她心疼地吹了吹烫伤处，可办公室里没有牙膏，只得走到水管处冲了冲。凉水击肤的那一刻，痛感瞬间缓解。不想不一会儿，竟起了一大块燎泡。高亚迪看着突起的燎泡，心想总不能这样去见那个至关重要的人物吧？楼下不远处就有一家医疗室，何不去包扎一下？想到这里，高亚迪急忙拎起坤包，夺门而出。

办公室里还有员工没走，看到高亚迪，喊了一声“高总”，又埋头工作。

高亚迪边走边对着那个埋头加班的员工说：“走的时候别忘把门锁好！”

那员工笑着抬起头：“高总放心！”

这时候，高亚迪已经走到了大门处。待她大步流星地来到楼下，手疼得没法开车，看来只得步行去医疗室了。涂了药包了手，她突然想起姬编辑约会一事，正要掏手机给姬编辑打电话解释一下，发现手机不在包里。万般无奈，只得又匆匆回到办公室。当她取回手机，正要出门时，不想竟和冯大姐撞了个满怀！

“高总。”冯大姐慌乱地退后一步，给高亚迪让开道。

高亚迪这才想起，赴约的人当中还有冯大姐，举起刚包扎好的伤手，轻描淡写地说道：“手烫着了，没法去了，我正要给姬姐打电话嘞，改天吧！”

冯大姐的脸上浮出一丝不快，但很快就消失了：“碍事吗？”

“不碍事，刚包好！”高亚迪边说边走。在下属面前，高亚迪历来很“老板”，虽然对这个冯大姐有亲切感，但说话还是难免习惯性地带着“官味”。

冯大姐看着高亚迪快速移动的身影，失落地“噢”了一声，陷入一片沉思。

高亚迪下了楼，急忙从地下室里开出她的白色奥迪，一个紧急拐弯，驶出了出口。涂上药，手背已经不痛了。她一路思绪纷飞，猜不出曾老板为什么会点名和她聊天。难道真是那天的夸赞带来的福音？若真是那几句夸赞俘虏她，可见在女人面前，夸赞比帅哥更具诱惑力。又一个活在虚幻中的女人！高亚迪在心里暗笑一声。

万家的总部在农业路上，此时高亚迪已经过了新通桥，如果一路绿灯，再有十分钟就能到达万家见到那个至关重要的人物。随着这次主动邀请，灰飞烟灭的希望突然间又复燃了，而且火势变得比先前还要强劲，烧得高亚迪的目光都在舞动。不管曾老板请她过去聊什么，都说明两人的关系拉近了很多，从陌生人一下子飞跃成了朋友，否则她不会点明邀请高亚迪。再回想一下那天晚上夸赞曾老板的情景，自己简直像个图谋不轨的油嘴男人，不想竟带来了出其不意的效果。

到地方聊什么呢？肯定不会是单纯的聊天，若光聊天，她肯定不会转着弯找她。是万家新楼盘销售的事吗？若不是呢？她提不提包销的事情？什么时候提？这中间得有技巧，得看眼色应机行事。对于高亚迪来说，此时此刻曾老板比世界上的任何人都重要，这个美若天仙的女人直接关乎着她的资产能否更上一层楼的大问题。不管她聊什么，她肯定都要小心地侍候着，好感有了，可更进一步的好感就寄托在这次聊天上了。

转眼到了万家总部。作为中原地产界的雄鹰，万家总部的气派可想而知。整整一栋写字楼十二层，中间虽有出租，但并没有影响万家气吞中原的气势。自己一百多平方的小公司与此相比，简直形同寒窑。想到这儿，高亚迪心里转过一丝隐隐的失意，低头钻进了写字楼。

写字楼的入口处有保安把守，高亚迪问了一下曾总在几楼，便乘电梯径直上去了。

到了楼上，曾老板的办公室大门洞开着，像是有意迎接她一般。顺着洞开的大门朝里望，办公室一尘不染。几棵枝繁叶茂的发财树，形态各异，全然不沾名讳的铜臭气，片片盎然点缀在一片红木家具之中，竟给宽阔的室内添上了无限生机和清爽。

房门虽然洞开，但初次登门，高亚迪还是礼貌地敲了敲房门。

闻听有人，一个时髦的姑娘从里面走了出来，看到高亚迪，堆出一脸的讪笑，与年龄很不相合："高总吧？"

高亚迪微笑地点点头。

"很不好意思，曾总让我转告您，她临时有事，说改天亲自去你那里拜访！非常抱歉！"

高亚迪怅然若失地看着那位姑娘，"噢"了一声，扭身走了。可能是太失落，头脑一片空白，连嘴边的寒暄话都忘了说。只觉得自己现在突然成了可有可无的"冯大姐"。想起冯大姐，高亚迪才又想今天晚上的约会，走到电梯口，忙给姬编辑打电话，"姬姐，您在哪儿？"

"我们已经到了，迟迟不见你的倩影，正要给你打电话呢！"

高亚迪鼻头一酸，泪差一点溢出来，又觉得自己太没出息，"至于吗？不就是空跑一趟吗？至于委屈哭吗？！"她在心里质问了一声，便把住了，声音变得异常响亮，好像有意让屋里的姑娘听到："让你们久等了！我这就去，等我一会儿。"说完，便挂了电话。进了电梯，又拿起手机，翻出冯大姐的电话号码，打过去："冯大姐，约会推不掉，人都在那边等着了，咱们还是得去！”

“我已经到家了。”冯大姐嗫嚅道。

“从家去和从办公室去一个样！你打的去，我给你报销！”

“我还是不去了，正做着饭呐！走不开！”冯大姐话语硬硬的。

高亚迪听出冯大姐在给她闹情绪，想想刚才在办公室的那态度，确实不够人情，自己不也正在生着气的吗？高亚迪长出一口气，声音软了几度，像是小孩子在大人面前撒娇：“大姐，咱们此去是买壶，我知道你是壶里高手，你不去把关，我心里没底儿，怕上当了。今天让您辛苦一下，明天放你一天假，行不？”

“买壶？”

“对呀，所以才请你这个高手出山相陪嘛！”

“我哪里是什么高手？只是家里有几把老壶，看得多，听得多，耳朵挂了一点而已！”冯大姐的话依然带着情绪。

高亚迪忙说道：“要的就是你这位看得多、听得多的高手。过几天我登门拜访，去欣赏一下你家里的宝贝！”

“高总若来寒舍，那岂不是蓬蔽生辉！”

冯大姐此时一点也不像在办公室里那么瑟缩了，满口书香气里还夹着不满的情绪。话说得看似谦卑，却软中带硬，每句话投过来都刺刺棱棱，像横七竖八堆起的钢筋一般，自然也没了办公室里那份应有的敬畏。再加上高亚迪非缠着让她去，话音软软的，像是在巴结她。一时间，地位身份好像来了个一百八十度的大颠倒。这对于一向“官味”十足的高亚迪来说，有点不甚习惯，她喜欢下属在她面前唯唯诺诺，喜欢在她们面前一言九鼎，虽然公司里人员变动很快，但哪怕在她手下待一天，她也是他们的老板，都要在他们面前一言九鼎，说一不二。因为有情绪作怪，高亚迪的声音突然又变得不容商量了：“你赶快收拾收拾，现在就去，人家在那里等着呢，文化路上的迪欧咖啡厅。”

冯大姐犹犹豫豫，像是还要说什么，高亚迪直接说：“快点！到地方给我打电话。”说完便挂了电话，暗骂一声：“一个扫地的也想在我面前拿大！反了！”

出了万家总部的大门，高亚迪开开车门坐了进去，“嘭”的一声，把车关得山响。给谁负气呢？是高大姐，还是那个不把人看在眼里的曾老板？高亚迪懒得细想，直奔文化路而去。

到了地方，上了二楼，远远看到姬编辑披着一个高档的皮草，饱满的脸上红光四溢。皮草披肩可能是刚买的，高亚迪先前没有见过，从质量到款式都很漂亮，又经富态且内涵十足的姬编辑一穿，从里到外都透着厚重感，真像一个贵夫人！再说，人家本来就是贵夫人，丈夫在人事厅里当处长，自己又是大报社的编辑，和她这个做生意的人相比，身份自然高贵多了。高亚迪低头打量了一下自己，不由瑟缩起来。但很快，又恢复了常态。定眼一看，坐在姬编辑对面的是一个男人。从后背的穿束看，此男人最少也得五十多岁。她又定了一下思维：光看壶不买壶！不能为了一单生意孤注一掷，把自己折腾回零！

正在和卖壶人聊天的姬编辑看到了高亚迪，没有起身，直接招呼道：“你可来了！我们等你等得头都冒青烟了！”

卖壶的男人忙随着姬编辑的目光朝回看，看到一个高挑的女人，身穿一件长款大衣，手提一个雅致的坤包，忙起身相迎。

高亚迪上前几步，连说道：“抱歉，抱歉！”话虽然是回姬编辑的，实际上却是对着那卖壶男人说的。

姬编辑朝里挪了挪，给高亚迪腾出位置，嘴里还不住地埋怨：“真肉！”

高亚迪听到埋怨，又抱歉地对着卖壶男人笑笑说：“还要等一个更肉的！”

“谁呀？”姬编辑奇怪地问道。

“我的一个下属，也是一个壶迷，关系不错，刚好借此机会也让她来开开眼界。”

这时候，姬编辑突然看到高亚迪的右手包了一层白纱布，急切地问道：“手咋了？”

“不小心烫了一下，不碍事！”正说着，突然手机响了，“来了！”高亚迪对二人说了，摁了接听键：“到哪儿了？”

“楼下。”

“上来吧，在二楼大厅！”刚挂了电话，抬眼一看，冯大姐已经从楼梯上露出了脑袋。

待冯大姐蹬上二楼，高亚迪暗吃一惊，刚才只顾慌着有事，没曾细看，这一看不当紧，吓了高亚迪一跳，完全变了一个人！只见冯大姐的头梳得溜光，在后面挽了一个髻，身穿一个深蓝底的枣红方格大衣，足蹬一双黑色的高靴，手提一个价值最少也得二百块的坤包，飘然而至。那穿着、那气质、那身段，如何看也不像在办公室里打扫卫生的冯大姐。高亚迪暗叹一声，真是应了那句“人是衣裳，马是鞍”。不由浮起几分敬意，忙起身迎接。

冯大姐走过来，对着两位陌生人微微颔首一笑，算是打了招呼。卖壶人见又来了人，忙朝里挪挪，给冯大姐腾位。冯大姐说了声谢谢，便抚平大衣，款款落座。

原来，这冯大姐竟是一个能屈能伸的人物。从今天的气派来看，真不愧为地道的城里人，稍一打扮，便光芒四射。而且这光芒经由多代人的淘洗，已经沉积到骨子里了，一举一动都与她们这些刚打入城里的头一代不一样。不一样在哪里？用时髦的话说，大概不属于一个“范儿”。如果她们跌落到打扫卫生的地界，身上的农民味立即就回归了。可冯大姐却不，高亚迪头一次见她，就发现她骨子里朝外飘着一股浓烈的城市味。

四人坐定，高亚迪要了一壶意大利咖啡，彼此间才想起介绍一事。原来卖壶的人姓黑。这个姓氏在百家姓之中很少见，让高亚迪觉得很新奇，冯大姐也说头一次听说这个姓氏。话题自然转向了姓氏，皆是百家姓之外的少数姓氏，因为少，便成了怪。尤其是姬编辑，因为接触的人多，叽叽喳喳道出几个怪姓，让人越听越觉得新奇。再看看黑先生，却满脸的不好意思，好像正在为自己的姓氏感到孤独和自卑，但又不能扫了几位女士的谈兴，只得机械地赔着笑。谈兴正欢的姬编辑并没有注意到这些，高亚迪本想偷偷拽她一下，以作提醒，但又觉不妥。还好，这时候侍者上前送来咖啡，才算打断了滔滔不绝的姬编辑。

侍者离开后，四人像是一时间找不到话题可谈，场面一度冷了下来。冯大姐见状，开口说道："高总今天想让我来看宝贝开眼界，还不知我这个粗人识不识得宝贝？"

高亚迪一听冯大姐唐突地切入正题，对她来说，自然有点喧宾夺主的意思，心里不由浮出一丝小小的不悦，觉得看壶不看壶也不该由她提出，脸色不由沉了一下。好在冯大姐话说得婉转谦虚，算是为唐突的"开门见山"做了弥补，没失大礼，不悦在高亚迪脸上一掠而过。

一旁的姬编辑还不知道冯大姐的身份，诧异地说："粗人？你要是粗人，满大街都是粗人了！"

冯大姐一听，知道高亚迪没有把她的身份吐露，便感激地看了一眼她的"高总"，又对姬编辑灿烂一笑，不作声了。

因为两边都是姬编辑的熟人，她便对黑先生说："快把宝贝拿出来吧，大家都等着开眼嘞！"

黑先生一听，忙低头寻找。原来靠墙的桌下放着一个天蓝色的布兜儿。黑先生小心地将蓝色布兜儿提到桌上，又小心地打开布兜儿，露出一个枣红黑花的绸子锦盒。绸面灰蒙蒙的，虽然拍打过，但尘灰的痕迹仍清晰可见，给人一种可靠的年头感。黑先生打开锦盒，里面露出一个朱泥小壶，形同梨状，却有几份葫芦的自然流畅，壶身不加装饰，神韵清爽得如同一个素面朝天的美女，不由让高亚迪想起了曾老板。可想起曾老板，又是一阵不悦，她索性不再去想，只看壶。

只见那小壶躺在盒内便开始光芒四射，让三位女士的眼睛都看直了，不约而同地嗫嚅一声："精妙！"

黑先生得意地一笑，小心翼翼地捧出小壶，放在桌上："这是我春风得意时，花大价钱淘来的！"

"真是神韵工巧兼于一身，光看这神韵、这线条、这光润，就是一种难得的视觉享受！"姬编辑边啧啧赞叹，边上前去拿小壶，不想手伸到半道又缩了回来，开玩笑说："我还是不碰了，万一碰烂了，赔不起！"

“哪里哪里！这壶若能被姬大编辑抚摸一番，也是一种荣幸啊！”黑先生说。

“你这家伙，就会捧人！”姬编辑乐得哈哈直笑。

“捧人就像捧壶，需捧得得劲，达到人壶一体，才叫高捧！”

三位女士没想到黑先生还这般幽默，都不禁哈哈大笑起来，惹得周围的茶客伸目侧望。

“听你这么一说，我就斗胆捧上一回，也体会一下什么是高捧！”姬编辑说着，便抓起壶把，叫了一声，“看着滑，摸着更滑，干脆给它起个绰号叫滑如玉得了！”姬编辑笑音一落，又是一桌大笑。

姬编辑爱怜地看着孟臣梨壶，左观右瞧，随后将壶盖一去，放在桌上，翻过壶身，壶底露出“壬午仲冬月，孟臣”几个单刀阴刻的小字，刀法流畅，轻重缓急把握得很有功夫，字体也随之在壶上飘逸起来。心想，此等刀笔功力绝非一般金石艺人能及，定是当年惠孟臣请金石界的名家所镌。看到这儿，心里不由暗叫一声：“果然是真玩意！”便将壶移到高亚迪跟前，示意她看。

高亚迪看着壶底的铭刻落款，不由暗想，这年头识壶哪里还能看壶款？但既然让看，便不能不看，细看了一番，才发现此金石非一般镌刻，刀法大胆，刀起刀落间隐约能窥到笔墨之深淡，遒劲中不失飘逸，飘逸中彰显着当年那幅墨宝的神韵，便知写者和刻者皆功力不浅，非一般仿者能为，不由点头称赞，下意识伸手接过壶来。

待高亚迪接过壶之后，姬编辑嘴角一动，滑出一句话：“我要是有钱，今天这宝贝就非我莫属了！”姬编辑此话一出，无形中就把买壶卖壶的事提了出来。

“价钱肯定不菲吧？”高亚迪垂头看着壶，问道。

“那是自然，我十多年前为买它，差一点倾家荡产！”黑先生眼神悠远地说。

“那一定是万贯家产！”高亚迪一边调侃，一边暗想，要真是值万贯家产，会拿到这公共场所里示人？想到这儿，便给冯大姐使了个眼色说：“冯姐也享受享受这个‘滑如玉’！”说着便将壶双手递给对面的冯大姐。

冯大姐接过壶，说了一声："妙品，神韵有了。"口气完全像一个满腹经纶的老者，不由让她想起了自己早已作古的父亲和爷爷。只见冯大姐说着敲了敲壶身，细听一番，去掉壶盖，将壶倒扣在桌上。趴在桌上一看，发现壶口、壶把、壶嘴不在一条水平线上，不由一脸失意地抬起头来，示意高亚迪看。

高亚迪趴在桌上一看，发现壶嘴和桌面之间有一条细若发丝的小缝儿，不由大吃一惊，失口叫道："有缝儿！"

缝儿虽不大，但问题却大了。

谁会想到如此神韵俱佳的一把好壶，竟会出现如此大的技术纰漏？再细一想，难道当年制壶人没有发现？竟为一把次品花钱请高手镌刻？高亚迪失神地看了一会儿，直起身子，瞭了黑先生一眼，发现黑先生的神情突然黯然许多，细看还有一丝的尴尬。看表情，想必他早就知道壶存在着技术纰漏。就算是真壶，有了这个缺陷，价钱自然会成倍下跌。再说她来之前就决定：只看壶，不买壶。壶嘴与桌面之间的那条缝儿，自然是她最好的托辞，便示意冯大姐说话。

冯大姐会意，将壶身反过来，说道："神韵是有，但做壶人的功夫不到，不能算是把好壶。就算真是惠孟臣的真品，也定是次品，很对不起当初你为它抛弃万贯家产的豪举呀！"

高亚迪听见冯大姐话里飘着幸灾乐祸和惋惜，不禁同情地瞟了一眼黑先生，接着说："出自名匠之手，次品流落到民间也是宝贝！壶不值钱，名字值钱！"话一出口，她立即意识到说错了，但已经无法收回，一时间又找不到恰当的话，不由一阵尴尬。

姬编辑没想到高亚迪请来一个高手助阵，心里一阵吃惊，自己看壶，向来只注重神韵，不曾想这形而下的知识在关键时刻"定论乾坤"的杀伤力竟如此之大，真如壶上那条上粗下细的"子母线"带着"天压地"气势，把她一贯推崇的形而上学比得灰溜溜的，像一个挨了母亲批评的孩子，不得不躲藏起来。再想，若不是这个高手细观，以自己的性子肯定会劝高亚迪买壶。若真买回去再发现缺陷，自己肯定落下的就不只是埋怨了，而是怨恨，因为毕竟是天价的物件，一丝一毫都马虎不得。姬编辑暗出一口长气，心想问题当场瞅出来真是好事，便说道："就算是次品，能把神韵做得如此鲜活雅致也实属不宜，最起码让咱们享受了艺术美。——别光看壶，咖啡马上凉了！"

四人不约而同地端起杯子，朝嘴里送咖啡，尤其是黑先生，舌尖滑过一丝甜中含苦的涩感，放下杯子，便把壶收了起来，像是失意得无法再掩饰，不一会便狼狈起身与三位女士告辞了。

黑先生走了之后，场面立即轻松了很多，三人又议论了一会儿那把次品壶和那位黑先生，最后一致转向了冯大姐。冯大姐没什么好议论的，主要是姬编辑对她好奇，按捺不住地问："冯大姐怎么这么精通壶道？"

冯大姐说："什么精通？只是略知皮毛而已，比起家父，我还是一个壶外汉！"

这么一说，姬编辑更是好奇："令尊一定是位壶上专家了？"

今天请来冯大姐助阵，不但轻易打发了卖次品壶的黑先生，还让姬编辑这样专家级的人物为之惊叹，高亚迪这时候显得很得意，说了一声"那当然，人家是书香之家"，接着便把冯大姐的身世给讲了一遍。

姬编辑一听冯大姐的先祖原本是这片土地上的父母官，更是吃惊："怪不得这么细微的问题都没有逃过她的法眼，原来出身贵族！"

冯大姐一听，立即红了脸，目光也随之黯淡哀切起来："什么贵族？我现在连引车卖浆者都不如了，引车卖浆者还有小老板呢……"

"什么话！"高亚迪不喜欢听人哭穷，打断了冯大姐的话，"你家里的那些古壶，哪一把不顶我们的全部家产？"

"你手上有古壶？"姬编辑直着眼睛问。

"都是上辈风光时留下的物件，辈辈都像宝贝一样放着。父亲活着时，有一次不小心弄打了一把吴月亭的提梁壶，连睡一个月不起。"

“那肯定了！打一把‘竹溪壶’就等于把万贯家产送给了空气！”姬编辑目光悠远地说，仿佛看到了那个蒙头盖脑啜泣的老者。

吴月亭是杨彭年的高足，名气虽不及师父，但现在他的真品也是价值连城的。可高亚迪却没听说过吴月亭，也不知姬编辑为何把吴月亭的壶又说成了“竹溪壶”，想必“竹溪”是吴的字或号，那吴又是何许人？高亚迪爱壶这么多年，还真没听说过，但又不好意思在下属面前求教姬编辑，发了一会儿怔，目光转向冯大姐提议说：“吃了饭，不妨让我们去你家开开眼界？”

“随时欢迎！”冯大姐爽快地说。

高亚迪一听冯大姐爽快地答应了，便喊来侍者，要了三份八分熟牛排，外加三份意大利面。冯大姐和姬编辑都说不要牛排了，吃不了。可高亚迪今天高兴，便不容二人提议非要不可，还开玩笑说：“吃不了，咱兜着走！”

主食还没来之前，冯大姐起身，歉意地说上趟洗手间。其余二人会意，微微颔首。都知道冯大姐去洗手间是假，给家人打电话是真，但谁都没有道破，人之常情的事情，换谁都会先给家里人打个招呼。

吃了饭，三人同时坐上高亚迪的奥迪 A6L，直奔冯大姐的家而去。

冯大姐家在西郊。西郊先前是重要的工业区，随着国有企业的不景气，先前的繁荣一去不返，变成了人们心目中的贫民窟。据冯大姐说，她先前在纱厂工作，不想纱厂倒闭了，干了一辈子，只落下一套二室一厅的小房。言语里充满了酸楚，让人听得满脸同情，惹得车上一阵沉默。

到了冯大姐家楼下，两个见惯鲜亮环境的女士，都在心里暗叹：这楼真旧真脏啊，四溢着贫困和寒酸。楼房大概是八十年代的产物，就着灯光，高亚迪看到楼的外墙是原始的红砖墙，一家又一家的窗户还是木质的，红色的漆面已经开始泛白，油烟像黑色的霉菌覆盖着玻璃。虽有个别人家的窗户换成了塑钢的，但也改变不了整栋楼的外貌,新旧窗户在灯光里一对比,反倒给人一种满目疮痍的感觉。如果不是来看壶,她们怕是一辈子也难得来这种破旧的地方。楼道本来就窄,又被住户堆满了破烂和煤球。高亚迪看了不由联想起室内的空间,想必也是狭窄得不行。再看看前头鲜衣亮足的冯大姐,心里不禁生出一丝微妙的鄙夷,肚子里还回旋着两个字:"骚包!"

冯大姐边侧身上楼,边回头对两位女士说:"不好意思,让你们见笑了!"

话看似说得没头没尾,其实在三个人的心里却是那样的明晰,都知道所言和所指。姬编辑忙说:"老楼都是这样。"

"那你们小心点,别碰脏了衣服!"

"没事,没事!"姬编辑连连地说。

说话间已到了冯大姐家门口。冯大姐家在三楼,东户,防盗门很旧,但与对面蛛网密布的那扇门相比,要干净很多。冯大姐拿出钥匙打开门,迎门的是一个三米见宽的小过道,这大概就是冯大姐所谓的"厅"。

二人进了屋,礼节性地要求换鞋。冯大姐死活不肯,说:"就我这烂家,哪里还需要换鞋?"说着便将二人推进了卧室。

进得卧室内,开了灯才发现,原来这是一处"败絮其外,金玉其中"的桃花源。卧室里一尘不染,地板如同镜子,任由高亚迪如何审视都找不到一点污渍,不由在心里赞叹。刚才的鄙夷此时已经荡然无存,转而生出一种敬然。再看冯大姐的行头,怎么看都变得理所当然了。想到这儿,高亚迪不由一阵暗嘲:人呐!

再环顾室内设置,家具是成套的,乳白底上带着银色碎花,阳台处点缀着两盆支支棱棱的散尾葵。绿本为冷色,不想在一片洁白之中反倒变了暖色系,枝枝条条的盎然给室内添了些许的暖意,再看那片白,顿然雅了不少!

其实四件套的堂器都不是什么上等的家具,却比上等的家具多了一份光鲜,将本来就很干净的室内衬得更加明亮,照得人心一片洁净。双人床置中而放,两边是两个床头小桌,依墙处是五扇门的大衣柜。铺盖也是亮色的，一床的粉红，如同新婚。床头上放着两个鼓鼓的枕头，高亚迪想开玩笑说，这不像一个人的世界呀！可是一想不妥，人家是死了丈夫的寡妇，但一个人就不能拥有两个枕头了？就算是找了男人同居，可人家没有说，自己也不好意思提，便止住了这想法转问道："你儿子呢？"

冯大姐一听，像突然想起了什么，冲着门口喊了一声"儿子"，见无人应答，便略略含气地说："谁知道又跑哪野去了？"

因为房间小，室内没有沙发，冯大姐将二人让到床上，满口歉意地说："你看看，家里小的连个坐的地方都没有！"

二人不知道说什么，都没有接腔，就并排坐在了那个"粉红"的世界里。

三人闲聊了一会儿，冯大姐切入正题说："你看我，只顾说话呢，竟忘了让你们看壶。"说着便起身走到大衣柜前，打开一扇门，使劲拽出来一个木箱。木箱有二尺见长，没有着漆，原色枣木打制，虽然擦得很干净，但木色已经变了色，有点暗黑，足以看出年岁，大概比冯大姐还要长些。冯大姐把木箱抱到两人跟前，放到地上打开，里面全是烟黄色的棉花。去掉棉花，露出几把栗色的小壶。

冯大姐看着盒里的家珍，感叹说："这可都是祖先留下的念想！如果不是这几把壶作证，我真难相信家里出过官宦！"

看着这几把小壶，高亚迪不解冯家人为什么单单留下了壶，其他宝贝呢？肯定是家道中落，为补贴家用卖了。但为什么不卖壶呢？这个问题肯定与书香传家有关，冯大姐不是说她父亲是地方学者，参加过县志的编撰。文人爱茶是自然的，由茶及壶，也是自然。想到这里，觉得冯家单单留下壶是有大理由的，便不以为奇了。

冯大姐一把一把地将小壶取出，总共四把。

这时候坐在旁边的姬编辑不知何时已经离开粉床，滑到了地上。她提起一把扁圆壶，目光发直地感叹："真是奇珍！如果我猜的不错，这把一定出于李仲芳之手。"

"慧眼!"冯大姐说。

"早就听说李仲芳的传世佳作藏于民间,不想远在天边,近在眼前!今天有幸目睹妙品,死也值了!"姬编辑一手捧壶,一手抚摸着啧啧道,"圆中有方,方中有圆!好壶!不愧为门里出师!"

李仲芳,高亚迪是知道的。作为时大彬的第一高徒,名震史册,其父李茂林也是一位赫赫有名的制壶高手。李仲芳家学渊源,又经名师调教,道艺肯定非凡。但今天见得其作,却没有震撼高亚迪的心灵。高亚迪觉得,这把壶在视觉上远不及黑先生的那把梨壶震人。好壶,首先要先夺人眼球,给人一种视觉享受。殊不知为何能震动姬编辑?高亚迪不得其解,也下意识地从粉床上滑下来,蹲在了姬编辑旁边。

就在这时,姬编辑突然起身,来到粉床边,将壶抬至眼前,缓缓地翻过来,只见那壶盖竟扣在壶身上纹丝不动!姬编辑大叫一声:"好一个'其间不容发',果真名不虚传!"

再看冯大姐,正面目平静地微笑着。高亚迪却早就看傻了眼,再看其他三壶,也陡然生辉了。不想姬编辑对其他三壶却没有兴致,又一个"不知为何"盘于高亚迪心中。

见姬编辑对其他三壶不感兴趣,冯大姐知道了她那双眼睛的厉害,便不敢劝看,只当它们不存在。待姬编辑欣赏够了,又将它们和那把扁圆壶放进盒内,开始让茶。二人会意,知道该告辞了,便起身说道:"时间不早了,我们也该回去了,今天在你这里算是大饱了眼福,不知道夜里会不会失眠?"

冯大姐莞尔一笑,又礼节性地挽留了几句,便送客出门。

回去的路上,高亚迪问姬编辑说:"是真的吗?"

姬编辑说:"一真三假!"

"怪不得你对那三把壶不闻不问,原来早就看出是赝品了。"

姬编辑没有回答,像是仍醉在那把仲芳壶里:"真没想到这辈子会见李仲芳妙手佳作!"

"这么肯定那就是李仲芳的真品?"

"百分之九十吧!"姬编辑目视着前方说。

高亚迪一听是十有八九是真品，突然冒出一股拥为己有的欲望，但又不知冯大姐会不会出手？要多少钱？打消多日的买壶念头突然间又复活了，而且越来越强烈。

送了姬编辑，高亚迪回到家中，门刚一关，便给老公大叹："谁会想到一个扫地的家藏奇珍？"

沙轩正躺在沙发上看电视，听不懂她所云何事，接道："上学时没学过《百万富翁》吗？深藏不露的人多了！"说完，面色突然变得愠怒起来，"你又跑哪去了？也不打个电话，我快饿死了！"

高亚迪这才想起老公还没吃饭，慌忙下厨。进得厨房，高亚迪伸手劳作时，才想起手被烫一事，便又钻出来，走到沙轩跟前，伸着包扎的右手，说："没法做！人家手被开水烫了！"

沙轩看着妻子的手，目光软了一下，责备道："怎么恁不小心？"

做不成饭，只得下馆子。看看厅内的大钟摆，已经九点多了。今天高亚迪心里的兴奋事太多，人也突然活跃了，不想一个人在家，便跟着沙轩来到"合记烩面"凑热闹。

进得店内，食客满堂。"合记烩面"为天下第一面，一直都客满为患。因为人多，"天下第一面"的服务历来倒数第一。公私合营之后，服务员和杂役都成了正式工，与那些打工的服务员相比多出了一种主人的势态，对顾客向来不管不问，真应了"店大欺客"的那句话，上帝来到这里都得自己动手，桌位由你自己选，饭也由你自己排队端。每天从上午十点缀成的"长龙"一直持续到晚上十点来钟还不见散，可谓是餐饮界的一道奇观，也彰显了"天下第一面"的"牛气"。服务员们也跟着一路"牛"起来，现在大都五十多岁了，一个个穿着翠绿色的小褂，腆腰大肚地穿梭在拥挤的人流里，只顾收拾残羹剩菜，很少正眼瞅客人。

沙轩去买票，高亚迪也只得入店随俗，开始瞅桌位。远远看到角落有人正在独自用餐，心想那人定会吃得快些，她便走过去准备静候。

不想走到那人面前，刚刚站定，一双眼睛从大碗里翻上来。四目相对，高亚迪叫了一声："黑先生！"

"真巧呀!"黑先生将脸从大碗里挪开,擦了一下嘴说。

高亚迪这才想起黑先生走时没有吃饭,不由脸红了一下:"不好意思!"

"没什么不好意思,来这里吃饭,要的就是这打仗的感觉!"黑先生笑笑,显然误会了高亚迪的意思。

高亚迪想说什么,但又不知从何说起,便说了一声:"你慢用!"就挪了脚,另寻别处。

黑先生也没有挽留,只是微笑相送。

刚走两步,就看到一个刚刚腾出来的空桌,残羹剩菜还没有收拾,高亚迪便一屁股坐了下来。背对着黑先生,心里又是一阵愧疚,心想自己请客害得人家没有吃成,干的什么事?她正自责着,一个大腹老太太拿着抹布走来了,三下五除二收拾了残局,又端着残羹走了。

接着一个声音从头上飘来:"您慢用,我先行一步。"

一看是黑先生,忙起身说:"好好好!"

高亚迪愣愣地看着空手离去的黑先生,心想,锦盒和那把梨壶哪去了?想必放回了家中。回了家又出来用餐,难道他没有家眷?高亚迪觉得不太像,一般单身的男人穿着都比较随意,甚至是窝囊,但黑先生从头到脚都收拾得相当整齐,西装笔挺,皮鞋贼亮,一看就知道背后有人收拾。想到这儿,她突然生出一念,要是他没有家眷,和冯大姐年龄还挺合适,若撮合一下,说不定还真有可能成事。但转念一想,人家就算是没有家眷,会娶一个扫地的吗?

这时候,沙轩正端着两碟小菜到处找她。她看着沙轩,举起包扎的伤手示意了一下。沙轩便朝她快步走去,将两碟小菜摆放在桌上,问:"真不吃了?"

"真不吃!"

沙轩见老婆不吃,便独自用起餐来。沙轩要的两个小菜一荤一素,都是合记的招牌菜,一个豆腐丝、一盘羊肉。看着两盘小菜,高亚迪的思绪飘得很远,想起黑先生在咖啡厅里的狼狈,又想起了冯大姐,不由一阵暗笑:真是一对冤家,刚才还想撮合他们呢!冯大姐搅了黑先生的一桩大生意，人家心里指不定正恨着冯大姐呢！为什么今天总是有意无意地将黑先生和冯大姐扯到一块想？大概就是冯大姐把黑先生搞得很狼狈，忍不住脱口感叹说："我今天真算是见识什么叫深藏不露了。"

沙轩只顾吃菜，没有理她。

她沉默了一会儿，又说道："老公，你要是有一个价值连城的宝贝，你是选择放着宝贝给人家扫地，还是卖了过富裕日子？"

"我肯定是卖了！"沙轩不假思索地回答说。

高亚迪不再吭声，心里却不禁寻思：如果冯大姐肯卖壶，早就卖了，绝不会放着壶出来当杂役！

次日，高亚迪早早来到公司，开了门，公司里冷冷清清，还没有一个人。夜里的寂寥还在，憋了一夜的空气很沉闷，高亚迪逐一开了窗户，便进了自己的办公室。

每天一进办公室，头一件事便是拿壶沏茶，平日里拿壶拿得轻飘飘的，今天看到电磁壶，再看看手上包缠的纱布，还没有拿起就感到了重量。该死的！不就有俩臭钱吗！高亚迪在心里恶毒地骂了一声，越想昨天的尴尬越是生气，好在这尴尬旁人不知，索性不再去想。

今天的事情还很多，除去日常工作，最为重要的便是要旁敲侧击一下冯大姐有没有卖壶的意思。这时候，高亚迪已经没了买壶送礼的念头，她只想拥为己有。至于万家和那个曾老板，她还真想来个白手拿鱼！昨天虽然兴奋而去，败兴而归，但足以看出曾老板对她已有了好感，至于更进一步的关系，自然需要她用一张好嘴去营造。好嘴自然需要二人碰面，不碰面如何去发挥？这个时候万万不能主动出击，那样会让人觉得自己是个"热粘皮"，破坏这来之不易的好感，所以她现在的任务是守株待兔。而守株待兔很多时候玩的是心理战术，表面上看似不动声色，其实心里夺胜的欲望排山倒海：既然有了一次相邀，肯定还会有第二次！肯定会！高亚迪在心里吼叫了一声，觉得窗外的旭日越发明亮了。

就在这时，手机突然响了，翻开看到一个陌生号码，她按了接听，里面传来一个年轻女人的声音："高总吗?"

高亚迪含混地"嗯"了一声。

"我是万家的曾妍!"

高亚迪一听，激动得头脑一片空白："哎呀呀，曾总！您好呀!"

"昨天的事真不好意思，让您空跑一趟!"曾老板的声音充满了歉意。

"哪里话，反正我也没什么事，权当是旅游了!"

曾老板一听，呵呵直笑："高总真幽默!"

"能博得美人一笑，不光是周幽王的荣幸，也是我高亚迪的荣幸!"高亚迪说完，就听到电话里传来了开心的笑声。

"高总真会说话，改天我定当面道歉！也好趁机好好领略一下高总的机智和幽默，笑个天翻地覆!"

"为了不让曾总失望，我现在就打腹稿!"高亚迪说完，又听电话里传来一阵银铃似的笑声，不禁自鸣得意起来：看来拿下曾老板指日可待了!

二人又说笑了一会儿，挂了电话。高亚迪兴奋得直哼小曲，脑子里飘荡着一种不知今昔是何年的恍惚感，想找人诉说兴奋的欲望如同洪峰袭来，找谁说呢？沙轩？那个男人历来对她的生意不感冒。姬编辑？若自己像个孩子似的给人家吐露兴奋，人家肯定会觉得自己浅薄。儿子？想到儿子，兴奋到极致的高亚迪突然生出一丝的酸涩。儿子在贵族学校上初中，学校实行寄宿制，他一星期才回来一趟。转眼间又一个星期没见儿子了，这对于一个母亲来说真是相当残酷。想到这儿，她立即拨通了儿子的号码，铃声响了半天也无人接听。这才想起儿子正在上课。

放了电话，高亚迪不禁失神起来，也就曾总一个电话，至于这样兴奋吗？刚才还说心理战呢，没想到自己的心理素质这般差劲，真不是一个好的赛手!

这时候，门外有了响动，看看表，已经八点四十了，想必员工们已经陆续到了。她本不想出去，不想让员工们看到她得意忘形的浅薄相，可这时候突然一阵尿意袭来，不得不出恭一趟。

开了门，便是员工的集体办公室，大家都已到岗。冯大姐正着手打扫卫生，昨晚上那身上等的行头不见了，取而代之的还是平日的装束，一个绿底黄碎花的棉袄，下边是一条墨蓝色的紧身牛仔裤，脚蹬一双棕色的平跟皮鞋，正撅着屁股擦桌子腿。听到脚步声，回头看到高亚迪，瑟瑟一笑，喊了一声“高总”，神情一如既往，好像昨晚二人没有亲密接触过。高亚迪见冯大姐刻意拉开距离，便也摆出老板架势，只对她微微颔了一下首，便匆匆进了厕所。

厕所里弥漫着一股檀香味，细看角落处一根棕色的檀香正冒着青烟，想必是刚被冯大姐点上。因为厕所不临山墙，没有窗户，一个小小的排风扇自然解决不了通风问题，香气混杂着憋闷了一夜的臊气，直冲高亚迪的鼻子，真是可惜了这根上等的“芳香之物”。高亚迪内急也顾不得这些，开了门，三下五除二解决了问题，便来到水龙头前冲手。冲完手，无意间抬头一看，镜子里一个面色蜡黄的女人正看着自己，不禁骇然起来。这个女人那么熟悉，又是那般的陌生，怎么看都不像自己。不由细瞅，越瞅镜子里的女人越是难看，让高亚迪的眼睛无法接受。鼻翼两侧和眉宇间的毛孔尤为粗大，像马蜂窝在脸上安了家，千孔万洞，清清楚楚地裸露在镜子里，残酷得让高亚迪无法接受！再看看皮肤，比狂风吹了一夜的地面还干，干得令人发躁。眼睛呢？越看越可怕，大而无神，犹如庙堂里赤目瞪眼的泥塑神态。睫毛膏涂得太多，都粘在了一起，犹如一团团黑色的小泥丸挂在一根根睫毛上。

太可怕了！

今天早晨从家里出来时，看着还凑合，不想只过去了一个多小时，这面镜子竟将自己变得如此不堪入目，高亚迪不由无名火起！她迅速收起目光，冲出洗手间，来到办公室大厅，对着满屋的人狂叫道：“以后！谁再擦卫生间的镜子我就开除谁！”

高亚迪的吼声，将满屋的人都吓一跳，不知道一贯有洁癖的老板是怎么了。卫生间的镜子？那肯定是在说女卫生间的那面了！既然是女卫生间的，自然排除了男员工。女员工谁又擦过镜子呢？

大家你看我,我看你,最后将目光一齐射向了冯大姐。

冯大姐此时已经愣住了,只见她拿着抹布,正不知所措地看着高亚迪发火。看了一会儿,鼻头一酸,泪水已经不知不觉流了出来。

高亚迪其实无心指哪一个,只是想发泄出来,她无法接受那张镜中的面孔。但发泄的话语一出,所指之人已经毫无悬念地导向了冯大姐。

高亚迪发完火后见冯大姐哭了,心里一软,才意识到刚才的失态,她不由开始后悔,但又不能当众给冯大姐道歉,否则她这个老板的威严何在?想到这里,她觉得只能一走了之,让残局自灭。此时办公室里鸦雀无声,只有高亚迪气呼呼的脚步声。

进得屋内,高亚迪更是后悔,不就看了一眼真实的自己吗?有必要那么发大火吗?要是让别人知道了自己心中的骇然和隐讳,定会被人笑掉大牙!可是火发罢了,覆水难收。员工们难免会猜出潜台词,尤其是那些女员工指不定正在窃窃私语她这个半老徐娘呢!高亚迪摸了一把枯如树皮的脸,懒得再去想这些烦心事。重要的是她已经严重得罪了冯大姐。

下一步怎么办?

现在的冯大姐,已不再是往昔的冯大姐,现在的冯大姐手里珍藏着一把价值不菲的名壶,不出手则罢,一出手便是腰缠万贯的富婆。更何况,自己从昨天晚上就涌动着买她壶的欲望。待会儿她进屋时给她赔情?想到赔情,高亚迪吓了一跳,自己还真没有给谁赔过情。不可能!高亚迪在心里暗叫一声,但随后一个疑问旋进她的思绪:遭遇如此委屈,冯大姐会不会撂下拖把转身离去?对于别人可能会咽下这委屈,可对于家藏名壶的冯大姐还真有拂袖而去的可能!若冯大姐真撂挑子一走了之,那和解就不可能了,买壶的事情更是没了指望。想到这儿,刚才还兴致勃勃的高亚迪瞬间沮丧了,开始悬着心等待冯大姐的敲门声……

平日里,冯大姐九点半左右就会到她屋里打扫,可今天一直等到十点左右,冯大姐也没进来。中间响过几次敲门声,可进来的皆是请示工作的部门经理。一直不见冯大姐的身影，高亚迪有些烦躁，心想冯大姐很可能已经默然离职了，本想出去看个究竟，但又觉得不妥，便止了念头。心想走就走吧！私人公司里你走他来，实属正常。不正常的无非就是冯大姐手里有一把吊她胃口的壶而已。不买也罢！走就走吧！高亚迪带着绝望在心里豁达地嚷道。

不想绝望之际，门开了，一个小心翼翼的身影走了进来。

看到冯大姐，黯然失神好久的高亚迪心里陡然一亮，犹如看到了东升的旭日，目光里充满了笑意。但冯大姐没有看她，好像还在生气。还好，除去生气，一切一如往昔。冯大姐拿着抹布和拖把，一脸的负气，眼睛有些红肿，不知偷偷哭了多久，把打扫卫生的事情都耽搁了，一直肉到现在才到她屋里。

见自顾干活的冯大姐视她如空气，连余光都不瞟她一眼。高亚迪知道她还在生气，便笑眯眯地看着她，寻思着如何化开矛盾。

室内一片寂静，内心却是万马奔腾。

直到冯大姐来到她的办公桌前擦拭，才翻眼看了她一眼，目光很硬、很挺，像木棍一般捣了一下高亚迪。高亚迪不曾想这个一贯畏手畏脚的卫生员脾气还蛮大，便突兀地说道："冯姐，你为什么不卖把壶享福呢？"

冯大姐愣了一下，劳作的手突然停了下来，说："不卖！如果你要是嫌我不称职，把工钱结了，我现在就走人！"

高亚迪也愣了一下，突然意识到说错了话。本来是想化解矛盾，可因为有不快在先，买壶心切的高亚迪话语一出，竟薄情四溢，像是在撵冯大姐离职，忙解释说："我绝对不是那个意思。你干得很好！我只是……"只是什么呢？不想再提不快的高亚迪突然打住了，陡转了话题，"你家里布置得真雅致！"

"过奖！"冯大姐声音硬硬的，目光也硬硬的，摆出一副决裂的态势。

见冯大姐仍在误会，高亚迪只得直切正题："我很想买你的那把仲芳壶，就是不知道你有没有意出手？"

冯大姐又愣了一下，诧异地盯着高亚迪好一会儿，无语。

高亚迪见冯大姐不语，也不再吭声，室内又陷入一片沉寂。

直到冯大姐打扫完毕，要出门时，高亚迪才说道："别走，坐下陪我说会儿话！"

冯大姐止了脚步，回头看了一眼高亚迪，目光缓了下来，迟疑了一会儿，开口堵道："穷死也不卖壶！"

高亚迪一听，暗笑冯大姐像个孩子："卖不卖壶另当别论，我今天就是想和您说说话！不会薄我这点面子吧？"

冯大姐的情绪平复了一下，将家伙什放至门口，退至沙发前坐下。高亚迪也跟着来到沙发前，烧开水，洗了茶具，又温了一下壶，放上一小袋上好的普洱，正要提水沏茶，就听冯大姐声音缓缓地传来："那是祖上留下来的物件，家父临终前一再叮嘱，再苦也不能卖壶！虽然家道中落，日子过得很苦，但我父亲、我爷爷、我太爷爷都没有卖壶，如果壶在我手里流落出去，我岂不成了家族的罪人？本来那几把壶是要留给我弟弟的，可不想我弟弟还没娶亲便早逝了，这才落到我手里的。"

"光靠你打工，何时能偿还清债务？如果你父亲在天有灵，肯定也不愿意看到你如此辛苦！"高亚迪直言不讳道。

"那是肯定了。"冯大姐嗫嚅一声，沉默起来。

高亚迪看着发怔的冯大姐，知道事情有了指望，便沉住气不再作声，自顾沏茶。茶水沏好，高亚迪将洗好的茶盏夹出一个，送至冯大姐跟前，倒了茶，一阵隐隐的茶香随即扑面而来。高亚迪端起茶盏，嗅了嗅茶香，又偷偷掠了一眼冯大姐。此时冯大姐表情已乱，像是正在做激烈的思想斗争，便觉得此时自己不易先开口。

果不其然，不一会儿，冯大姐突然像个没有见过世面的农妇，憨稚地问道："如果卖，你能出多少钱？"

"一百万！"高亚迪见冯大姐不知行情，呷一口茶，咬着牙把价钱朝下压。

冯大姐一听，眼睛陡然一亮，神情和话语更加憨稚了几分："这么值钱？！"

高亚迪见状，心里不免一阵得意。这两年，钱虽然贬值得厉害，但在贫困潦倒的冯大姐心里，“一百万”自然还是一个遥不可及的天文数字。看着冯大姐憨稚的神情，高亚迪不禁为刚才定的价位感到狂喜：“如果按市场价最多五十万，就算是搞搞价，卖个八十万，到顶了！因为咱们共事快半年了，我才出了这个人情价，不能让你吃亏！”

冯大姐听后，犹豫了一会儿，说：“要不，我回去给儿子商量一下，再给您回话？”

“好！”高亚迪爽朗地答道。

冯大姐端起茶盏喝了一口，情绪沉沉地说：“要真是儿子同意卖了，我就成了家族的罪人！上对不起父亲，下对不起我自己。说句实在话，高总真是慧眼，我最喜欢的也是那把仲芳壶。心烦的时候，拿出它来看看，醉在壶里，立即就万事皆忘了……”

“活人不能为逝去的前辈人活着，得为自己活，放着壶过穷日子，不如卖了壶，呼风唤雨！你说是不是这个理儿！”

“理是这个理儿，可一说卖壶，我这心里免不了内疚，只觉得愧对先人。可谁让我把日子过到这步田地的？要不是债务压头，我还真不敢想卖壶的事！”冯大姐说完，哀叹一声，又失神起来。

看着失神的冯大姐，高亚迪不由暗叹，原来这世间最诱人的还是金钱，它带着所向披靡的强势，大有扭转一切的可能！自己才只是吐出一个数字，不但轻易化解了刚才的不快，还动摇了冯大姐对祖宗的忠诚！一百万，现在虽然办不了什么惊天动地的大事了，却能给冯大姐以后的命运和生活带来不小的改观！比如将钱存到担保公司，月月光利息就能让她跃升为中产阶级了，哪里还需要屈人膝下当杂役？要是换了自己，肯定也会为之颠覆抛弃一切。

第二天一早，高亚迪刚进办公室，就看见冯大姐坐在一个办公桌前，一脸的心事。冯大姐今天没有像往常那样忙碌，只是干坐在那里，像是在专门等她。

高亚迪一看就明白了，直接说道：“进我屋吧！”

冯大姐跟着高亚迪进了里屋，开门见山地说：“高总，真不好意思。昨天我回家给儿子商量了半夜,卖是同意卖,可就是价钱不如他意。”

“他要多少?”高亚迪问。

“他……他说……少两百万不卖。”冯大姐一脸的歉意,好像很对不起高亚迪似的,话说得吞吞吐吐。

高亚迪听了,暗吃一惊,本想一百万就能成交,不想竟碰到了一个狮子大张口的家伙,沉思了片刻,说:“这样吧,你们去点,我添点,一百二十万! 如果你儿子同意,壶就归我了,若再高了,我也买不起。可生意不成人情在,咱们就权当没提过这事儿。”

“好好,我这就给儿子打电话商量。”说完,冯大姐便出了办公室。

一下子多了二十万,对于高亚迪来说不是个小数。看着冯大姐急慌慌走出去的背影,不免心疼起来,可转念一想市场价,又觉得是个千载难逢的好事,虽不是天上掉馅饼,但也便宜很多了。

不一会儿,冯大姐又蹓蹓地走了进来,一脸的为难。高亚迪一看就知道她儿子那边出了问题,不禁问道:“咋说的?”

“孩子大了,我也不当家了!”冯大姐所答非所问地说道。

“他咋说的?”高亚迪有点不耐烦地追问。

“我给他一阵好商量,他才肯去二十万,我也没有办法,您看?”冯大姐瑟缩地看着高亚迪,唯恐她生气一般。

刚才的不平衡还没有过去,又一下多了六十万,一时间让高亚迪无法接受,便不再言语,愣愣地看着冯大姐,猜不出她儿子是个什么货色,但肯定不是一个好糊弄的主儿,心里不免一阵厌恶。

“那就算了!”高亚迪怅然若失地说。

“高总,您千万别生气!”冯大姐满脸的内疚加慌恐。

“我生什么气?”高亚迪不满地嘟囔道。

冯大姐看着高亚迪,癔症了一会儿,突然说道:“要不这样吧,我就当一回家,您再添三十万,我做主替儿子去三十万,一百五十万,如何?”

高亚迪一听,心里不禁狐疑起来,越看越觉得冯大姐不像个没做过生意的人，这是不是他们母子唱的双簧？一个唱红脸一个唱白脸？但转念一想，又觉得很正常。双簧戏在中国早就成了一种文化，已从舞台、商界、政坛深入到普通百姓中，想想哪个人一辈子没演过一出或几出双簧？又有哪个人不会演双簧？

高亚迪思忖了一会儿，说："好吧！"

生意谈好了，不想交易的时候，冯大姐竟说自己没有银行卡，非要高亚迪给她现金不可。高亚迪不解，也觉得不妥，一下子从银行里取出那么多钱，肯定不安全。一再给她解释取现金的风险和危险，可冯大姐就是不同意，执意要现金。说钱打到银行卡上，只是一个数字，拿到手里才是钱，还说她要拿着钱给父亲和先祖们请罪。高亚迪万般无奈，只得请来自己的两个弟弟当保镖，到银行取了一百五十万的现金，送到了冯大姐家里。

一袋子的钱换来一把仲芳壶，并没有让沙轩知道，也没有给姬编辑说。不给沙轩说，是怕闹矛盾；不给姬编辑说，则是怕她说自己奸诈，欺负不懂行情的老实人。她只有默不作声地将壶放在了办公室的沙发下，准备代代相传，给后人留个念想。

日子一如既往地过着，唯独与往昔不同的是，冯大姐辞职回家享清福去了，办公室里又换了一个卫生员。新来的卫生员不如人意，没有礼貌不说，打扫的卫生远不及冯大姐彻底，害得高亚迪进进出出还得细瞅死角处大呼小叫，真是不比不知道，一对比竟不由念起冯大姐的好来。从买了壶到现在，二人已经分别两个星期了，高亚迪还真有点想她了，便拿起手机给冯大姐打电话。不想刚一拨通，手机里竟传来了一个电子录音："对不起，您拨打的电话已停机！"高亚迪恍惚了一会儿，心想这冯大姐是不是有了钱，隐居进桃花源了？兀自一笑，便合了手机。

才合了手机，手机的铃声就炸响了，开盖一看是曾妍，不由一阵心花怒放，心想这老姑娘还真是喜欢上自己了，便不急着接电话，而是任由铃声响了一会儿才缓缓摁开。高亚迪关键时刻头脑向来机智,开口便让曾妍笑得前俯后仰,直言道:“高总还真打了腹稿呀?”

二人一逗一笑,说了一会儿,关系越发亲密了。不接触不知道,电话中接触了几次,高亚迪才发现原来这个财大气粗的美女心底竟是这般单纯,不知道她是如何做的生意?若不是她的高干父亲在头上罩着,想必驾驭不了那么大的产业。想到这儿,高亚迪不由地为曾妍担心起来,若她父亲退了休,像她这样单纯的人肯定会被人骗得个倾家荡产,现在只是她父亲身处高位,没人敢骗她,可待她头上那片光环暗淡下去的时候呢?因为杂念捣乱了思维,高亚迪的幽默感大跌。曾妍的笑声渐稀,不一会便婉言挂了电话。

电话里,曾妍并没有邀她见面。高亚迪不免犯起了嘀咕,三天两头打电话闲扯,生意上的事只字不提,把她当成单纯的开心丸了?想到这儿,她头脑一热,拿起手机给曾妍发了一条短信:“闲了来我办公室里喝茶,近日有幸得了一把仲芳壶,不知真假,恰好借机让曾总慧眼帮我鉴定一番。”短信发出之后,等了好久都没有回复,高亚迪心里一阵失落,只觉得曾妍对她忽热忽冷,态度让人捉摸不透。也不知道生意的事情有没有指望?要不把仲芳壶送给她?这念头闪过时,吓了高亚迪一跳,一百五十万呀!她还真是舍不得。

下午,高亚迪给姬编辑打了电话,问她在不在茶城。因为很久没去过了,姬编辑一听很显诧异:“怎么又突然想起来茶城了?是不是碰到什么不顺心的事了?”

“没有烦心事就不能去看您了?”高亚迪像孩子似的嗔怪说。

姬编辑呵呵直笑:“自从有了好壶相伴,你早就把我忘到九霄云外喽!今天怎么突然想起我了?”

高亚迪一听,吓了一跳,姬编辑怎么知道她买壶一事?难道是冯大姐那里透出了风声?再一想,不对,两个人只有一面之缘,冯大姐肯定不会把卖壶的事说给她,再说她也没有姬编辑的联系方式呀!细想,姬编辑所说的好壶,定是指在紫砂节上淘来的那几把。这样想着,高亚迪便不想和她贫嘴:“想你了呗……下午你在不在茶城?”

“你来吧,我抛开一切事务专门欢迎你!”

挂了电话,高亚迪还是驱不走失意,那个没有回复的短信一直盘旋在她心里,越盘旋越失落,真后悔主动出击发那个狗屁短信,话里话外巴结的味浓得呛人鼻眼,结果弄巧成拙,人家连理都没理自己,丢人!

高亚迪不想让自己心烦,起身抓起坤包,准备去街头闲逛散散心,再买两件衣服。不想正要出门,被策划部经理迎门拦住了。高亚迪除去做二手房产商外,还兼办着广告策划公司。现在广告策划也越来越不好做了,客户都是同时找几家广告公司,方案出来了还需同台竞标,白掏力不挣钱的活儿越来越多,这让高亚迪很是头痛,也越来越害怕见这位忧多喜少的部门经理。

看到策划部经理迎门站着,高亚迪眉头一皱:“说吧,又是什么坏消息?”

策划部经理小心翼翼地关了门,灿烂一笑,神秘地说道:“商丘的那家公司拿下了!”

高亚迪愣然了一下,有点不大相信:“噢! 拿下了?”

“那还有假? 高总真是慧眼,新招的这位文案水平真高,过五关斩六将,一路绿灯,一挤眼就过了!”策划部经理喜滋滋地说。

高亚迪一听,心情陡然转晴了几分:“发工资时,除去提成,再奖励她五百块钱,能者多得,以示鼓励!”

“好好好! 我这就给她说去,让她好好干!”

“不慌,到月底再给她惊喜不迟!”高亚迪止了策划部经理,又说,“我出去一会儿,有事了给我打电话。”

“好好好!”那经理点头应承了一声,便开门退了出去。

高亚迪来到楼下,刚钻进车内,突然看到一辆枣红色的大奔迎面驶来,但她并未在意。现在民众和国家一样陡然变富,大奔、宝马满大街都是,像她开的这种 A6L,早就失去了先前的荣光,不知不觉间已沦为了贫者。

高亚迪刚扳动发动器，突然手机响了，一看又是曾妍，没有多想，便接了电话“喂”了一声，就听曾妍说：“高姐，您在几楼，我已到了楼下。”

高亚迪一阵暗惊，这才恍悟：原来眼前的这辆大奔是“奔”自己而来的！刚才的不快顿时烟消云散，高兴地说了一声：“我看到您了！”说完，慌忙打灭了火，推门下了车。

看到高亚迪，曾妍也推开了后车门，笑嘻嘻地钻出来说道：“听到高姐召唤，不敢怠慢，连短信都没有顾得回，就跑来了。”

高亚迪听曾妍一连喊了她几个“高姐”，心里热乎乎的，关系无形中已被几个“高姐”拉近了万倍，自己自然也不能再打官腔，便省去了寒暄，热情四溢地说：“走走走，上楼！”

二人来到楼上，进了高亚迪的屋里，曾妍扫了一圈，因为见惯了一尘不染的环境，也不觉得高亚迪办公室干净得有什么异常，便抚衣坐下。

高亚迪急忙沏茶倒水，边沏茶边调侃，让曾妍笑得前俯后仰。看着曾妍开心的笑，样子很是可爱，自己也不免兴奋起来，心想，借着曾妍此时的高兴劲，今天就把包销的事情提出来，来个白手拿鱼。不想还没等她开言，曾妍像是突然想起了什么，收起笑容迫不及待地问道：“郑州这巴掌大的小地方，怎么一下子冒出那么多仲芳壶和郑板桥的墨宝？”

高亚迪一听，怔了一下，急忙从沙发底下抽出那把仲芳壶，放在桌上，说：“人家的可能都是假货，我的这把可是地地道道的真品！”

曾妍不以为然，拿起那把仲芳壶，看了看说：“和我见过的那几把没有两样！”

高亚迪一听，心里不由慌乱起来，怔怔地看着曾妍，头脑一片空白。

“你说，就算是李仲芳有几把精品传世，那也不可能都聚在郑州吧？”曾妍兀自说完，投了一眼高亚迪，只见高亚迪面色苍白，像是受了暴击，缄口不语。

高亚迪隐约听见有人说话，回过神来，对曾妍干干地笑了一下，说："我这一把是人家祖上传下来的，我想不会假。"

"我朋友手里的那儿把仲芳壶也说是祖上传下来的，买古董不能听故事，这是常识。"曾妍斩钉截铁地说道，停了一会儿，又接着说，"还有郑板桥的竹子。那墨宝我见过不止五幅，都一样，我家里也有一幅，看不出真假。我每次打开看它，都看不出破绽，那笔力一看就让人肃然起敬，苍劲不失内秀，收放得干净利索。我觉得只有书法家才能有这种笔力，刚好郑板桥书画齐名，如何看都像真迹。还有那竹节，节节都以人的骨骼相连，一般的画工肯定画不出那样的神品，也只有饱学的郑板桥才能赋予竹子那种形而上学的生命力，赋予竹子一种人格，把竹子画活。光从这形而上一处看，就不容人怀疑它的艺术档次！可后来朋友手里陆续冒出来好几幅同样的画作，不由让我生疑，回去给我爸说那幅画可能是赝品。我爸愣是不信，还说就算是仿的，也一定出自高手，不丢郑板桥的人！我本来想找专家鉴定一下真假，可我父亲不同意，非说是真的……"

高亚迪若有若无地听着曾妍的话，心里乱作一团，难道冯大姐是个骗子？不可能！她怎么回忆，都觉得冯大姐不像骗子，实实在在的老实人，如果不是债务缠身外加自己的侧劝蛊惑，人家肯定不会出手家珍！再说，这壶已经由姬编辑的法眼看过，肯定不是赝品。高亚迪又在心里叫了一声，不可能！她坚强地缓过神来，看了看漂亮的曾妍，又看了看那把仲芳壶，真是妙品见佳人！

曾妍此时还是一脸的认真，高亚迪不免觉得她稚气未脱。可能出身高贵的孩子都是她这般直率，因为活在一片阳光之中，不知道世事阴险，也没有领略过道路的曲折，所以不会作假。从这种人身上看到的多是本真，难道她今天过来，就是为了急着告诉我壶是假壶？想到这儿，她不由笑道："我和令尊一样，以假当真，假亦真！"

曾妍一听，脱口说道："看来，郑板桥不但书诗画绝，对人生也悟得精透，才叹出'难得糊涂'四个字。从你和我爸身上可以看出，自欺欺人有时候也是一种幸福，不过就怕恍然大悟的时刻。”

高亚迪心想你明知道这一点，为什么还这般急切地点悟我？非要证实壶是假壶呢？非要逼着我“恍然大悟”呢？想到这儿，更加觉得她稚气甚浓，开口说道：“那我就来个糊涂到底吧！”

曾妍听后，好像很失望，觉得高亚迪身上有一种“顽固不化”的悲哀，便拿起壶来，叫道：“真壶！”

曾妍明明叫的一声真壶，表情却四溢着否定，让高亚迪看得很不高兴。心想这率真的人，好是好，可一旦较起真来，还真是搅得人心烦，便说道：“不讲壶，咱喝茶！”

曾妍虽然爽真，但毕竟是从大场面里混出来的，见状便止了话题，不再言语。因为没有说服高亚迪，心里不免有一种挫败感，沉默了一会儿，便以“有事”为由告辞，大有不欢而散的嫌疑。高亚迪虽早看出曾妍的稚气，但万没想到如此稚气，来去都带着一种突然袭击的势头，不容商量。如此性格，真是只能远观，不可近玩！难怪到现在还没有嫁出去。看着起身告退的曾妍，高亚迪乱了阵脚，看着那张漂亮的脸，竟生出一丝厌恶。

因为二人都心存了芥蒂，生意上的事自然没法再提，最终只得不欢而散。

送走了曾妍，高亚迪突然心如乱麻地恍惚起来，不知今夕何年了，只觉得空气里回荡着鸡飞蛋打的声响。白手拿鱼的事情，随着曾妍性格的暴露，最终变得没了一点指望，高亚迪只觉得自己侍候不了这种高干子女，便灭了欲念，不敢再多奢想。

仲芳壶还在几案上，正顽皮地看着高亚迪。回看那壶，高亚迪只觉得神、形、气、态从壶身上喷薄而出，绝不是造假者能模仿得来的！咋看咋不像是赝品！就像黑先生的那把梨壶，搭眼一看，就知道是真家伙！可曾妍为何那般认真地跑来告诉她：郑州这块地上有好几把仲芳壶？曾妍如此率直的人，肯定不会说瞎话，此来肯定是带着一片好心。自己却没有信她，把她弄得不欢而去。难道冯大姐真是个骗子？想起冯大姐在迪欧咖啡厅的精彩表现，把黑先生弄得狼狈而去，突然间一个四溢着阴谋的词汇贸然于她的脑际：“欲擒故纵?”如果真是这样，那冯大姐和黑先生定是一伙的，合着伙来骗她，故意来她公司里当保洁，放长线钓大鱼。高亚迪疑惑地想，如果事情真如自己所疑，那冯大姐的演技也太高了，高到不留丝毫破绽！真没有破绽吗？那她为何非执意要现金？是不是怕公安局从银行卡上顺藤摸瓜找到她？想到这儿，高亚迪大有崩溃之险，她痛苦地闭上了双目，满脑子皆是挥之不去的冯大姐。可她无论如何也不信冯大姐是个骗子，那份憨稚、那份窘迫和唯诺，怎么回忆都不像是装出来的。再说见面的那天，她也在场，怎么看冯大姐和黑先生也不像认识，更不像是一伙的。想到这儿，高亚迪禁不住又拨了一下冯大姐的电话，电话通了，可又传来了那个电子录音：“对不起，您拨打的电话已停机！”

高亚迪大失所望，刚才排山倒海的疑惑又卷土而来，恍恍惚惚地挨到了下午，再也按捺不住心中所疑，开车直奔冯大姐家，想探个究竟。

到了冯大姐家，敲了敲门，无人应，又敲了敲门，依然无人应。高亚迪癔症了一会儿，走到对面，敲了敲那扇密布着蜘蛛网的防盗门，心想光看门，里面肯定也不会有人，正要绝望地下楼，不想里面的木门竟然开了。一个老妇人隔着防盗门打量了她一下，问她找谁。高亚迪问：“对面这家人咋没人?”

老妇人轻描淡写地说了一声：“搬走了！”便关了门。

高亚迪看着那扇不太友好的木门，眼前一黑，金星乱蹿，只得扶墙而立，“搬走了”三个字一直旋在脑际间，不知过了多久，她才缓过神来，冯大姐那憨稚得像农妇一样的表情又浮现于眼前，转念一想，冯大姐定是拿了钱，买了新房，去桃花源里享福去了，情理之中的事，哪里有曾妍说的那般复杂？想到这儿，疑云消了大半。

就在这时，突然手机响了，一看是姬编辑：“怎么还没到?”

高亚迪这才想起约会一事，不禁自责起来，忙说：“快到了，正在路上跑着。”说完，不敢怠慢，忙下楼直奔茶城。

走到路上，高亚迪很想拐回去拿上那把仲芳壶，再让姬编辑细细鉴定一下真假，但转念竟想起了曾妍的父亲，便兀自笑道："难得糊涂，糊涂难得！……好一个郑燮，不但看透了竹子，四字一吐，将世俗人情也概括了个精透……鬼杰也！"

无象丛生

孙方友　孙青瑜

年近九旬的孙老贤告诉我说，七十年前有一个来小镇上的共产党人叫范景臣，住在镇北街的卢家干店里。那是一个鼓书艺人，会唱河南坠子和大鼓书，尤其是《岳飞传》说得好。只可惜被人告密，几天后，陈州城南门的城楼上就悬起了他的人头。

卢家干店在北街口，自从那个姓范的共产党人被杀害之后，店里就时常闹鬼。卢家干店的老板叫卢老玉，不少人都怀疑他为了国民党政府的赏钱出卖了范景臣，但由于缺少真凭实据，这事儿就一直悬着。直到1947年土改工作队来到镇上搞土改时，才有人将此案提到了桌面上。

当时的土改工作队队长姓凌，叫凌学武，三十几岁，长得相当英俊。孙老贤是当时民兵队队长，他说向工作队提及此案的人姓曲，叫曲春阳。曲春阳也是北街人，曾与卢老玉家因宅基地打过官司。卢老玉姨丈让在县警察局当秘书的表弟袁文一打赢了官司，曲家因此赔偿了不少钱，两家从此结下冤仇。陈州解放后，袁文一被镇压，曲春阳才敢向工作队提及这事儿。曲春阳有理有据，说颍河镇距陈州城四十华里，当初县城张贴悬赏范共党的告示和画像镇里人很少见到，唯有他卢老玉常去县城找他的表弟袁文一。袁文一当时正在警察局里当秘书，二人悄悄地就可以将范共党的事情给办了。神不知鬼不觉呀！

孙老贤说，如果按曲春阳所说，也不是没一定道理。但这种有关人命的事，凌队长并没有轻易相信，他对曲春阳说，你分析得有一定道理，但缺少有力的证据。如今袁文一已死，若卢老玉矢口否认怎么办？

曲春阳说:“可以去警察局查一下档案嘛!这种大事肯定会有记录,比如是谁领了赏钱,是谁告的密,肯定会留下证据的!”

凌队长望了曲春阳一眼,笑道:“你也挺懂这些?”

曲春阳说:“我上过私塾,前几年还在周口码头当过几天差,多少懂一点!”

凌队长一听曲春阳有文化,很是高兴,说:“现在正缺少有文化的人,希望你也出来参加革命,怎么样?”

曲春阳迟疑了一下,望了望凌队长,说:“只要你们需要,我愿意随时参加革命工作!”

凌队长点点头,等曲春阳走后才从孙老贤那里得知,曲家是破落户,过去家里有地有房有牲口,市面上还开有店铺,若不是与卢家的一场官司,至少也是个富农!凌队长笑道:“刚才一听说他有文化,我就猜出他不是贫雇农。但从气质上看又不像地主,只想他是个中农阶层,不料比中农还富一些。”

当时的颍河镇政府为陈州第九区,区政府就驻扎在雷家大院。雷家大院很阔,方方正正足占五十亩地,几进深的大宅院,大院套着小院,一般人进去常常会迷路。而凌队长的办公室就在最深处的正院内,院里还有一个小巧玲珑的花园。当时正值春天,幽幽的花香沁人心脾。孙老贤和凌队长一边朝小花园里走一边聊。走到一棵樱花树下,孙老贤突然想起一事,说:“这曲春阳的大儿子解放后莫名失踪,直到现在仍杳无音信,曲春阳主动揭发旧案,是不是怀疑他儿子的失踪是卢老玉暗中做了手脚?”凌队长若有所思道:“难怪这个曲春阳如此积极地揭发旧案,他儿子是做什么的?”孙老贤说,1949年以前一直在县里上学,后来不知道干什么,也很少回来。凌队长听了,若有所思地点点头,没再说话。可能正是因为孙老贤的一句提醒,关于曲春阳向自己告发的那件事,凌队长也没当回事儿。

不想就在这时候,陈州县土改简报上披露了一件大案。

原来在解放战争时期,有一次县大队的三小队在颍河北岸的白马乡水牛庄驻防时,被人告密,三十几人全部牺牲,现在方知逃出了一个炊事员。这炊事员姓王，叫王灵书。他逃出来后怕给组织说不清，所以一直没敢归队。当时县委掌握的情况是：敌人包围那个县小队后，战士们还在熟睡。他们将人杀害后，又将尸首扔进了颍河里。因颍河水暴涨，被扔进河水里的尸首基本没捞上来。所以县委一直以为小队战士全部牺牲了，也没深究。不想这次土改工作队一进村，王灵书才向组织说明了当年的情况。王灵书说造成悲剧的原因很可能是叛徒出卖！县委组织部根据王灵书提供的情况查看了档案，发现当时有三个同志被捕，一个叫耿全义，是城北白楼区的区交通员；一位姓鲁，城东鲁台人，是县委与项城县委的联络员；还有一位叫范景臣，是县委敌工部部长。若按当时内部掌握的情况分析，耿全义和那位鲁姓同志压根儿不会知道县大队的活动情况。若是叛徒告密，唯有范景臣的可能性最大。可让人不解的是，范部长也牺牲了。最后，县委领导指示说，除去叛徒出卖之外，也不排除其他因素，比如特务、地主分子告密什么的，要求各区工作队在运动期间严查，有什么情况及时报告。

凌队长看到这里说，如果真是那个范景臣叛变投敌使我军蒙受到如此创伤，那事情的起因就与卢家干店连了起来。就是说，眼下还不能完全排除范景臣叛变的嫌疑，因为那时候已近解放，叛徒的价值并不大，你就是叛变了也没有多大用处，所以也不会留你。这样一分析，卢老板的干系就更大了。就是说，如果卢老板不告密，范景臣就不会被捕。如果范景臣不被捕，他就不会叛变，敌人就找不到县三小队的行动踪迹，也就不会发生那场大惨案！凌队长把整个事情反过来想了一遍，立刻感觉到了问题的严重性，开始火速对卢老玉进行调查。

卢家干店在北街口的西边，出门不远便是通往陈州城的官道。门前有一棵古槐，据店主人卢老玉说是乾隆年间卢家祖上栽下的，几百年了，树的五叉股处已空，根部也朽了一个大洞。树根盘结，凸出地面的如蛇一般扭曲得很是丑陋。树身很粗，需要四个人搭手才能合抱住。因是本地槐，虽然年岁已久，但耐活，仍是枝繁叶茂,树荫甚至能罩严一片街。卢家在一股伸叉处的树枝上挂了太谷风灯,上写“干店”二字。卢家干店的店门较宽,能过胶轮马车。店内不但有人吃饭喂马处,也可以租赁被褥。一般干店都是“干”的,只提供住处,不提供茶水和被褥。但这地方什么都有,只是必须租和买。也就是说,住店打店钱,喝茶打茶钱,没带被子可以租,没饭吃可以买。由于供客人选择的余地较大,这生意也就做活了。

卢老玉的真名叫卢尚玉,“卢老玉”是对他的尊称。小镇上对名字后面带“玉”和“友”的头面人物,多尊称其为“老玉”或“老友”。就是说,卢老玉虽然只是个干店老板,却是个受人尊敬的人物,原因主要有两个:一是他爱做善事。比如他喜欢听书,镇上来了鼓书艺人,他总要出钱包两场公演;二是他家祖上曾阔过,在陈州城里开过钱庄,后来不知因何家道中落了。家虽然败了,但曾经富过的历史还没完全消失,仍能在名誉上庇护后人。卢老玉很可能就是沾了这光。那一天孙老贤领凌队长到北街卢家干店时,正赶上卢老玉刚从陈州城回来。当时卢老玉已经年过半百,身体却还健壮,只是因为个子高,前身有点“探”。但凌队长看到卢老玉的第一印象,觉得卢老玉并不像半百之人。他面色红润,双目贼亮,离老远看到孙老贤领凌队长来到店内,便热情地引到客厅,还让老伴专门沏了一壶“棍儿茶”招待他们。

三人坐定,因为与凌队长不熟,卢老玉便先与孙老贤搭话。孙老贤与之寒暄了几句,就直奔主题询问范景臣一事。卢老玉听了一时怔然,像是才想起来似的,说:“你是不是问那个说书的老范?”凌队长在一旁点点头,加重语气说:“对,叫范景臣!”卢老玉将目光转向凌队长,诧异地反问道:“你怎么知道他叫范景臣?”凌队长也颇感吃惊,说:“怎么,你不知道他叫范景臣?”卢老玉将身子朝前探了探,看看凌队长,又看看孙老贤,说:“凌队长,你不知,当时我们只知道他是说书的老范,没人知道他叫范景臣!不信你问问老孙!老孙,你说是不是?”孙老贤点点头。卢老玉见孙老贤支持他,像是放松了不少,对凌队长说:“这个老范呐,以我看他就是个唱戏的,压根不像什么共产党！”凌队长问：“他不是共产党，那国民党为什么抓他？”卢老玉说：“这个我可说不了！”凌队长望了卢老玉一眼，有意提示道：“有人举报说是你向你表弟袁文一告的密，为的是领赏钱！”

卢老玉说：“曲春阳的话你能信？”

凌队长颇感吃惊：“你怎么会猜是他？”卢老玉笑道：“我们两家有仇嘛！但我不怕，身正不怕影子歪，心里没羞事，不怕鬼敲门！这老范被抓是千真万确，但绝不是我告的密！为此事我还问过我表弟袁文一，他守口如瓶，只说这不关你的事，好生开你的店！”凌队长又问：“范景臣被抓后的情况你知道多少？”卢老玉说：“听我表弟说，共产党员范景臣坚贞不屈被枪决，头悬在南城门口。因为他在我干店里住过，那一天我专跑到南城门口看他，只可惜那头颅血糊淋淋的，从木笼里一直朝下滴血水，看不清。”凌队长说：“如此说来，你也不敢断定那木笼里是范景臣的头颅了？”卢老玉说：“是的！但布告写的是范景臣，还说他是一个共产党的什么官儿！直到那时，我才知道他叫范景臣。那个曲春阳，大概也是从布告上看到的。”凌队长望了一眼卢老玉，像突然想起了什么，问：“你刚才为什么说你不知道老范的名字？”

卢老玉见凌队长起疑，并不惊慌，说：“知道老范叫范景臣全是听曲春阳说的，然后又跑到陈州城证实的。因为我们与曲家有仇，我怕他借机找什么事儿，所以才去证实的。这叫耳闻是虚，眼见为实！”

凌队长被卢老玉的善辩震了一下，好一时才又问道：“那个老范当初在你店里住了几天？”卢老玉垂目想了想说：“大概有八九天吧。”凌队长又问：“除去晚上说书外，他白天常出去吗？”卢老玉边回忆边说：“因为夜里熬夜，他都是一觉睡到中午，有时下午会出去走走。”凌队长又问：“知道他常去哪些地方吗？”卢老玉说：“这我就不知道了。”凌队长长出一口气，掏出烟来，递给卢老玉和孙老贤各一支，吸了一会儿，起身告别说：“今天就到这，你忙！”言毕，向孙老贤一使眼神，便一起走出了卢家干店。

从卢家干店出来后，凌队长一路无话，一直快到区府大院时，才开口问孙老贤说："老孙，对卢老板说的你有什么看法？"孙老贤想了想说："这事儿不好判！因为那姓范的在镇里说了好几天书，知道他住在卢家干店里的人很多。"凌队长看了看孙老贤说："可有谁知道范景臣是地下党呢？"孙老贤被这话问住了，怔然一时方说："对对对，我忘了这茬儿了！可刚才卢老玉说他也是在范景臣被捕时才知道他是共产党的呀！"凌队长冷笑一下，说："疑点就在这儿！你看那卢老玉一直强调说老范不是共产党，老范被杀后，他还专跑到县城里，去证实曲春阳的话！依我看，是他心虚！现在唯一能说得通的，就是县警察局里先抓的那两个共产党中有一个叛变了革命，招出了范景臣。这样那袁文一才把消息传给了卢老玉！"

"那袁文一为何把这种秘密事儿说给卢老玉？"

"因为卢老玉是开干店的，南来北往的人多，他很有可能早就被袁文一发展成了眼线！"

"你是说，刚才卢老玉没说实话？"

凌队长先是点了点头，突然像从推理中醒来，长出一口气，说："不不不，刚才我只是瞎猜想，也叫侦破推理，不算数的！眼下还不能确定他的话是真是假，但有一条可以肯定，他向我们隐瞒了些什么！"

多少年之后，孙老贤说：这以后，因为工作忙，斗地主，分田地，挖浮财，防反共暗杀团报复工作队和贫农团，凌队长便将此事压了下来。现在想来，当初凌队长没及时破案，很可能是缺少证据。再说，那时候土改是中心工作，一切都要为此让路。白马乡血案虽是大案，但毕竟是疑案。说不准压根儿就没有人告密，只是一个偶然事件。因为当时正是"拉锯"时期，敌来我往，偶然性极大。再说，这种疑案绝不只是一个，等到政权巩固下来，迟早会破的。

写到这儿，父亲于 2013 年 7 月心衰离世了，为了帮他补写好这篇残稿，前一段我专程回了趟乡里，去孙老贤家采访了这位年近九旬的老人。

爷爷说，不用去他家找他，他天天出来晒暖。

颍河镇东街的老人走得差不多了，连个说话的人都难瞅，所以孙老贤说他每天中午都会来这里坐一会儿，一是晒暖，二是找我爷爷聊一会儿。

孙老贤的嘴巴像一口深陷的泥潭在阳光下一张一合，接着就给我讲了一上午“古”。

颍河镇是水陆码头，历来是商贾必争之地，所以镇里的大户人家多，东南西北四条街，几乎每条街上都有富豪。最大的是东街的雷家和西街的马家。雷家在县城有商铺银庄，镇里有码头、烟厂，四乡又有几百亩土地，光佃户就有几十户，一直是公认的首富。首富，自然是土改运动中的主要斗争对象。所以颍河区委一成立，就驻扎在雷家大院。雷家大院很阔，被镇人称为“雷家老院”。雷家祖上出过京官，眼下主人雷桂波不但是颍河镇首富，还有个儿子是国民党河南省党部的宣传处处长。就是说，雷家不仅是富，还反动。土改运动要打倒的正是这样的大户！而土改工作要想掀起高潮，最有效的方法就是召开斗争大会，先拉出去游街示众，然后拉上批斗台，动员他们的佃户上台诉苦，效果就有了。

因为雷家是大户，斗争的次数自然最多。再加上雷桂波顽固不化，为掀起更大的高潮，土改工作队决定要煞煞雷桂波的余威邪气，并让其赔罪。因为按当时的镇反政策，只切到营长和党募委员，而雷桂波无职无权，只是一个有钱的地主而已，还够不上枪决的底线。为了树立斗争典型，区里宣布对雷桂波执行假枪决，吓唬一下阶级敌人。

不想就在这时，雷桂波突然说有一件重大秘密要交代，而且提出了条件，说交代后必须保他一条命。凌队长一听他竟敢提出交换条件，很是气愤，对工作队里的人说：“这老家伙真是狡猾之极，竟胆敢给我们提条件！”话是这么说，探秘的心理还是使他让了步，他给县委打电话请示。因那时候急性土改已经过去，上头对杀人一事比过去谨慎了不少。县委便指示说，如果雷桂波交代的事情非常重要，可以宽大处理；但如果他糊弄我们，格杀勿论。凌队长得到指示，立即提审雷桂波，并向他说明了“保命”的条件。雷桂波信以为真，说：“我这秘密真是绝密。知道这秘密的人只有三个人，一个去了台湾，一个已被你们打死了。如果我死了，就不会有人知晓了！”

凌队长说：“好吧，只要符合我们所说的，就留你一条命！”

雷桂波望了望凌队长，目光里透出不信任：“你说话可当真？”

凌队长说：“为你的事我们专门请示了上级，我是代表县委向你保证！如果你不信，可以不说，我们还按原计划执行！”

雷桂波面色骤变，急忙说道：“我说我说！我……我要说的这件事是我儿子和一个名叫袁文一的人干的！”

凌队长说：“你儿子不是在开封吗？”

雷桂波说：“是呀，他名义上是国民党河南省党部的宣传处处长，实际上是军统开封站站长杨蔚的副手。民国三十六年五月，河南大学举行反内战示威游行。CC头子陈津岭联合杨蔚和中统的赵召林，派特务混进去捣乱，结果让学生识破，被抓住进行公审。当时的开封警备司令部立即派兵包围了河大，逮捕了一批赤色分子，突审后在东关活埋。”

凌队长打断他说：“这件事当时就被揭穿了，算不上秘密。”

雷桂波说：“我说的这件事在后面，在逮捕的学生中有一个叫叶芳的女共党，经不住拷打和污辱，交代出了她舅舅曾让她看过《共产党宣言》的事情。军统便到陈州顺藤摸瓜，秘密逮捕了叶芳的舅父。”

凌队长问：“叶芳的舅父是共产党？”

雷桂波说：“是的，而且是陈州地下党敌工部的负责人，姓范，叫范景臣！”

凌队长一听是范景臣，十分惊讶，急忙问：“范景臣是不是在镇北街卢家干店被捕的？”

雷桂波摇了摇头说：“秘密就在这儿！那个真共产党员范景臣与我儿子是陈州成达中学的同学。我儿子先是劝降，然后让他参观拷打共产党的惨状，范景臣经不住震唬，最后叛变。叛变之前，他向我儿子和当时的警察局长袁文一提出一个要求，说必须先找一个人替他死了，他才肯招供。赶巧那一天镇北卢家干店的老板卢老玉进城办事，去警察局拜见他表弟袁文一，无意中说起有一个姓范的艺人正在颍河镇说三国，说得不错。说者无意，听者有心。袁文一立即就问那人多大岁数，叫范什么？卢老玉说，四十来岁，至于他叫什么不知道，只知道他姓范，大伙都喊他老范。袁文一听完，暗自窃喜，急忙向我儿子汇报。我儿子认为这是天赐良机，立刻派人来到镇上将老范抓走，第二天以共产党陈州县委敌工部部长范景臣的名义将其杀了，并将头颅挂在南城楼上，示众数日！”

凌队长听到这里，愕然好一时才问道：“照你所说，那个真叛徒范景臣至今还活着？”

雷桂波说：“他现在是死是活我不知道。但我知道，当初白马乡牛大庄死的那几十个县大队就是他告的密！”

凌队长听到这儿，禁不住倒吸凉气，看了看雷桂波，说：“你讲的可全是实情？”

雷桂波说：“这是我儿子临去台湾时特意告知我的，他原想带我一起逃台湾，只是没搞到机票。后来他就给我讲了这个秘密，说到关键的时候可当一个救命符，保我一条老命！”

凌队长又望了望雷桂波，说：“除了这一条，你儿子还给你留下了什么？”

雷桂波说：“没有了没有了，就这一条！”

凌队长没再追问，命人将雷桂波押下，又急忙去县里汇报了审讯结果。

县委领导们一听事情是这样的，都很吃惊，急忙召开会议，研究叛徒范景臣的去向。有人推测他去了台湾，有人推测他招供后被杀害。对去台湾一说，大多数人不相信。因为作为叛徒，招供后用处不大，更何况当时已临近解放，国民党决不会把他当成累赘朝小岛上带。对招供被杀一说，也有人持不同意见。原因是范景臣与雷桂波的儿子雷音亮是同学，据说二人在成达中学上学时关系就不错，只是后来走了不同的道路。既然范景臣已经供出了重要情报，并使我们县大队受到重创，在敌方那里应该是大功一件。再加上二人是同窗好友，于公于私，都是不会杀他的……众说纷纭。到最后县委领导决定，由凌队长对卢老板进行二次询问，除此之外，还派人去了开封，查了查那个当初供出范景臣的女学生叶芳的下落。

那一天凌队长从县城回来就立即询问了卢老玉，为什么要隐瞒配合袁文一诱捕鼓书艺人老范一事。

卢老板说："我害怕呀！不管艺人老范是不是共产党，毕竟是我向我表弟说出他住在我店里的呀！"

凌队长目光严厉地望着卢老玉，问："问题就是你为什么平白无故向袁文一说起老范？"

"哪里是什么平白无故？"卢老板叫屈说，"那一天我本来是想找袁文一买点盘尼西林，因为我老婆有哮喘病，用那药最见效。当时盘尼西林由警察局控制，他先给我批了两盒，办了正事便问我近期生意如何。接着我就顺着他的话，说到了老范，夸老范的《岳飞传》说得好。谁知说者无心，听者有意，当天下午老范刚一回来，就被抓走了。"

凌队长问："袁文一没给你赏钱？"

卢老板一听此言，拍心指天道："天地良心，我若收他一分钱，天打五雷轰！"

凌队长看看他那着急的样子，缓了一下语气，又问："知道这个老范是哪里人吗？"

"不知道！"

"这样吧，你去查查这个艺人老范是哪里人，这样也可以帮你洗清身子，你看如何？"

几天以后，从县城传来消息，据县敌工部的一位同志讲，范景臣是被雷音亮约出去的。当时范景臣对外是范老板，为掩护他的真实身份，地下组织在北关开了一座茶楼。茶楼叫“清唱茶楼”，除去名伶来此走穴挣银钿外，还不时有曲艺大腕来演出。像豫北坠子皇后乔清秀、豫东鼓书大王吴宗汉、周家口评书名流骆祟棠等都来过，很是叫座。范老板被雷音亮差人叫走的那天天气晴朗，来人像是一个下人，说他家主人与范老板是同学，邀范先生去汴京城玩几天。当时雷音亮的公开身份是国民党省党部的宣传处处长，茶楼的同志当时以为是范部长去策反雷音亮，谁知几天之后，范部长没有“策反”敌人，反倒被敌人杀害了。大概也就是在那一天夜里，白马乡发生县大队一小队遭敌包围突袭，全军覆没。就是说，如果范景臣真的叛变，他与雷音亮玩的这出真戏假唱很完美。

几天后的一个下午，县委打来电话告诉凌队长，去开封调查叶芳的同志说，叶芳自从被捕之后，一直未回。其家人认为她肯定是和那一批进步学生一起被反动派活埋了！

正说着，通讯员进来报告说县委书记已到镇上，同行的还有当年的炊事员王灵书。王灵书一副农民打扮，年近四十，一来到镇上就提出要去老战友曲委家看看。孙老贤和凌队长问曲委是谁？不想问了半天，才知道这曲委原来竟是曲中阳丢失的儿子。

“曲委是共产党？”孙老贤惊讶地问。

王灵书说：“对，他在学校里就是积极分子，后来又入了党，白马乡牺牲的三十多个烈士里就有他。”

孙老贤和凌队长越听越愕然，由于凌队长对镇上情况不熟，便让孙老贤带王灵书去了曲家。

孙老贤说，当他带着王灵书走进北街胡同时，正值半下午时分，离老远就闻见一股子桐油气。在农家，桐油一般都用来做新鞋的鞋底儿，防潮防水。走进胡同口，孙老贤以为是谁家做了新鞋，不想越朝曲家走，气味越浓，而且那份浓烈的刺鼻气味绝不是几双鞋底就能散发出来的。孙老贤在越来越浓烈的桐油气里突然想起一件事，据说曲家上代家境殷实，翻盖房子时，本该起青砖瓦房，曲中阳的母亲见公公还盖草房，进来出去皆吊着脸子。曲中阳的爷爷一眼猜出了儿媳的心思，也不作声。房子盖好，他找来一把锋利的抓钓撂给儿子，命他上去锛房。当时儿子不知父亲何意，愣了半天问，刚盖好的房子还没住嘞，锛了干啥？公公见儿子犹豫，命令道，叫你锛你就锛，哪来恁多废话?！儿子无奈，爬到房顶上先小心翼翼地锛了一下，不想就听抓钓“当啷”一声脆响，那抓钩没有吃进半毫。儿子不服，又用力一锛，不但抓钓没有吃进去，还被反弹半尺有余。曲中阳的母亲见自家用怀草扇出的房顶，又经桐油一浇灌，竟比地主家的青砖瓦房还要结实，不由向公公投去赞叹的目光。

可再结实的房顶也顶不住风霜雪雨的侵蚀。一晃半个世纪过去了，莫非曲中阳又用桐油整修了房顶？如若那样，三间房顶浇下来，可真需一笔不小的费用！曲家早已破落，哪来那么多钱来续写殷实？孙老贤带着疑惑，指了指曲春阳的房顶，扭脸对王灵书说：“到了，前面就是。”

王灵书看着老战友的家，情绪像是一下子陷入了哀伤，面色凝重地对孙老贤说：“一个生龙活虎的小伙子，说没就没了。”说着，便红了眼圈。

孙老贤说正是因为那一天王灵书的情绪，让他突然卸下了应有的疑心，直到推开院门，见到曲中阳的老伴，才恢复应有的警觉。因为在农家走亲串友的都是七姨八姑的熟人，若家中来了陌生人，主家一般都会愣怔半天，询问从哪儿来的。可那一天孙老贤带着王灵书推开曲家大门，曲中阳的老伴像是对王灵书一点儿也不陌生，还没等孙老贤介绍，便先搭了言：“这位先生，又是上面来的吧?”

按说王灵书是革命的逃兵，并没有享受到革命的福利，无论是气质还是装扮，丝毫不像是上面来的。但碍于面子，孙老贤还是点了点头说：“王灵书同志这次下来，专程看您和中阳哥来了。”

曲中阳的老伴一听，感动得直抹眼泪，说：“真是麻烦你们了，前一段送的钱，这不，我们刚把房子修好，我和老曲过得很好，请上面放心。”

“什么上面？”孙老贤说着，抬头看了看房顶，果真是新扇的房草。

“你不知道？就是经常来送钱的那个上面呀！”曲中阳的老伴像是很奇怪。

“知道知道。”孙老贤敷衍着，转了话锋问道：“王灵书同志来看你们，中阳哥嘞？”

曲中阳的老伴儿说：“不是上面让他帮忙去了吗？”

当孙老贤陪同王灵书从曲家回到区政府大院，立即向凌队长汇报了情况。凌队长一听也十分诧异，第二天便同县委书记一道去了县里，回来时，天已大黑，他告诉孙老贤说：“上面从来没有派人去曲家送过钱。因为革命刚刚胜利，很多烈士名单还在清理中，所以对待烈属的有关具体政策还没有下来。”孙老贤听到这里，知道事情旁生了玄机，立即让人去找曲中阳，准备连夜突审。

不想，派去的人空手而归，说曲中阳去了漯河。凌队长和孙老贤一听，对望一眼，当即直奔曲家调查虚实。

当二人摸黑来到曲家时，已经是夜间十点。农家一般入睡早。曲中阳的老伴披着衣服开开门一看又是孙老贤，反手就要关门。

孙老贤眼疾手快，伸手一挡，挤进门里。

曲中阳的老伴见状，“哇”的一声哭了起来，屁股一滑，跪在地上直给凌队长和孙老贤磕头：“求求你们了，可别抓老曲呀，我儿子死了，老曲再没有了，我可咋过呀？”

曲中阳老伴的举动大大出乎了凌队长和孙老贤的意料。孙老贤说那一天他本想扶起曲中阳的老伴，从她口中套出一点所以然，不想，任由他们如何问，曲中阳的老伴儿只是翻来覆去地说：“求求你们，别抓老曲。”时间很快到了十二点，凌队长见问不出什么来，只得作罢，匆匆安慰了曲中阳的老伴几句，便与孙老贤一起回到区政府。

第二天一早，凌队长又叫来孙老贤。

孙老贤一进屋见凌队长双目通红，说：“老凌，再急的事也不能不睡觉呀！”

凌队长给孙老贤倒了一杯水说：“心里有事坠着睡不着，你说这曲中阳要是没有问题，为什么会连夜出逃？”

孙老贤说：“问题是一定会有，只是一时间抓不住他，不知道问题出在哪个环节上？更不知道这曲中阳与白马庄血案有什么关系？按说他儿子死于那场血案，他肯定会知道，为什么当初只字不提，单说范景臣和卢老玉的事？作为一个父亲，儿子被害，第一件事肯定是想法为儿子复仇，而不是旁顾其他。”

凌队长说：“是呀，看来这曲中阳是一个反常。再说，他们家修葺房顶的钱不是一笔小数，而我们刚刚胜利，还没有足够的精力和财力关照革命烈属，而曲中阳家的钱是哪个‘上面’送来的？曲中阳的老伴为什么不肯说曲中阳的去向，是不是已经知道了这其中的原委和利害？”

“问题就在这儿，曲中阳的老伴是一个农村妇女，不识字，不懂法，更不知形势和政策，为什么下午说那么多，晚上只字不肯再提，还跪下求咱们放过曲中阳？”

凌队长却没有作声，一脸心事地走向靠东墙的书案处，拿起笔架上的毛笔，蘸满香墨，挥笔写下一个“玄”字。凌队长的行书写得相当漂亮，一看就有极深的正楷功夫，行如流水，又不失骨法。看着书案上的“玄”字，凌队长突然想起了雷桂波。据说雷音亮几次高升，皆因雷桂波那一张张能以假乱真的鸿爪，像雪花一般在官场中飞舞了多年。因为兴趣相同，前一段雷府的其他家什都被贫农团分走了，唯有这黑檀书案被他提前留了下来。雷桂波作为大特务头子的父亲，所供的事情属不属实？如果不属实，范景臣的事情到底是怎么回事？当时的反共暗杀团不但活动异常猖獗，资金也异常充足，曲中阳的老伴所说的“上面”是不是他们？凌队长想到这儿，问孙老贤说：“曲中阳是不是说过他曾在周口码头当差？”

孙老贤点点头说：“你是不是在怀疑，他是在那个时候接触了‘上面’？”

凌队长“嗯”了一声，说：“就算他真是特务，与白马乡血案又有什么关系呢？白马庄血案里有他儿子，就算他是‘那边’的，也不可能因为组织的利益出卖自己的儿子，虎毒还不食子呢，何况是一位人父。再说，就算他有食子之心，也不可能知道组织的行踪呀！”说到这儿，凌队长越发头痛起来，只觉得案情越来越扑朔迷离，但眼下能打开这谜团的只有曲中阳的老伴了！于是他一拍书案，说：“走，去找曲中阳的老伴！”

不想二人来到曲家时，推门一看，曲中阳的老伴不知何时已经上吊身亡了。

再仔细一看，脖颈上还有指甲掐过的痕迹。是谁掐死了这个妇人，又制造出上吊自杀的假象？

“会不会是曲中阳？”孙老贤脱口而出。

“如果真是这个曲中阳所为，此人身上的问题还不会小嘞！”凌队长说完，看着曲老太太，思忖一会儿，又说：“看来，还要重审雷桂波！”

雷桂波因为交代了护命符，坐在审讯椅上精神了许多，见到凌队长和孙老贤进来，颔首微笑了一下。看那神态，很有一种大命已保的豁然。凌队长面色严肃地坐下来：“曲中阳你可认识？”

雷桂波一听问曲中阳，怔了一下，说：“一个镇上的，我咋会不认识？”

凌队长说：“他和你儿子雷音亮可熟？”

雷桂波：“他俩自小是光肚儿朋友，以前曲家与我们家还有过生意上的往来，算是世交。”

凌队长说：“除了范景臣的事，你儿子临走时还告诉你了什么？”

雷桂波一听这话，神情恍惚了一下，说：“没有！就那一件！你也知道，他在通讯局工作，通讯局是啥衙门？就是原来的中统，保密局，他身为党国——不不不，他身为反动派，怎么可能给我说他工作上的事，不是自找杀头吗？如果不是为了保我这条老命，恐怕连这件事也不会给我说的。”

凌队长沉默了一会儿，直觉告诉他雷桂波没有说谎。不想就在这时，暗查范景臣的工作人员小李从城北白楼赶了回来，一见到凌队长，便一脸紧张地说发现了新的线索。凌队长见小李气喘吁吁的样子，便说不急，一会儿到办公室慢慢说，说着就起身离开了审讯室。

小李尾随其后，刚出了审讯室的门，又一次忍不住地说道："队长，不得了了，那个范景臣真没死！"

凌队长大惊："那他现在在哪儿？"

小李说："具体在哪我还说不上来，但是直觉告诉我，他还活着！"

凌队长瞟了一眼跟上来的孙老贤，问小李说："说说看。"

小李说："他要是死了，从常理上看，他老婆就算是不天天泪流满面，也不至于天天和邻居说说笑笑吧？"

凌队长点点头说："还有呢？"

小李两手一摊说："没有了。"

孙老贤一听，忍不住笑道："你这等于啥也没发现呀！"

小李一听，认真地说："这咋叫啥也没发现？这就是重大发现！"

凌队长摆摆手，说："你先回去休息吧，然后继续监视！"

小李一个挺身，打了一个敬礼说："是，首长！"

看着小李的背影，凌队长对孙老贤说："小李说得不错，他真是有了重大发现。"

孙老贤问："何以见得？"

凌队长说："您想想，现在最关键的是谁？是范景臣！只要抓住了范景臣，所有关于他的迷雾都会一目了然，而范景臣眼下杳无音讯，更不知是死是活。今天小李带回来的消息，虽然并不确凿，但最起码从范景臣妻子的精神状态来看，范景臣是有可能还活着的。不管他有没有叛变革命，只要他还活着，我们就能找到他，只要找到他，侦破此案就会有突破，要么真相大白，要么就是急骤转折！"

孙老贤认真地听着，从兜里掏出香烟，递给凌队长一根，问道：

“如果这范景臣真是叛徒，说明此案与曲中阳没有半点关系，可反动派为什么要给曲家送钱？曲中阳为什么刚听到一点儿风动，便杀死了他的结发妻子逃得不知踪影？”说着，他划着火柴，先给凌队长点上。

凌队长狠抽了一口，若有所思地说：“是不是曲中阳身上背的有其他案件，只是我们还不知道？”

二人说着，已经来到了小四合院，凌队长没有进屋，领着孙老贤走到小花园里说：“不管他们俩身上有没有案子，跑，就说明他们心中有鬼，眼下咱们的首要任务就是赶快把他们二人找到！”

区政府的能兵干将开始兵分多路去寻找曲中阳和范景臣。不想人马刚刚动身，就有村人来报案说，三里庄的地沟里有一具尸体，像是被人殴打至死，已经面目全非辨不出是谁。

凌队长不敢怠慢，跑到现场一看，只见死者果然全身伤疤，面目全非，让人不寒而栗。因为不知道死者身份，一连叫来不少镇上人，都辨不出这死者到底是谁。

镇上一连发生两起命案，都没有找到凶手，也查不出死者身份，一时间镇上人都恐慌起来，并传言说反共暗杀团已经从王店区来到了颍河区，下一个惨遭歹手的人就可能在你我之中。如此一来，大家吓得都不敢轻易出门，大街上静可罗雀。

凌队长很着急，问孙老贤说：“你怎么看这起命案？”

孙老贤本想说他也说不了这起命案和反共暗杀团有没有联系，但是直觉告诉他死者有可能是曲中阳。虽然面目已非，但身高、胖瘦、脸型还在，如果死者真是曲中阳，断了一条线是小，怕是会因此延误案情进展。但孙老贤那一天没有说话，因为他觉得这一切凌队长肯定也已看出。

见孙老贤没有回话，凌队长长叹一声说：“眼下，事态的发展越来越错综复杂，不管这些事情与白马庄血案有没有关系，我们要先破案，只有将案子破了，一切才会水落石出，镇上人的不安情绪也会自动消解。”

就在案情越发扑朔迷离之际，周口方面突然传来消息说，卢老玉这几天一直在关帝庙转悠。

“卢老玉？”孙老贤惊诧，“这卢老玉为什么要去关帝庙？”

“卢老玉是个生意人，他去关帝庙烧香拜神，有什么奇怪吗？”凌队长反问说。

多少年后，孙老贤说他当时并不同意凌队长的分析，便自己偷偷跑到码头守株待兔。因为从颍河镇去周口要到河南岸，河南岸有一条通往周口的官道，只要从周口方向回来，必经此路。

果不其然，半下午时分，孙老贤远远看到卢老玉从周口乘渡船回来。卢老玉下船时并没有看到有人在监视自己，正哼着小曲朝家走，却不想被孙老贤带到了审讯室。

审讯室在二进深的小院里，是雷府先前的耳房，光线不好，凌队长进去好一时，才看清对面审讯椅上坐的是卢老玉，像是悟出了什么，大喝一声：“卢老玉！”

卢老玉听到喝声，懒洋洋地直起身来，问凌队长：“凌大队，我从王潭刚回来，家还没有进，老孙就把我莫名其妙抓到这审讯室，我犯了什么王法？”

凌队长一听卢老玉来劲儿了，脱口问道：“你去王潭做什么？”

卢老玉说：“我娘家是王潭的！”

凌队长听到这儿，心里一惊，扭脸看了看旁边的孙老贤，发现一直不说话的孙老贤目光正焦急地朝窗外张望，像是在等什么人。

果然不一会儿，推门进来两个人，一个是小李，另一个人一脸陌生。

卢老玉看到陌生人进来，先是一怔，随后像神经了一般从椅子上腾身而起，声音发颤地质问那陌生人道：“谁让你来的？！”

那陌生人见状，也怔了一下，看看小李，又看看卢老玉，不知如何是好。

小李一见卢老玉来了脾气，半吊子脾气也上来了，跨前一步横身挡在陌生人前面，瞪着双目说：“是我叫他来揭穿你这个特务头子的！”

经小李一喊，卢老玉像傻了一般瘫坐在椅子上。

孙老贤说卢老玉很聪明，他当天听了小李的一番话，知道自己的特务身份已经暴露，再加上他表弟的到场，等于无形中将他推到了鬼门关。在那个年代，特务身份一旦暴露，就等于说大限已到，离死不远了。可那一天卢老玉恍惚了半天，像突然有了大主意，怔然过来，一字一句地对凌队长说："我什么都不会说！"

面对卢老玉的顽固，凌队长并不着急，冷冷地盯了他一会儿，说："那好，我们就等你想说的时候再听！"说完，便摆手让小李将卢老玉押了下去。

看着卢老玉出奇平静的背影，凌队长感叹说："一定要想法撬开这个井盖！"

"如果卢老玉真是一口井，范景臣一定早已牺牲！"孙老贤说。

"何以见得？"

"因为直觉告诉我，范景臣作为我党地下领导，受党培养和考验多年，不会像雷桂波所说的那样轻易地出卖组织。"

"我先前也有这种想法，可雷桂波的话又作何解释？"

"会不会是雷音亮为救其父，故意编的一个故事？因为当时镇反政策还没有下来，雷音亮压根就不知道他父亲其实够不着枪毙的线儿。"

"如果真是那样，雷音亮更适合当作家，而不是CC头子。"

"但是这种可能是存在的。"

凌队长思忖一会，又提出一串子问题："如果范景臣真的牺牲，出卖组织的人又是谁呢？曲中阳又去了哪儿？如果卢老玉真是国民党反动派潜留下来的特务头子，曲中阳怎么可能会受命于他？如果不肯，那曲中阳又是什么人？为什么我们草还没有打，蛇就受惊了，杀死了自己的妻子？"

孙老贤说："你怎么就认定是曲中阳杀死了他自己的老伴？"

"那还有谁？"

"如果特务将他们夫妻一块杀死，然后造成曲中阳失踪的假象，给我们一种线索中断的错觉，再制造出无从再查的假象呢？"

“你的意思是说三里村的那个死者是曲中阳？”

孙老贤点了点头。

凌队长又问：“如果三里村的那个死者是曲中阳，岂不是又回到了刚才的问题上？是谁出卖了组织？曲中阳家的房子又是哪个‘上面’送来的钱？”

孙老贤皱了一下眉头，思忖好一时才说：“那就等这口深井开口吧！”

不想就在这时，就听小李一声惊叫，二人扭脸一看，卢老玉已经躺在了血泊里。

原来趁小李不备，卢老玉一头朝围墙撞去，因为距离远，用力猛，凌队长和孙老贤跑到跟前时，卢老玉已经奄奄一息……

孙老贤讲到这儿，顿了顿手里的拐杖说：“你爹说下面的由他来编，没想到他还没来得及编完，人就走了！”孙老贤说着，红了眼圈，像是在感伤我父亲的壮年早逝。

我诧异地看了孙老贤半天，像是突然明白了什么：“结束了？”

“结束了！”孙老贤点点头，拄起拐杖要起身。

“别动别动！”我像个孩子似的伸手拦住他说，“案子才开始就结束了，也太虎头蛇尾了，再讲一会儿，到底是谁出卖了组织？你们是怎么查出来的？”

“你这个小家伙反了，敢动手打劫你爷爷！”孙老贤装着很生气的样子逗我说。

我一听呵呵直笑，起身给他捶了几下背，说：“求求爷爷再讲一会儿，也好让我回去后帮你大侄子——我爹补写好残稿不是？再说为我爹补写残稿也不是我一个人的事，这可是关乎着咱孙氏家族荣耀的大事！到时候我在文章中写上你的大名，你不就随文留名，一传万代了？”

“小家伙也！也不是爷爷我小瞧你，如果你爹还活着，我相信这个案件一定能‘破’得非常吸引人。”孙老贤说着正了正身子，又说：“也就是说，你爹活着时，让我随文留名，我信！现在，绝对没指望了！”

一听孙老贤小瞧我，我不满地反驳道：“爷爷，你不要太小瞧人了！我帮我爸补写的残稿都发表好几篇、好几篇、好几篇了！”

“补写的再多，也只是为你爹补写残篇，而你爹活着时，那可都是在为生活补写残篇……”

孙老贤的话像是激通了我堵塞的神经，我愕然地看着这位九旬老人，像是看到了一片正在构成着的无象，正在老家的上空飞翔……

2013 年 7 月 6 日，父亲留此残篇于郑州家中溘然长辞。

2014 年 3 月 21 日，为父补写遗作完稿，以慰父亲的在天之灵。

2015 年 10 月，修改完成，以慰父亲的在天之灵。

突出重围

大道画廊位处南阳路的华林小区门口，店面不大，门头上方的招牌却很别致。“大道”二字像出于名家手笔，尤其是“道”字，笔力苍劲，结构有“象”。美中不足的是后面跟着两个电脑打出来的宋体字，当审美目光从阔绰的鸿爪游走到寒酸的打印字时，内行人一般都会哑然失笑。不需猜，“大道”二字不是从提款上摘下来的，便是在电脑上搜来的。不过如此“混搭”效果挺好，因为老板衣大道常见路人仰看招牌，有古文化情节者还会情不自禁地来店内转上一圈儿，不管买与不买，只要来了，就知道这条街上有这么一个店，一传十，十传百，天长日久大道画廊便叫响了名声。再加上它外靠市政府，内有名家鸿爪支撑，财如黄河水奔流了好几年，衣大道也就毫不顾及地开上纯进口的奥迪车。不想车刚刚买到手，一阵反腐劲风突然席卷全国，不仅卷倒了诸多贪官，也给大道画廊刮得清冷无比，店门开了一天又一天，却和关门歇业没有什么差别。本以为风都是一阵一阵的，可入不敷出地观望了一年多，狂风仍没有停息之意，一个月五千块的房租却定斩不饶，就此一项支出已不知道倒贴了多少。

没有上帝的恩泽，眼看就要卖“四圈儿”度日了，衣大道这才止住张望的念头，关了店门。他本来想去省文联找小道，可一想自己整天批评衣小道的“小道”不是“正道”，如果自己主动上门求活路，就小道那得理不饶人的脾气，说不定自己话未出口，必先遭他一顿奚落——算了！走到哪儿算哪儿，找不到上帝，散散心也好……思忖间，衣大道听到一阵急促的车鸣声，扭脸一看才发现自己已经来到了华林都市家园的门口，刚好挡着一辆宝马的去路。

衣大道透过车窗，瞟见一位美少妇正冲他着急，忙歉意地笑笑，喊了声："秦老师！"

美少妇见衣大道闪到路边，摇下车窗，转怒而笑道："大哥，怎么是你？"

不想，还没等大道回话，美少妇一踩油门，又说："回聊呀！"

这位美少妇叫秦燕，据母亲说当过小道的女朋友，不想两人热恋没多久，秦燕连个招呼都不打一声，转身成了别人的"三奶"。小道自尊大伤，发去短信："祝贺你又多了一个爹哈！"最后闹得不欢而散，想必现在二人早已成了路人。

而夺走小道女朋友的不是别人，正是大道画廊的一位"大上帝"。按辈分，大道应该喊他为叔，但他却没喊过，一直尊称其为"大师"。大师并非真正的书法家，而是国内外声名震耳的诗人。若从大师这儿算起，衣大道应该喊秦燕为"婶儿"或"阿姨"，可秦燕实在太年轻，长辈的称呼无论如何叫不起，只得用"老师"这个官称呼之……

秦燕的豪车过后，腾出一条直通华林都市家园深处的大路，衣大道朝里望望，茫然的目光像是突然有了目标。

大师姓路，不是大道画廊的买家，而是卖家。很多买家来大道画廊都是冲他的名望而来。他家的小院坐落在华林都市家园的深处，三层小楼，独门独院。院子很大，足有二分地，护栏外是一片绿意盎然的公园，又将宅院在视野上扩大了很多，朝院里一站，像是进了能容万马奔腾的原野。在省城能拥有如此阔绰的家园，省长都不敢，可路大师敢。路大师常说，他凭双手吃饭，理直气壮。不过近日大师向来无邪的脸上突然有了愁容，墨宝一张一张地写出来，无人问津的寂寥还是头一次碰到。反腐不但反垮了大道画廊，也阻断了大师的财路。

路大师和秦燕属于"三婚"，路大师不再需要孩子，秦燕像是也不愿意生，而路大师与前妻们所生的孩子们，也各有所居，老夫少妻住着近四百平方的独体别墅，说来真是一个寂静，一下子雇了两个保姆，才算是缓解了些房大人少的寂寥和空落。

衣大道走进广场时，远远看到路大师在院子里打太极拳，四十二式拳路已被他“走”得如风摆柳，松中透紧的一招一式极像当下的形式。上半年路大师还不着急，看着着急的衣大道，多次语重心长地劝导说：“放心，一切都会过去的！”

不想，一直沉着观变的路大师，前几天竟然主动去了店里！

那一天大师进得店内环顾了一圈儿，看到店还是那个店，却因缺少人气，蒙上了一尘灰气，就像衣大道的脸一样黯淡无光，他不由问道：“好久不见，近来生意如何？”

衣大道没有起身相迎，用哀愁的目光瞟了一眼正在自寻座位的大师说：“半年没进货了，会好吗？”

路大师见衣大道情绪低沉，苦苦一笑道：“日子都不好过，领导刚下台，墨宝立即一落千丈，原来八千一平尺，现在三十都没人要了。”说着，朝里走了几步，坐在根雕茶几旁的一个鼓凳上，又说：“当然了，咱们也不会指望‘文化’吃饭，可你还年轻，要懂得另辟门道，迂回求生啊！”

当时衣大道并没在意，只是觉得路大师口吃灯草——说得轻巧，另辟门道哪里是一句话。半年前，小道让他入伙，他不屑地拒绝了。小道那些坑蒙拐骗的“小道”，不是他大道要走的路，为此他曾多次批评过弟弟，可这几天大道不这么想了，反腐反垮了生意，朝不保夕的日子正像张着血盆大口的老虎要吞食他。

如何将日子起死回生？

他一次又一次地想过小道的“小道”，几次想找他，却磨不开脸……今天来找大师的路上，越品越觉得大师那一天话中有话，是不是已经替他想好了转行的门路？因为一个“钱”字将他们绑在一起十年之久，不亲也绑亲了，兴许大师一动脑子，就能给自己指出一片柳暗花明的日月呢！大师的诗歌远比书法写得好，可路大师的书法却远比诗歌挣钱，说不定给自己指路的同时，也是给他自己寻找突破。只可惜那一天衣大道一短念，没问，才有了今日的重访旧地。

衣大道走进小院，轻唤了一声大师。

大师依然走着拳脚,目光也没斜,又缓中有急地猛推一把,像是要把近期的郁闷一把推到天边似的。

"你来了?"听口气,像是等衣大道很久了。

"来看看您!"衣大道说着,推门进了小院。

路大师收起拳脚,做了一个请的姿势,将衣大道让进屋内。

二人一前一后步入大厅,大师并没有将客人领向沙发,而是坐在了靠南墙的一对太师椅子上,随后从茶几上拿出3字头的软盒大中华,抽出来一支,递给大道,这才安排保姆沏茶倒水。

大师一般是在书房会客,今天破天荒地将衣大道安排在客厅里,想必书房里的墨宝箱早已堆积如山,没了待客之地。思忖间,衣大道见大师弯腰找火机,忙从兜里掏出自己的来:"我这儿有!"说着,伸手帮大师点着,斜眼瞟了一眼直通二楼的楼梯,又说:"大师的墨宝,定会恩泽后代,成为取之不尽用之不竭的财富呀!"

路大师悠闲地吐了个烟卷儿说:"儿孙自有儿孙福,一辈人不管两辈人!"

正说着,保姆端上两杯茶水,衣大道对保姆点点头,又环顾了一圈路府客厅,一屋子抚之如玉的堂器,哪一件没有十多万也别想搬进家。记得第一次找大师,他家还在省文联家属院的破楼里,一屋子的寒酸。谁料几年工夫,大师不但搬了家,换了三任妻子,还富到一屋子的王室气派,凡是第一次进来者,无不为一屋子的奢华唏嘘叹之。挑高的房顶,裸露着二楼的一圈走廊,刚好将客厅围了一个圆儿,很具欧范儿。不过欧式建筑里却摆着一屋子的中国堂器,简约的线条干净利索又美观,放射出玉石般的光泽。衣大道坐在茶几的左边,路大师坐在茶几的右边,对面是一组大气磅礴的紫檀沙发,样式清明混杂,简约中有繁缛,繁缛中又游走着随意到美不胜收的简约,哪一样不是源于一手"不抓地"的墨宝?看着看着,不知道为什么,衣大道突然泄气了,但他转念一想不如逼一逼大师,因为大道画廊是大师的主要销售点。换句话说,他和他是绑在一条绳上的蚂蚱,一损俱损,一富俱富。想到这儿,大道抽了一口烟,哀愁地长叹一声说:"鸿爪放在店里半年多了,实在是委屈了!"

大师愕然了一下，聚起一脸的问号。

大道见状，忙解释说："眼下生意不好，今天我来就是想给你老儿说一声对不住，过两天物归原主了，我就宣布破产了！"

今天的退货无疑是在告诉大师：他的书法人生已经走到了低谷，紧靠"大树"的大道画廊都挡不住穷途末路，别的画廊生意更是惨不忍睹。

果然，大师听后又愕然地侧脸看了衣大道许久，将手中的烟头朝烟器里一拧，说："无论你转到哪儿，咱们都是朋友，而不是商业伙伴，以后要记得常来寒舍坐坐！"

本想用计谋逼一逼大师，让他帮自己指出一片柳暗花明的日月，不想刚说要关门，大师就有了开口驱客之意，什么人呐！但是走投无路只有退货的言语一出，再想挽回已经不可能了，万般无奈，衣大道只得起身说了声"好"，和大师握手告别。

走出大师家的小院，衣大道只觉得天又阴了一层。时值深秋，风一吹，已有寒意，大道瑟缩了一下身子，从夹包里掏出手机给弟弟打了个电话："你在哪儿？"

小道说："在公司呀，咋了？"

"我去找你！"大道说完，还没等弟弟回话，便挂了电话，疾步走出华林小区。

归属不定的"四圈儿"就在不远处的店门口，能不能保住它，就看心愿不愿意进"洞"了。弟弟进"洞"早，现在已经开上了大奔，业务员也从原来的20多人扩展到百十人，上帝一拨一拨地拉来，《挂画》一出戏，在互联网上循环播出一场又一场，可到头来不但没有寻到上帝，一个个还赔了夫人又折兵。

当然了，也有寻到上帝的。

不过这万分之一的"寻到"只是为了吸引更多的"无希望"来给小道送钱罢了……也就是说，拍卖一行如果单靠拍卖挣不了钱，名曰拍卖，挣的并不是拍卖的手续费，而是卖家的手续费。为此，衣大道曾多次劝弟弟改行，可万没想到自己也有走投无路之时。

大道画廊离弟弟的公司大概有二十分钟的路程，一转眼，车已经来到了省文联门口。弟弟的公司——书画家协会就在这群星灿烂的大楼顶层。大楼刚落成不久，大道还是第一次进来，一进门就感受到了新贵气，但因为心里有事，他顾不得细瞅便坐上电梯直升到十八楼。小道的办公室是1829，在最南头，一推门，又是一派新贵气，一寸厚的纯羊毛地毯，过去的合成板书桌和书柜也换成了清一色的黄花梨，一屋子的暴发户气息，衣大道暗吃一惊，感叹说："真发了！"不想，话音未落，传来一阵女人的笑声，转眼朝北一看，才发现沙发上坐着秦燕。大道愣然了一下，没想到这对旧日恋人又化敌为友了，忙颔首笑道："今天真有缘呀！"

"一会儿见两次！"秦燕笑着起身说，"我要走了，你哥儿俩聊吧！"

"慌什么？"大道问。

"还有一点儿事！"秦燕说着，抬脚朝门口走去。

小道并没起身相送的意思，跷着二郎腿晃了晃说："慢走哈！"

秦燕点点头，又对大道摆摆手，走出门去。

门刚合上，大道便忍不住小声问："不会又吃回头草了吧？"

小道一听忍不住哈哈大笑道："哥，你也太小瞧我了，送出去的再要回来不是君子之道！"

"那她来找你做什么？"

小道正准备取茶叶摆弄茶艺，听哥哥一问，像是突然想起了什么，起身走到靠南墙的书桌前，弯腰抽出一个蓝色的账本，用力拍了拍，说，"你不是想知道她来干什么吗？"

大道看小道敲半天，才恍然大悟："原来老路也在寻找出路！"

"哪个活人愿意被尿憋死？当然，除了你这位特殊人物！"

"我说刚才怎么会恁薄情！"

小道像是没有听到哥哥的嘟囔，举起蓝色的账本又晃了晃说："看到没有？这一本花名册都是近一年来出来寻找上帝的上帝！"

"那只能说明上当受骗的人不少！"

"什么话？这叫周瑜打黄盖，他们愿挨！"小道振振有词地说，

“以前看不出来,这次反腐风一刮,啥事不都一目了然了?你的大道和我的小道其实并没有什么本质上的区别,堂而皇之不过是掩人耳目。”

“什么意思?”大道吃惊地反问。

“很明显的意思,如今这反腐风一刮,刮‘倒’了你的店,却“反”发了我的公司,这就叫十年河东,十年河西。”小道说着,又举起手中的蓝色账本用力敲了敲,“看见没有?这一本子的上帝,都是主动找上门来的,这说明啥?这说明就剩你一个做生意的在不识时务地固守清高!”

小道连珠炮式的反攻,听得大道头皮一紧,他不想再与弟弟争辩,悻悻地从沙发上站起来说:“我下去看看妈!”

小道一听哥哥要走,起身绕过办公桌,提前来到门口:“网上说了,中国人已经进入了互害模式,也就是说,眼下急到只顾挣钱的人不止一个人啊。”说着,小道打开门,伸出手做了一个请的姿势说,“你不是要走吗?请便!”

衣大道越看弟弟越像一个得理不饶人的泼妇,面色一沉,走出门去。

不想刚走到电梯口,门开了,走出来一个老太太,让大道一怔。

因为老太太不是别人,正是自己的母亲。

母亲满头银发,大眼圆脸,有几分马金凤的和善味儿,见到大儿子忙喊了一声“乖”,问:“你怎么也在这儿?”

“和你一样,来找你那个越来越狂妄的小儿子!”大道不满地嘟囔说。

“都多大了,还闹脾气!”老太太说着扭身按了下一楼的按键。

“小道眼里越来越没有我这个兄长了!”大道又说。

“你和小道只是处世观不一样。”说话间,电梯门开了,老太太拉着儿子走进去,又说,“打虎还得亲兄弟,你们要做到志同道合才对,就算不能志同道合,最起码也要团结,家和才能万事兴。”

“小道给你告状了?”大道像是听出了什么,警惕地问。

“那可不叫告状,那叫聊天!”老太太认真地纠正说。

“我说您怎么摸得这么门清？原来都是他陪你聊天聊出来的。”

“你不是离妈远吗？没空陪妈说话。”

“近水楼台不一定能先得月，却能先告状！”

“谁让你离妈那么远呢？”老太太嗔怪地翻了儿子一眼，又说，“你们呐，都长大了，各有各的活法，各有各的门道，如果你要真怪小道的路子不对，就怪我和你爸当初给你们起的名字吧！”

正说着，电梯门又开了，大道挽着母亲走出去。由于刚才只顾慌着赶路，一出电梯门才发现原来一楼是一片宽阔的书画展厅，三面墙的名人墨宝，有字有画，全是玻璃框装裱的。

“如果不是书画喷涌的文气，这里倒有几分星级宾馆的味道。”大道话音刚落，就觉得腋下的手机突然震了起来，不知道是谁打的电话，他也没接。

“看来新楼盖好，你还是第一次来！”母亲见儿子对墨宝感兴趣，也用目光滤了一遍两墙的鸿爪，“就这三墙，没有五百万，拿不走！”

“可惜，有价无市了！”大道沮丧地说。

“面对有价无市这件事，损失最大的不是你，而是他们，他们吃的是技艺饭，想改换门庭不是一年两年的事，而你眼下只要肯放下旧生意，两天便可走出困境！”

“甘露不润无根草，大道不渡无缘人，要想找新生意做也不是那么容易的，需要摸索好久。”大道一边解释，一边朝墙上瞅：“怎么没有老路的字？”

“会少了他？”母亲说着，用手指指大厅门口的一扇屏风，又说，“因为那个位置，还和书协主席闹了一场不愉快嘞！”

大道顺着母亲的手指，将目光伸向门口的屏风，发现内里果然镶着一眼的熟悉：“没想到，他在文学界争第一，在书法界也争呀？”

“那可不！我活了一辈子，现在才明白什么叫位置，抢到它就等于抢到了钱！”

“原来妈也憋了一肚子火气？”

“火气倒称不上，只是懊悔自己开窍太晚了，你想想我也是作家，老路也是作家，能比吗？不能比，可惜的是，你妈我悟道太晚了！”

“妈，其实你悟道很早，我和小道的名字就是有力的证明。只是你年轻时就像现在的我，纠结于两条路之间……”大道正说着，包里的手机又蹦跶起来，不知道是谁一连打了两次。大道掏出来一看，是大师。大师平时很少电联，今天连打两次，是不是替自己也替他找到了新出路？想到这儿，大道忙将手指放在嘴上，对母亲做了一个“嘘”的动作，走到门口，亲切地喊了一声“大师”。

大师在电话那头长长地“嗯”了一声，径直地问：“你弟弟拍卖网上挂的那些作品，从哪个渠道过去的？我至今还是一个未知数。”

大道一听，惊了半天才明白，原来秦燕找小道是在悄悄地“干活”，可能将实话说出来吗？人家是夫妻，打破头属于内部矛盾，如果他一点破，无疑是在挑拨人家夫妻关系。想到这儿，他笑了笑说：“眼下书画市场的走势低迷，拍卖是好事，让艺术面向民间，挺好呀！”

“我是在问你，我的作品怎么会跑到你弟弟的拍卖行里？”电话那头的大师像是不耐烦了。

大道癔症半天：“大师，你什么意思？我卖你的画，可都是结过账的！”正说着，母亲跟了上来。看到母亲，大道忙将身子磨了磨，面向南墙，又说，“不管网上的那些画是不是经过我的手捣过去的，我和你所有的交易都是付过钱的！”说到这儿，不等大师接腔，便挂了电话。电话挂了，大道越想越气，正要给秦燕拨电话质问一下老路怎会将这小人之为朝他身上联系，不想刚翻到秦燕的电话，还没有拨，被母亲伸手按了：

“不要纠结这事了，走，回家妈给你做酸菜鱼吃！”

“妈，这么大的事，他怎么会朝我身上联系呢？”

“不要再纠结这事了，待你活到妈这份上，就会明白一个道理，水太清就没鱼吃！”

母亲见大道一动不动，松开手又说："把手机放包里，啥都不要想，跟妈回家吃浑水鱼！"

母亲家就在文联办公大楼后面的一号楼，下了崭新的办公大楼，朝北走十几米，一拐弯就进了家属院。母亲住的一号楼，还是漏砖漏墙的四层红砖小楼，至少有四十年了。从外面看，不但木质窗户在时间里褪了色，连四平八稳的楼体也在时间里站坏了骨架，三年前被有关部门测定为"危楼"。原居民都知道此楼有动摇之危，纷纷八仙过海各显神通，一家接一家地搬了出去。而腾空的房子却不愿空着，出租给周围的商户或打工者，细细一查，现在唯有母亲一个原居民还在坚守阵地，雷打不动。大道和弟弟曾多次劝她搬家，可她就是不依："什么危楼不危楼，那些乡下人能住，我就能住！"兄弟俩说不搬家把家具换换也行，可母亲还是不同意，说："这些家具上面都留着你爸的气儿，扔掉它们，再想感觉你爸的存在，我都无处抓摸喽！"

大道一路郁闷地跟母亲进了屋，将男士夹包放在沙发中间的小茶几上，拉了拉裤腿，一屁股坐到沙发上，但像被什么硌了一下，不由埋怨说："有钱的时候让给你换个新的，你就是不换，现在都板屁股了！"

母亲换了鞋走过来说："我只是不愿意换，又不是没有钱换，妈这辈子吃喝拉撒病，都由国家管，不要你们操心，只要你和小道过的不让妈挂念，比什么都好！"

大道没有吭声，他想给妻子打个电话，告诉她中午在妈这儿吃饭，别管他了。可拿起夹包，刚摸到手机，电话又来了。他以为又是大师，掏出来一看，仰脸对母亲说："是小道！"

"接呀！"

"不想接！"大道说着将手机放在沙发上。

老太太无奈，只得抓起手机代接，可手机抓到手了，才意识到还不会玩儿智能手机呢，只得求大儿帮忙。

大道伸手帮母亲划拉了一下，就听小道在电话里吼："是不是你给老路打的小报告?”

“你哥正受冤枉呢!”母亲说着,瞟了一眼大道,忙朝阳台上走去。阳台还是老式阳台,与客厅的连接处是一个黄色的小门,门一关就是一个独立的世界,小道的声音也随之小到让大道听不见。

穿过窗户,大道看见母亲认真地听了一会儿,不知道对小道说了些什么,推门进来时,眼圈儿红红地:“小道被告了!”

大道一听,愕然出一脸的紧张:“谁告的?”

“还能有谁?老路发动很多书画家联合告的!”老太太说着又红了眼圈。

“小道呢?”大道起身问。

“跑了。”老太太说着又哭了起来。

大道松了一口气,走过去,搂着母亲的肩头拍了拍说:“早就给他说,不要干投机倒把的事,他就是不听,刚才还反过来教训了我一顿!”说着,像是想起了什么,“他怎么知道老路要告他?”

“老路给他打的电话。”

大道一听,像是明白了什么,松了一口说:“妈,不用着急,你想想,老路既然提前通知小道,就是想给他一点卷款而逃的时间。”

“什么意思?”老太太瞪大眼睛问。

“没有什么意思,到时候你就知道了。”大道说。

老太太癔症半天,长长地“噢”了一声:“原来是醉翁之意不在酒!”

“是呀,这样做,既照顾了你和我的面子,又能让我们曲线寻找突围。”

果不其然,小道负罪潜逃后的第二天,全国各大报刊和网站上纷纷发出路大师作品被人私自拍卖的消息,铺天盖地,冷冻一年多的大师再次成为社会的焦点,本来要退还的那批墨宝,两天内销售一空。

大道画廊的生意又恢复到了从前……

不几天,小道打回电话问家里的情况,大道开玩笑地说:“非常好,就像你说的十年河东,十年河西,现在又一番风水轮回,轮到我发财了！”

“噢，原来老路告我，是你们想借刀杀人，联合突击呀……”小道在电话那头愤愤地说。

大道一听暗叫冤枉，可再想想前天母亲说的那句“水太清就没鱼吃了”，又觉得辩解是徒劳的：“随你怎么想吧，家里没事了，你随时可以回来探亲！”

奇 古 斋

清末民初年间，陈州城有两家古董店，除去南大街龙王庙前的罗氏“会友斋”，还有前尚武街康家开的“奇古斋”。

“古董店”是旧世道一般人对这类生意的总称，实则内中分门别类，是不相混合的。类别为“红绿货”“软片”“硬片”“乡花地毯”“金石文玩”“古钱图章”等。“红绿货”系指宝石、珍珠、翡翠、玛瑙、珊瑚以及松绿石、琥珀等物；“软片”就是字画、古书、碑帖；“硬片”仍指宋、元、明、清各代瓷器；“乡花地毯”，顾名思义，说的是古代的刺绣品、缂丝、地毯、椅披、桌裙、袖头等。“金石文玩”包括较多，什么古铜器、古玉、古陶、古今名砚以及可供陈设的一切艺术品，竹制品、象牙雕刻等等皆是。一般收“金石古玩”的店铺，也多经营“古钱图章”。“古钱”，是指出土的古代货币；“图章”，就是古代官私印鉴、名人图章。当然，以上几种多指大都市中的经营形式，如北京的琉璃厂、廊房二条、上海的交通路和古玩茶楼等均是。而在陈州小城，就不能分得太细。由于凡古皆收，就需要各种学问。所以在小城里当古董店老板的也多是收藏界的杂家。

“奇古斋”的老板康仲儒就是这种人才。

康仲儒原来是放高利贷的。一般古玩商到乡间买一次东西要数百元或数千元，但大多古玩商都拿不出这些资金来，多是先定好，再回城内凑钱。凑钱的办法多是贷款。有时到银号贷不到，又急用，便找高利贷。康仲儒当时是陈州城有名的放高利贷者，后来他看做古玩生意比放高利贷更有利可图，便也干起古玩这生意来。不想头一趟，他就买走了眼，被造假高手骗了，赔了好几千。就这样他边交学费边学习，几年下来，钱赔了大半，但眼练成了，从当初的放高利贷者变身成了“鹰眼兔子腿，穷身子富嘴”的古玩商。“鹰眼”，是说买东西时要看得真，认得准，否则会买到赝品；所谓“兔子腿”，指身听到哪里出了东西，就得飞快地赶去，要不就会让别人捷足先登了；穷身子，是指古玩业的人多数不是富有之家，买到东西时还得东拼西凑去弄钱；富嘴，是形容古玩商人皆嘴硬，虽然手中没钱，也不说穷，没有钱也敢买，该添钱时就添，装出一副毫不在乎的劲头。

这康仲儒的聪明处，是他收到的奇珍文物，多卖给了外国人。

当时加拿大人怀履光是基督教圣公会河南教区第一任教主，曾在开封鼓楼中街设立公会教堂，明为主教，暗为文物贩子，收到有价值的文物，除售于美、日两国外，一部分送回加拿大，现大都藏于多伦多博物馆中。因陈州古汉墓群多，他曾亲自到陈州勘察。康仲儒刚收到一件连环璧，牙黄色，光泽很足，一寸四五分大小，方形，展开时约有三寸，中间有两个长扁圆环将两璧连接在一起，周身有粗细花纹，四角四个夔龙，如巧夺天工。当时他将连环璧刚一亮出，怀履光就瞪大了眼睛，接过来把玩之后，一副爱不释手状。按说，此为古玩商大忌，东西再好，绝不可露出欲罢不能状。但怀履光当即问康仲儒要多少钱，康仲儒掏三千买的，见其喜爱无比，便张口要了六千元。不想那怀教主价也不还，当即订货，并对康仲儒说：“你就是要一万，我也会要的！”从此，康仲儒领略了洋人的大方。每有好东西，便亲自送到汴京城卖给怀履光，皆能卖到好价。

赚洋人的钱，让康仲儒尝到了甜头，比放高利贷来钱还快。果然不几年，康仲儒便成了陈州城的富户。

这一年，他碰到宋徽宗的一幅真迹，据说是从宫中流出的宝贝，签条是清宫书写“宋徽宗写生珍禽卷”，画卷共分十二段，每段接缝处都有宋徽宗的双螭印，共十一方。图中鸟之羽毛，用淡墨轻擦出形，又以较浓墨覆染，再以浓墨点染重点的头尾、羽梢等部位，层叠描绘。展开手卷，画眉、山喜鹊、戴胜、麻雀、白头、斑鸠、太平雀等十二种不同种类的珍禽跃然眼前，画得非常细致……真迹难求，价格自然也高到让人望而却步。康仲儒看着宝贝不敢轻易冒险，先到怀府探了探怀大人的态度。不想怀履光一听此宝，激动得双目发绿，让康仲儒赶快拿来给他一睹为快。康仲儒见状也不由激动起来，可拿来让怀履光一睹为幸的前提条件，就是要把墨宝买下来。那一年康仲儒已经六十二岁了，六十二年的人生经验告诉他，舍不得孩子套不住狼，要想买下画作就得垫上全部家产。两难之间，康仲儒一连犹豫了几天。如果此次生意真能做成，家产翻倍不成问题，以后也就不用再为日子东奔西跑了，所以为了后半辈子的无忧，康仲儒最后咬牙买下了那幅难得的珍宝。为了尽快连本带利回到手中，他一拿到宝贝，家也没回就直奔怀府而去。

到了怀府客厅，掏出来一看，怀履光双目亮了又亮，随后用生硬的汉语问康仲儒打算多少钱出手？

康仲儒说："这可是我倾家荡产才淘来的宝贝，如果怀大人想要，我不多赚，只要让我的家产翻一番便可！"

怀履光一听，聚起一脸问号："你的家产值多钱？"

康仲儒说："实不相瞒，这些年我从你这里大概赚有八万块大洋，再加上我先前的积蓄，共计十万块。"

怀履光一听，愣然了半天，拍案而起说："好！东西先放我这儿，明天你来取钱！"

康仲儒一听怀履光要将他的全部家产押在这里，自然不同意："如果怀大人信得过我，宝贝暂由我保存，待你凑齐了钱，咱们还按老规矩，一手交钱一手交货！"

"不行！"怀履光斩钉截铁地说，"我向上帝担保，你我共事多年，我从没短过你的钱。你们中国人是没有信仰的，没有上帝的监督，我岂敢信你一出门，会不会玩调包计？"

"怀大人多虑了，这么多年，我何时卖过你赝品？"康仲儒申辩说。

"可你们中国有句古话，叫放长线钓大鱼。"怀履光说着，狐疑地斜了一眼康仲儒，说，"以前都是小玩意，不值得劳神设陷阱，而这一次可值得！"

康仲儒见怀履光把话说到这份上，很是气愤，他没想到怀履光竟如此不信任自己，本想起身走人，可犹豫半天还是没动。因为古玩市场自古以来就有价无市，如果自己真的坚持拿走，再看看怀履光这态度，一旦迈出大门，这桩生意无疑就泡汤了。为了大赚一笔，自己押上了全部家产，若不尽快转手，明天的行情是赚是赔且不说，能不能找到买家，多少年才能找到，都是未知数。也就是说，眼下最等不起的就是时间。手里没有周转资本，等于以后要带着一家老小抱着金碗要饭。如果留下，又等于把自己的家产白押给怀履光……想到这儿，康仲儒为难地长叹一声："上帝能管得了你的心？"

"我是上帝的孩子，如果你连上帝的孩子都不信任，你可以带着你的宝贝走了！"怀履光说着，将《写生珍禽图》朝康仲儒面前推了推，"当然，以后也不要再来了！"

康仲儒一听顿时哭笑不得："没想到你这上帝的孩子发了脾气，还真像个孩子！"说着，又伸手将画作又朝回推了推说，"看在你父亲的份上，我容你一天时间，如果明天你凑不到钱，我再另找买家！不过你要给我写个欠条！"

"什么意思？"怀履光不解地问。

"没什么意思，就是看在上帝的份上，我把画给你留在这儿，只是要劳烦怀大人给我打个欠条。"

怀履光点点头，算是达成了协议。

不想第二天康仲儒拿着欠条来怀府要钱时，怀府家人给他一封信说：怀大人回国了，临走时吩咐我把这封信交给你。

康仲儒一听，紧张地急忙接过来，一看，顿觉眼前一片天昏地暗："无所不能的上帝呀，你为啥连自己的孩子都管不了？！"

群众演员

第一次跟老单干那事时，刘大朋心惊胆战，唯恐上头知道了，来个追查不休，将十年寒窗归位于零。老单说这事找的都是自己人，当演员给的有演员钱，谁会掐断自己的财路？再说，你小子只是副手，就算是真查到了，还有我老单在前面顶着呐，你怕什么?!刘大朋想想也是，自己怕个鸟？任务量压头，上面分给所长，所长包干到小组，任务完不成，若不没事找点事，谁同意?!

上个月所里分组，所长秦奋将刚毕业的刘大朋分给了老单。听说老单时，刘大朋以为是一个临近退休的老者，不想一见面才知道老单并不老，三十出头，桃形发型剃得有角有弧，小眼睛看人时犹如两道激光，他个头也高，俯视了一会儿刘大朋，问他哪个学院毕业的。刘大朋说是中原警院。老单听了，半天才拍拍他的肩头，说："好好干吧！"

刘大朋三本警校毕业，之所以能顺利进入位处中心地带的派出所，多亏了女朋友小菲的舅舅。

今天接到报案前，小菲给刘大朋打来电话，急急地说："舅舅还是没有找到！"刘大朋愣了一下，反问道："一个大活人，能去哪儿呢?"小菲没有吭声。随后无线电波传来的抽泣声，让刘大朋听得不禁担忧起来。舅舅虽然不是亲舅舅，可毕竟是自己的恩人，恩人一连失踪多日，他却一直在所里忙碌，是不是有点不近人情？想到这儿，他站在派出所的小院里犹豫了半晌，对小菲说："等出警回来，我立即就回去！"说着，就跟老单上了警车。

二人一路来到"天地人"，下了车直冲三楼。"天地人"是一个歌厅，正处十字路口，属于是非多发地带，五毒皆有，也成了线人守候的一方宝地。线人，顾名思义就是专吃情报饭一族，他们多是无业人员，据说有的还因吸毒被打击处理过。当然，并不是所有的犯罪行为都能被发现，所以线人的日子并不好过。卖的情报费常常也不够用，他们就会想方设法捞外快。所谓的捞外快，就是对狐朋狗友们设套，常常这边“合谋会”刚刚结束，那边消息就已经暗流到了所里。刘大朋和老单今天接到的正是这样的一桩小案。线人尚志和另一位叫曲大春的年轻人事先商量好，在“天地人”的包房里偷男客的包，曲大春负责橇门并入室偷窃，尚志负责在外面放风。不想曲大春刚得手，就被赶来查身份证的老单发现了，尚志闻风而逃，曲大春则被抓了个正着。

老单板起面孔，一把将曲大春摞倒在地，房中的男女才发现包被偷了，顿时乱作一团。

就在这时，老单兜里的手机突然响了。

老单接通电话，喊了一声所长，随后面色大惊，连连“嗷嗷嗷”了几声，指着曲大春和屋里的一对男女对刘大朋说：“你先把他们带回所里，我打的去火车道上一趟。”说着夺门而出，朝铁路赶去。

火车道离“天地人”歌厅不远，而案发地点就在火车道旁的一片小梨园里。不知是谁在这里开的荒，横竖一数，刚好七七四十九棵。因无人看守，树上的梨子早已被偷光，梨园便成了无人问津之地。也可能正是这个原因，案发好几天人才被发现，所以老单离老远就闻到了尸臭气。

老单是一个转业军人，对破案来说属地道的外行，可辖区内发生的几桩案子皆是因为他的一句话峰回路转有了眉目。秦奋曾激动地在会上说老单的鼻子犹如一双猎犬，能嗅出别人都嗅不出来的东西。老单则淡淡地说，没那么夸张，充其量也就是比别人爱联想一些，敏感一些。可能正是因为连着几次破案有功，老单一进梨园，便不自觉地露出一丝专家的气派，他指着梨园树下的尸体问所长秦奋，通知市局没有？秦奋说：“你这只猎鹰不到，哪敢呢！”

老单冲年轻的所长点点头，又一股烈臭的腐尸气冲鼻打来。他捂着鼻子缓缓走到死者跟前，低头一看，见其穿戴整齐，西装革履，外面还套了一件质地很好的毛呢大衣，不像是他杀，倒像是寿终正寝。思忖间，他蹙了一下眉头，扭头看了一眼所长，脱口说道："天这么热，捂这么严，如果不是精神出了问题，就一定是会神机妙算。"老单说着又蹲下身，仔细看了看，发现死者是被人用绳索从后面勒住脖子窒息而亡。再看绳套，绾得规规矩矩，不像是临时起的杀心。从死者的穿着到绳子的精心绾套，很像是死者和杀人犯之间的一次默契配合。看到这儿，他扭脸问所长："死者身份确定了吗？"

"熟人。"秦奋说。

"你们认识？"老单诧异地问。

"不只是认识，还打过交道，刚才接到园丁老邱的报警电话，如何也没想到会是他。"秦奋表情沉痛地说。

"他是干什么的？"老单又问。

"处长。"

老单很响地"噢"了一声，说："怪不得从他的穿着来看，像是有备而死。"

"如果王处长真是有备而死，绳套绾得这么精心，杀人犯一定也是有备而来呢！"秦奋像开玩笑似的接道。

"眼下反腐风头正急，是不是中了官场暗箭？"老单说着又看了看一身冬装的王处长，"既是中暗箭，受害人不可能会提前知道，既然不知道，怎会大热天的穿这身？"

"所以说，这两个细节太重要了，十有八九就是这场案子的命门，关键中的关键，只要把这两个问题解决了，案子有可能就会迎刃而解。"秦奋说到这儿，心里像是有了前所未有的底气，忙命民警将绳索拿到分局检验。

送检人员走后，秦奋指着南边的铁路小公园，对老单说："看守公园的人就是报案人老邱，不如找他聊聊，说不定能聊出一些有价值的内容！"

老单伸目朝南边瞅瞅，见不远处的入口花园里仍像往常一样热闹，四溢着生机勃勃的人间烟火，不由转言问道："家属还没到？"

秦奋摇摇头说："还没来得及通知。"说着，二人朝小公园走去。走到半道，秦奋停下脚步，喊了一声"哥"，随后像鼓起很大的勇气似的说："我有一个大胆的想法，这个案子咱们能不能自己破？"

老单一听，愕然地没吭。因为所里压根就没有破案所需的各种设备，如果单干也不是不可以，但有首要条件：只能成功，不许失败。对于他来说，这并没有什么，成功了，他跟着秦奋享受胜利果实，失败了，责任全由秦奋一人扛着，何乐而不为？可事实上并不是这么简单，因为所里人都知道老单和秦奋关系非同一般，明里是上下级，私下却是实在亲戚。因为老单的媳妇和秦奋的同居女友是姐妹。老单本想批评秦奋说："你这是在赌博！"可再一想，有谁不想朝高处走呢？三十岁以前熬上处级与三十岁以后熬上处级，前途自然不能同日而语！秦奋是中国刑警学院的研究生，按说这样的学历放到所里当所长是有些屈才了，可再看年龄，就知道属于下来镀金一族，今天的屈才是为了明天的腾飞。秦奋虽然不是太帅，却精神得出奇，一看就是很有底气，刚到所里上任，老单就知道这家伙前途无量，便让娘家妹子说给了他。娘家妹子比秦奋小五岁，二十四岁，虽然俩人还没有结婚，但已经住在了一起，结婚自然也是早晚的事。对于未婚先同居这件事，秦奋的父母都不太赞同，可老单和妻子小雪却很支持。秦奋的父母退休前都是大学教授，据说其父还担任过大学领导，不但桃李满天下，仕途那条道上也播撒着他们栽培过的桃李。也就是说，秦奋朝中有的是人，缺的就是资本和理由，如果这次"赌"赢了，正好给他的那些"师兄师姐们"一个冠冕堂皇的理由，好借机提拔他……想到这儿，老单觉得秦奋要独揽大案，于公于私他只有配合的份，而配合的过程，无疑也是给自己的前程铺路的过程。如果成功破案，秦奋提成副局长是迟早的事，以后晋升为省长部长的也不是不可能。如果失败了，他老单也没多大损失。想到这儿，老单担忧地说："怕是警力不够。"

秦奋说："人不在多，在精，要人人都是像哥这样的猎犬人物，人间没有破不了的案！"

话音刚落，从北边传来一阵轰鸣声，二人扭脸一看是一辆高铁。那高铁犹如北冥之鱼飞扎了翅膀，一晃而过，快到不可思议。老单看着飞驰而过的火车跑了老远，叹道：“一样的火车，这家伙不知道顶多少辆绿皮车！——就像所长，一个人能顶分局那一大帮老笨！”

“是兄弟就不要拍马屁，齐心合力把工作做好，做漂亮，咱兄弟成败就在此一搏！”秦奋说着，抬头朝前一看，小公园已经近在咫尺。因为是电话报案，秦奋还没见过报案人，瞅了一会儿，见一位老者正给花草浇水，对老单说：“浇水的老头儿可能就是报案人老邱。”

老邱大概六十岁左右，中等身材，一般的园丁都是乡下来的，可老邱从头到脚都看不到一点泥腥气，仔细看，忙碌的双脚间还有一条宠物狗在绕前绕后。开始二人都没在意，不想走近了才发现，那狗竟是一条胸部发达的“比特”。

老单好奇地走上去，搭讪道：“这狗不错呀！”

老邱听到说话声，侧脸一看来者是警察，忙高声阻止道：“别逗它，咬一口可不轻！”

听口音，老邱像山西人，老单便止了脚步，看他脚下乱窜的比特犬说：“这狗一看纯度就高，保守估计也得五六万吧？”

老邱笑笑，低头看看爱犬，说：“一分钱没花，白捡的，看它可怜，给它点食，它就赖着我这穷庙不走了！”

“那你可捡个宝贝！”秦奋接道。

“什么宝贝，累赘，光狂犬疫苗不知道赔了多少！”老邱埋怨着踢开爱犬，又收起水管，将二人请到宿舍门口。

老邱的宿舍在公园的东北角，两间房，但从墙面的光泽度来看，不像同时盖的，朱红的防盗网面南而开。三人刚走到门口，就听比特犬一路狂吠着冲过来，老邱见状，扭身扬手阻止，道：“找打！”

“是不是这个凶悍的家伙发现的死者？”秦奋看着畏缩的比特犬，问老邱。

"算是吧!"老邱掏出钥匙说,"这两天我一直闻到臭气,并没在意,直到今天下午我去梨园里找壮壮,才知道弥漫在空气的是尸臭气。"说着,推开房门,将二人请进室内。

二人一前一后,随着老邱彬彬有礼的手势,走进房内。环顾一周,发现老邱的住室相当城市化,外间是卧室兼客厅,东墙处有两扇关闭的小门。家具虽不多,但收拾得井井有条,中间是一个欧式单人床,西墙的屋山处是一溜实木衣柜,东墙处的两扇小门之间是一对欧式的布艺沙发,对着床是一个电视。家具虽然不多,但从光泽度来看,都是些新家伙。按说,打工生活不稳定,一般打工者都是以凑合为主,绝对不会买新家具。可如何看,这套标间的里里外外都没有"凑合"的意思,从床上的铺盖到家具家电的一应俱全,如何看都像带"星"的宾馆标间。看到这儿,老单忍不住感叹说:"家里布置得不错!"

"什么不错,比要饭强一点。"老邱淡淡地说着,将二人让到沙发上。

秦奋像是对老单的话题很不感冒,坐下来,转到正题上问:"这地方人来人往,两天了,就没有别人发现死者?"

"人是不少,可很少有人朝里走呀!"说着,老邱压低了声音:"那人不像是一般人,从头到脚都是牌子货,说不准,有可能是被人图财害命了!"

"没想到老先生深居在花园里,眼力如此锐利。"老单打量着站在床边的老邱说。

老邱笑笑,解释说:"没事时,我爱逛大商场,买不起,能看得起,什么国内名牌、国际名牌,都知道一些……光死者手脖上那块伯爵,我干几辈子也买不起呀!"

听老邱如此一说,二人不由暗吃一惊,因为他们并没有在现场看到那块伯爵。

"你是说那块表刚才还在?"老单急急地问。

"怎么?现在不在了?"老邱吃惊地反问。

"既然那么贵重的手表当时都没有被捋走,说明犯罪分子不是图财害命!”老单若有所思地说。

“是不是仇杀?”老邱想了想,试探地问道。

“现在一切都有可能。”好一会儿没有说话的秦奋说,“前几天你有没有看见过死者?”

老邱说:“这里天天人来人往,我哪有工夫瞅那些闲人?”

秦奋点点头,若有所思地沉默了一会儿,起身说道:“大爷,您提供的线索和细节关系重大,太谢谢您了!”

“你看,只顾着说话呢,水都忘了给二位倒了!”老邱很不好意思地说。

“我们会随时来找你了解情况,留着下次喝吧!”秦奋止住出门相送的老邱说。

见秦奋急着告辞,老单也只得起身跟着朝外走。

二人告别了老邱,秦奋问老单:“刘大朋呢?”

“忙 110 那头。”

秦奋“嗷”了一声,说:“就不要让他参与此案了!”

老单以为秦奋嫌刘大朋没经验,解释说:“刘大朋是有点外精里迷,可是不让他来,人手岂不是更少?”

“不管人多人少,你我兄弟在此一搏!”秦奋说。

老单点点头,回身朝老邱的住处望望,问:“你觉不觉得老邱异常?”

“你是怀疑那块伯爵?”

“不止这些。”

“不如这样,你现在回所里查一下老邱的信息。车就在路口。”秦奋说着将车钥匙从腰间取出来,递给老单。

老单说了一声“好”,接过车钥匙抬头看了一下天色。

按照时间推断,这时候刘大朋应该已经将“嫌疑人”曲大春带回所里了,当然还有那对临时鸳鸯。如果还不出所料,尚志现在一定在派出所门口的某个角落里藏着。尚志回回守“门”待兔,上一次因为一时找不到发票,兑不了现金,老单费了好多口舌才将其哄走。这一次请其出山前,他张口就说:“先把上一次的账结了!”可眼下大案正忙，去哪里给他凑发票套现钱？想到这儿，老单掏出手机拨通了刘大朋的电话。

“队长，所里怎么没人了？！”

“都在外面办案，那几个人都关起来没有？”

“别提了，跑俩！”

“跑的哪俩？”

“别提了，我只顾揪着曲大春，结果男嫖客跑了，那个女的一看男嫖客跑了，也趁机跑了！”

老单听后，并没有责备：“我在外地办案，你看好曲大春就行了，别的不用管。”言毕正要挂电话，就听手机里又传来刘大朋的声音：“队长，我想先回家一趟，我舅舅丢好几天了，家里急成一锅粥了！”

“你舅舅丢了，舅舅家的人自会去找，和你一个外甥有直接的关系吗？”老单说着掐断了电话，在这无人顾“窝”的关键时刻，这小子竟敢请假去忙私事，怪不得秦奋不让他参与破案——气愤间老单又抬头看了看。

小公园里人来人往，老单打量了一圈儿，没有看到老邱和比特犬，但宿舍的房门却是开着的，人肯定不会走远。老单暗想，是不是自己多心了？可对于破案来说，不多心的民警肯定成不了好民警。如果手表不是被犯罪嫌疑人捋走的，那会是被谁捋走的？捋走手表的人，就是单纯的占便宜吗？再说，在案情没有明了之前，任何人都有被偷偷怀疑的可能，就算命案与老邱无关，可手表不翼而飞，他摆脱不了嫌疑。思忖间，老单已经来到了路口，因为所长的专用“2000”是白色警车，停在马路边格外显眼。

老单上了车，正要发动车子回单位，手机又响了，拿出来一看是尚志，没敢接。

听着手机铃里的“我在遥望……”，老单像是看到正在单位门口守株钓“单”的尚志。不管尚志在哪儿，打电话肯定是要钱，如果这时候赶回去，岂不是将要办的一件事变成了两件事？——老单扶着方向盘发了一会儿愣，决定调转车头去丰庆路派出所。

丰庆路派出所的所长方圆是老单的情人，先前在群办路派出所时，她只是一个普通的户籍民警，不想前两年，一张调令传下来，竟将她摇身变成了丰庆路的所长。圈里人都说这一切全是靠脱裤子换来的，不知是真是假。可蜚言一旦传出，真假难辨，方圆至今单身一人。有时候孤寂了，仍会给老单打电话，逢到妻子小雪在的时候，老单不敢接。小雪一瞅他不接电话，就知道是方圆打来的，大度地笑笑说："接呗，偷一次和偷一百次没啥区别，权当我不在场，让我听听你咋和人家谈恋爱的？"小雪像是认真的，因为在这件事上，她的大度常常让老单心怀内疚。逢着节假日，小雪不但主动邀请方圆来家里过节，还说给他们俩一个小聚的机会。渐渐地，方圆的电话就转移到了小雪的手机上。看着妻子夺走了自己的情人，老单总会想起一句唱词："这个女人不简单！"一晃有半年没和方圆联系了，走到半道本想打个电话，可一想算了，自己是办事，又不是去约会，她在与不在都不影响，不就借一台电脑用用吗？

丰庆路派出所离这里不远，二十分钟的车程，转眼就进了大门，待一下车，正要向一楼的大办公室走，谁想一扭头，方圆正在不远处站着。

方圆像是刚从外面回来，一边按遥控器锁车，一边问老单："咦，你咋来了？"

"来借台电脑用用，本不想打扰所长大人，没想到这么巧。"

方圆像是对老单的回答很不满意，嗔怪地瞪了他一眼："过来吧！"

二人一前一后，上了二楼。为了防止方圆误会，老单边走边说说："今天太巧了！"

方圆没有接腔，高跟皮鞋有力地敲打着地板，响彻整个楼道。所长办公室在最里面，待二人鱼贯进屋后，方圆扭身从后面搂住老单，得意地说："你不是想洗刷嫌疑吗？洗呀！"

面对方圆突如其来的一抱，老单竟有点措手不及，生怕有人误入撞见，忙推开方圆，一本正经地说："办正事嘞。"

方圆本想以调皮的方式叙叙旧，见老单冷落她，显得很没面子，便甩身出了门。

看着方圆离去的背影，老单怔了一会儿，本想出去找找她，再哄一哄，可一想，锻造多年的“营盘”，不会这么脆弱。不管身体隔多少山水，只要心不远人，说不定过两天，她就会主动去家里坐坐，对于这一点，老单还是有把握的。想到这儿，他回身打量了一下方圆的办公室。这是第一次来方圆所长的办公室，房间虽然不大，但布置得春意盎然，沙发的拐角处是一株发财树，办公桌和窗台上还摆着几盆花草，因为有花有草，屋里就显得很有生气。方圆应该和秦奋同岁。二人年纪轻轻都混进了所长办公室，虽然所依不同，但殊路同达。想到这儿，老单突然怅然若失起来，如果自己混到退休，还是普通民警一个，到时候——他不敢再想，走到电脑前掏出“玉溪”，点着，正要打开电脑，突然听到：“别动我桌上的东西！”

老单愣了一下，忙举起双手做投降状：“没动！”

“不是不让你用电脑，是让你别动我桌上的文件。”方圆嗔怪地瞪了一眼老单，敲着高跟皮鞋“咚咚”走过来。

老单“噢”了一声，低头一看，发现桌上果真铺着几张材料，其中一张是大头像，十分眼熟，仔细一瞅，失声叫道：“老邱！”

“你认识他？！”方圆正要收拾文件，听老单一喊，禁不住杏眼圆瞪，“他身边是不是有一头比特犬？”

“你怎么知道？！”老单说着拈起那张黑白头像，又看了看，果然是老邱，顿时喜出望外，“看来，今天我闯对门了！”

“他在哪儿？”

“怎么？想打探机密？”

“你所说的‘老邱’，局里已经分给我们了，也就是说，我问你什么，你回答什么，不是什么打探机密，而是配合警方调查的公民义务！”

“分给你们了？噢，我们四处讨情报都讨不到，你不动，竟有情报主动上门，难道真有传说中的美女效应？”老单笑着，突然想起自己无望的仕途，“如果这样，那这个世界真他娘的太不公平了！”

“有本事，你下辈子也托生个美女！”方圆瞪了一眼老单，直直朝外走去。

看方圆火急火燎的阵势，想必是要召集警力。果然不一会儿，方圆又匆匆推开门，抓起沙发上的坤包，冲着发愣的老单喊了一声：“出发！”

老单看着火急火燎的方圆，脱口问道：“老邱真有问题？”

“问题大了！”方圆一边说一边大步朝外走，“他不叫你说的什么老邱，他叫劳风华，是一个在逃犯，据说所贪之数能抵半个银行。”

“难怪！”老单吃了一惊，想起那一屋子的“不凑合”，再次发现自己凭直觉的判断力非同一般，怪不得秦奋说他像猎犬。想到这儿，他掏出手机要给秦奋打个电话，就听方圆急急地催促道：

“什么难怪？快走！”

“你先下去，我给秦奋汇报一下情况！”老单觉得事关重大，不给秦奋汇报不行。

不想他话音未落，方圆疾步蹿来，一把夺下他的手机，眼睛瞪得老大：“你想当外奸？”说着，不容老单解释，将手机装到自己的坤包里，推着老单就朝外走。

老单被老情人强推到走廊里，见院子里已经站了十多个民警，显然，方圆要吃独食。他本想要回手机就此告辞，可方圆不但不给，又压着声叮嘱说：“关键时刻，你别给我当外奸哈！”

老单很重地看了看方圆，不由心想，什么他娘的情人？搂在一起是情人，分开了就是敌我。在利益面前，方圆明显是想吃独食，而眼下各个派出所都在闹“情报荒”，自己有单位不能回，不正是这“情报荒”所害？想到这儿，他面色一黑，凝起一脸的不高兴。

方圆见状，调皮地笑笑说：“有意见请暂时保留哈，现在请打起精神，给我们带路！”因为有同事在场，方圆不便再推老单，做了一个“请”的姿势。

老单没动。

方圆的坐骑就停在应门处，一辆红色的林荫大道，据说是她父亲为了祝福她在仕途上红运安行，专门送的。也就是说方家不差钱，差的就是一个扛门势的官场中人，如今女儿年纪轻轻就混成了科级，当属“红运正中天”。可再想仕途亨通，也不能霸道到不放他走呀！老邱的事情明明是命案牵出的旁枝，方圆独吞倒也罢了，还绑架他，太强势了！

“把手机给我，放我下去！”老单猛然吼道。

老单的吼声很大，惹得院子里的十多个民警纷纷探头，方圆面色一红，装着若无其事的样子对他们说：“你们先上车，我们这就走！”说着就要拽老单，老单一甩膀子：“干啥?!”但为了给方圆留着点面子，最后还是气呼呼地上了车。

上了车，方圆也像是带上了气，猛地一转弯儿，险些将老单甩倒在她胳膊上。待老单坐稳了一看，红色林荫大道已经拐到了群英路上。群英路是条小路，朝西儿里就是“老单们”的辖区，方圆并没有问他具体位置，却又像是早已知道了目标所在地一般，一路朝西进发着。

时下虽到中秋，但小路两旁的梧桐树依然枝叶繁茂，四溢着遮天蔽日的亢奋，枝牵叶连，像给小路搭了一个绿色通道。红色的林荫大道一路上领着一拉一溜的警车招摇地穿过，虽没鸣笛，却跑出一溜无声的张扬，惹得路人纷纷驻步张望，不用问，搭眼一看，就知道“黑猫”在行动。

警车行至两个辖区的交界处，“黑猫”头目方圆突然停下车，从包里拿出手机，在老单发呆的眼前晃了晃，说：“如果我用你的手机打给小雪，你猜她会是什么反应?”

老单憋了一肚子不爽，见方圆拿手机威胁他，顿时怒目反问：“什么意思?!”

“没什么意思，只是让你履行一个公民的义务，配合警方工作。”方圆平静地说。

老单自然会意方圆所说的“配合”，如果他真带她去抓捕老邱，秦奋碰见了会怎么想？想到这儿，他恨恨地说：“不就一部手机吗？我不要了！”说着，拉着把手就要开门下车，不想车门却是锁着的。

方圆看着老单拉门没拉开，冷笑道：“别想歪点子，你是逃不脱如来神掌的！老邱在哪儿？再不说，我拨电话了！”方圆说着，便开始翻手机里的电话本。

“阴险！”

“刚给你家的那位学的，不过还没出师！”方圆冷冷地回应了一句，就听手机“叮当”一响，来了一条短信，二人都以为是小雪。

“拿回来！”老单见方圆要看短信，伸手去夺手机。

方圆眼疾手快，把手机护到胸口处：“慌什么？我给你念！”说着，目光搭在老单的手上，直到老单拿开手，坐直身子，她才打开短信，念道，“我在门口等你！”

老单斜眼看看方圆，不需问，就知道是谁来的短信，一套还没解开，若再绾一套，他就更难退场了。想到这儿，老单正要寻机夺机，就听方圆冷笑一声说：

“——噢，我以为是你的相好约会，弄半天是你的一个同志。”

老单为了转移方圆的注意力，转言问道：“噢，弄半天，原来你和小雪是假好？”

方圆又冷笑一声说：“别打岔，什么真好假好？人生就是一出戏，尚志不就是面对啥剧情跟着对手演啥戏嘛？现在根据剧情需要，你也得学学你的情报客户，当一次群众演员，供出阶级敌人老邱的藏身处，为民除虎，岂不乐哉？”

“黑猫”头目方圆来到位处南阳路上的铁道小公园。小公园一如既往地人来人往着，却独独找不到了老邱。一帮人马兴师动众地来了，不想扑了个空。方圆极为失望，正要说什么，抬眼看到公园深处赶来一帮人马。

仔细一看，领头的正是老单的顶头上司秦奋。老单可能还在路上跑着，方圆朝入口处望了一眼，招呼秦奋道：“秦所长，好巧！”

秦奋一看打招呼的是丰庆路的方圆，忙绽开一脸笑。这个老姑娘是分局里有名的警花，身材高挑，如同模特，同样的警服穿在她身上，竟有一种 T 台效果，如此的身段与脸蛋，无形中成了直步青云的绿色阶梯，小觑不得：“方所长，好久不见，没想到在这碰面！”

“我的一个同事结婚，赶巧路过这儿。”

“可不巧的是，我眼下有点急事。”秦奋边跑边抱歉地说，“改天再聚哈！”

秦奋话音刚落，老单气喘吁吁地朝小公园里跑来，伸目一看，方圆一帮人像傻子一样杵在公园里，愣了一下，像是什么都明白了。

“快抓捕老邱！”老单急急地对秦奋说。

“什么？”秦奋惊诧地停住腿脚：“他真有问题？！”

“问题还不小，大老虎一条，贪污的数目判死刑也够了！”

不远处的方圆见状，直想笑，但又怕砸了老单的戏，便给一个便衣安排几句，带着一帮人急急退出了场子。

秦奋看着方圆们远去的背影，停了好一会儿，又问：“方圆他们怎么也来了？”

老单摇摇头，没有说话，他觉得有些事情不解释还好，解释了，反倒会越释越稠，想到这儿，他扭身跑到老邱的屋里，没人，又四周查了一圈，还是没人，急冲冲地对发愣的秦奋喊道：“老邱跑了！”

秦奋点点头，冲老单喊道：“赶快归队，去干正事！”

老单见秦奋对老邱的事情并不上心，慢慢平静下来，待跟着上了车才问：“咱们这是去哪儿？”

“抓嫌疑犯！”秦奋说。

“这么快就有眉目了？”

“这就是痕迹学的力量！对了，嫌疑人是你的老相识。”

“谁？”

“尚志。”

“他会有这胆儿？！”老单惊得魂险些出窍。

“什么事情都有可能，从指纹来看，就算他没有杀人，与王处长的死也脱不了干系，因为绳子上有十来个他的指纹嘞！”秦奋说着，像是想起了什么：“但愿他别像老邱，一旦逃了，不知道会有多麻烦！”

这时候后面的警用面包车突然鸣起响笛，像是在催促秦奋为什么还不动。老单扭脸朝后望了一眼，想起刚才方圆念的那条短信，情不自禁道："尚志这个要钱不要命的家伙或许会低估咱们的能力！"

"什么意思？"

"他不会想到咱们的破案速度会这么快，说不定正在单位门口等我呢！"

"又活动了？"正在茫然中担忧的秦奋听老单这么一说，顿时喜出望外。

老单没有直接回答："一个人钻到钱眼里，有时候会什么都不顾，老邱如此，尚志也是如此。"

秦奋大喊一声："有道理！"汽车蹿出两米远。

因为起步太猛，老单趔趄的身子才得以复位："开这么猛！"

秦奋笑笑说："世界这么猛，车也想猛一把。"

两辆车，一帮人，一路风行到群英路上，老单害怕秦奋停车，离老远就安排说："关键时刻，绝对不能再惊跑了蛇！一会儿把车直接开到院里，我出去，你们装着闲聊，随时留心门外的动静。"

秦奋点点头，举目朝不远处的单位门口望望，并没有瞅到尚志："没人呀！"

老单一听，忙掏出手机，又亲自看了看那条短信，发现内容和刚才听到的一样，不由笑道："地下党都不好找！"

"潜伏期的地下党更不好找。"秦奋说着，又想起了老邱，"你看老邱像不像从谍战片里下来的？"

说笑间，车子已经来到了派出所门口。

老单瞅了一圈，也没有瞅到尚志，不知道为什么心里莫名地一沉，想起一个致命的问题。尚志和自己是多年的合作伙伴，如果自己出面诱敌，尚志会怎么想，一旦诱敌成功，尚志肯定以为自己不够义气，说不定会来个鱼死网破，将办假案的事一并供出来！想到这儿，他心里突然紧张起来，可惜后悔已晚，因为什么都和盘端给了秦奋，人马都已经进了单位的小院里，也就是说自己已经没有了退路，如果诱出尚志，尚志反咬自己，秦奋会罩着吗？想到儿，老单担心地看了一眼旁边的秦奋，本想将心中的顾虑说给他，先打一剂“预防针”，告诉他尚志栽到别人手里和栽到自己手里，后果完全不一样。再一想那样就显得太婆婆妈妈没有气度了。

思忖间，老单推门下了车，面色沉沉地朝门口望望，没看到尚志，是不是等不及，走了？如果他真走了，于他老单来说，真是大幸。想到这儿，他下意识地伸手朝身上点了一个“十”字，硬着头皮朝大门外走去。

老单走到门口，仍没看到尚志，正要庆幸地转身回院，就听有人轻轻地喊了一声：“单队长！”

老单心里扑通一下，本想装着没听到，继续朝前走，将一切糊弄过去。可尚志又喊了一声：“单队长！”

这一声比刚才响了许多。

老单扭脸一看，尚志已经迎门而立了。

“你果真来了！”老单一字一句地说。

“单队长，账一块结了吧！”尚志讪笑着说。

“放心，肯定会一块结了！”秦奋替老单朗声回应着，疾步朝门外走来。

尚志一看秦奋的面色和话音都不对，愣怔半天，看看秦奋，又看看老单，像是意识到了什么，大骂道：“敢给老子设套?!”

尚志骂完，拔腿就要跑。几个年轻的民警哪里还会给他退场之空？几个人蜂拥而上，以迅雷不及掩耳之势将他围堵起来，两个回合不到，便给其来了个嘴啃泥。

秦奋看着地上挣扎的尚志，得意地对老单说：“看来这次咱们赌对了！”

老单看着地上对自己怒目而视的尚志，心里又扑通几下，对秦奋说：“这就叫有福不在忙，没福跑断肠！”

老单话音刚落，尚志又高声大骂：“日你妈，敢给老子设套！”

老单面色一灰，知道事情果然严重到了自己身上，弄不好会赔个粉身碎骨。想到这儿,他心里又咚咚猛跳了几下,仿佛看到了一个可悲的场景。尚志一定以为这次合作之前他就知道了一切,认识到这一点,老单平静了一下,对尚志说:“不要再自以为是,没有任何人给你设套,一切都是你自己咎由自取,自己给自己设套,我们只是在秉公执法!”

尚志一听,抬起头来哈哈大笑:“秉公执法?! 你们会——”不想,话还没说完,就听他表情一变,惨叫起来。定眼一看,原来压在他身上的民警,双手一提,将尚志的胳膊拎了起来。

秦奋像是发现了什么,盯着尚志的手腕看了好一时,大步走上去,扒开尚志的衣袖,只见里面露出一块金光闪闪的手表,仔细看看,却不是贵族伯爵,只得失望地放下尚志,对那几个年轻的民警说:“带回去!”

这时候,派出所门前已经围了不少路人,看着这惊心动魄的一幕,犹如看一场剿匪电影,个个惊得大气不敢出。

尚志被民警从地上揪起来,像是突然急了:“我冤枉! 我冤枉!”连连喊了几声,见没有人理他,声音更急了一层:“是他自己花钱买着让我杀的他!”

尚志的喊声刚落,在场的民警和观众都惊呆了……

只是让人想不到的是,秦奋还没查实尚志的“冤情”是虚是实,老单就倒了大霉。因为尚志进去的第二天,就交代出了老单。

当秦奋为此事找到老单时,并没有“捞”他的意思:“哥,一定要做好思想准备! 罪犯有罪犯的权利,我能压住的只有这方寸之地!”说完,扭身走了。

看着秦奋来去匆匆的背影,老单知道灾难真的降临时,“一条船”就变成了“两条船”。秦奋这几句话一丢,显然是“举恶不避亲”的意思,想到这儿,他心里不由一凉,知道自己成了枚“弃子”,手机在兜里“拱”了好一时,他才感觉到。拿出来一看,是方圆。

老单没接。

可老单不接,方圆的来电就一直顽固地“拱”个不停。

万般无奈，只得接了。

老单接了电话，还没有“喂”，就听到方圆的声音兴奋地传来：“抓住了！”

老单不知道方圆在说什么，一念之间，像是突然有了主意：“什么抓住了，咱们一会儿见个面吧？”老单说着，声音不知道为什么颤抖起来了，那颤抖声传到方圆那边，就有了哽咽的味道。

“怎么了？”方圆忙问。

老单很响地吸了一下鼻子说：“见面说。你现在哪儿？”

“办公室。”

“好，我现在就去找你！”

尾　声

时隔半个月后，刘大朋因为制造假案被捕时，重重地看了一眼老单：“我只是 B 角！”

老单像是没有听到，重重地拍拍他的肩膀，说：“进去了，好好干吧！”

不想一句话竟惹得刘大朋泪如雨下：“我舅没了！”说着伸出双手递给了“来人”。

看着刘大朋悲壮的样子，老单脑海里突然闪出一个床上戏的镜头，眼睛也不由跟着湿润起来。他又将右手落到刘大朋的肩上，摁了摁，本还想说些什么，可嘴巴张了几张，却没说出来。

直到“B 角”被带走后，老单眼睛里盘旋的内容才淌下来，喃喃自语道：“多亏有你！”

假　面

汇宝大厦是这一带有名的商务大楼，造型很是奇特，据说得了风水大师的点拨，楼顶形如一口巨大的棺材，楼身却像一架饱胀的大鼓，扇形的大门外宽内敛，两溜长势旺盛的发财树迎门而排——从上向下看不伦不类，但从下向上看喻义好之又好，所以从大楼建成起，大小公司争相入驻，时至今日，汇宝大厦还没有出现过空房现象。冯大个排队等候近半年，才将公司打进“汇宝”，目的就是想借一借汇宝的风水，来个旗开得胜，不想驻进去半年，汇宝的风水并没有润泽过冯大个干渴的心田。

冯大个的文化公司与家兴同在十四层，仅占西北角处两间，其余一层楼全是家兴的地盘。南阳路一带谁若不知家兴这个新贵集团，就是寡闻。家兴担保算是这一行业的先闻者，在别人还要迷瞪时，它的客户已经遍布各大小区，并对客户承诺利息一月一清，目的就是让你赚钱赚得看得见摸得着，所以每天来存款、取利的客户络绎不绝。就这样，在理财者热情洋溢的资助下，短短一年，家兴的身价已跃过亿元大关。投资担保公司也就是过去的钱庄，现在的私人银行，前几年国家一声令下，这类公司像雨后春笋般遍地发芽，赚的就是吸进来贷出去的中间差额，当然碰到好的投资项目，他们也会拿着客户的钱进行投资经营。

家兴担保和冯大个的文化公司明为隔墙邻居，但一大一小，一穷一富。每天看着财大气粗的家兴，冯大个觉得自己如同一个姿色低等的小姐，看是来者不拒广纳生意，实则前途无望狭缝求生，什么广告策划、平面设计、企业形象宣传片无所不涉，因为人手有限，碰到自己拿不严的，只能来个借力生财，把业务拿到别家公司，做好了，五五分成。可美中不足的是做好了单子，钱款难讨，而大型的文艺活动冯大个照样可以用这一招借力打力，来个出奇制胜，只可惜手里的运转资金不足，束缚了手脚，只能看着别人发财。

冯大个时年二十八岁，生意刚起步半年，打工时积攒的那一小撮老客户能做的几乎都做完了，新客户还在浴血开发中，就在这青黄不接之际，三个员工天天闲得骚动不安。因为凡是明眼人都能看出，冯大个虽然只有三个员工，可下个月的工资已是飞机上挂螃蟹——八只脚悬空没有着落了！由于自己经手的单子迟迟讨要不回欠款，员工小乔经手的款子也没给，但房租还等着交，冯大个便起身来到员工办公室。员工办公室就在隔壁，一间房三个人，可能是冯大个心急用力太猛，人还没有进，眼睛就看到应着门口的电脑上开着英才网的页面，暗想他妈的公司还没有倒闭，你们就开始准备做鸟散状，这马太效应真是无所不在，真他妈的一群只能共福不能共难的家伙。如果是小乔和另一个员工要跳槽，冯大个还不太恼火，问题是电脑的主人是小袁。如果按照招聘标准，小袁连高中都没有上完，压根就不够资格进来，可小袁的亲戚偏偏是他的同学。当初公司还没有正式运营，小袁就从"人情"缝里硬塞了进来，第一次见面，冯大个以为她是个初中生，也不知道是惊诧还是失望，脱口问同学："这么小？"同学也没多想，回道："不小了，都十七八了！"

因为小袁头一天上班，又是公司的头一个员工，中午冯大个专门为她举行了一个小小的欢迎午餐。当时冯大个的破桑塔纳还没买，二人步行近二十分钟去了丰庆，因为饭店环境优雅，冯大个要了一瓶红酒，本以为小袁年纪小，不喝酒，他只给自己倒了一杯。

不想对面的小袁一点儿也不怯生，盯着冯大个的酒杯，嗲嗲地开口说："老板，您也太不够意思了吧！"

冯大个连说不好意思，又急忙倒了一杯，推到她面前。

小袁见老板倒了酒，也不说话，端起酒杯一饮而尽，酒杯一放，问冯大个说："老板，你说我算不算美女？"

冯大个只知道红酒后劲儿大，可没见过酒刚刚下肚，就开始借酒盖脸的人，只得极为郑重地打量小袁一眼说："不是美女进得了公司?"

小袁说:"那就是说我不但是个美女,还是一个经您审批过关的美女喽?"

冯大个说了声"那是",本以为小袁会满足地哈哈大笑,不想小袁没笑,继续一本正经地说:"我一直想买一个仿真面具。"

冯大个诧异地问:"你又不是太丑,买那玩意干啥?"

小袁一听突然笑了起来,嗔怪说:"刚才你都是骗我的,这一句才是你心里的真话!还不是太丑,不就是丑吗?!"

冯大个一听这才意识到自己说错话了,忙佯装扇嘴,说:"你为啥想买假脸戴?"

小袁说:"买个假脸戴比整容划算,还没有手术风险。"

冯大个说:"你这一说,我就更不明白了,为啥你们这些女人总想让自己变漂亮?"

小袁说:"还能为啥?靠嫁人改变命运呗!"

冯大个不以为然地说:"你敢保证长得漂亮就一定能嫁得好?"

小袁说:"谁不喜欢长得好看的,比如我要是长的像章子怡,你见到我第一眼,肯定就会情不自禁地喜欢我,然后把我娶回家。我呢,不费吹灰之力,就能从打工妹摇身变成老板娘,你说这是不是漂亮的力量?"

那一天冯大个听了这话后便没有吭声,只觉得眼前这位姑娘像活在格林童话里。而眼下,自己的公司只是遇到一点"润滑油"短缺问题,她就想暗道跳槽,寻找灰姑娘巧遇钻石王老五的好事嘞,想到这儿冯大个狠狠地剜了一眼她的后脑勺,说:"还在网上折腾啥?隔壁就是好去处!"

小袁扭头一看是老板,愣了一下,却没有关闭页面的意思:"不就随便看了一下嘛!"

冯大个见小袁毫无愧色,又恶毒地"嗷"了一声说:"忘了,隔壁是有一个钻石王老五,可惜人家是个女的,你到那儿没有实现理想的可能性!"

小袁一听,脸唰一下红了,警觉地瞟了一眼不远处的两个同事，急忙关了页面，本想吼一声："我卖给你了?!"但又怕冯大个把她撂得难以下台，只得长出一口气，忍了。

冯大个见小袁不再吭气，走到文案小乔跟前，拍了一下他的肩头说："你经手的那批款子打电话催催吧，活都做完两个月了。"

小乔一听，忙点头说："中中，一会儿就打。"

"打了，到我办公室一趟。"冯大个言毕，扭身回到自己的办公室，可屁股刚挨到老板椅，又想起让他懊恼的小袁。本想把她叫过来恶吵一顿，可冷静一想，如果自己能像隔壁的女老板一样有钱，这一幕不但不会发生，说不定自己还会成为小袁美梦中的主角，她想靠近都来不及呢，怎会想跳槽之事？再说开除小袁容易，同学那边没法交代，也就是说，小袁自己乐意走和被开除，对于同学来说意义当然大不相同，反正眼下工资已没着落，她在公司待一天也能壮一天的人场，想到这儿，他在心里暗自嘟囔了一声，要文凭没文凭，要能力没能力，梦却比谁做得都美！

理顺了烦心事，冯大个本想等小乔来汇报催款情况，可他这会儿等不及了，必须先去趟厕所。

厕所在最东头，也就是说，冯大个每天去厕所都要一路经过家兴。平时家兴女老板的办公室都是锁着门，而今天竟破天荒地洞开着，冯大个伸目一看，见里面没人，忍不住来到门口，脚还没有站定，心却吓了一跳。那办公室真叫个辽阔，本来这里的商务房就大，可细细一数，这女老板的办公室足占五间房，里面布置得如同苏州园林，小桥流水绕着一圈子紫檀家具，连墙洞里挂的灯笼都是红木打制的。地毯哪里还像平常见的地毯，一踩一个深窝，如同走到海绵上……冯大个正看得入神，就听后面有高跟鞋的声响，扭头一看，是一个二十五六岁的姑娘。那姑娘长得眉目俊秀，极像电影演员高圆圆，一举一动都给人一种超乎年龄的稳重感。记得那一天她穿了一身黑，上面是齐腰的皮夹克，下身穿一个皮裙，看见冯大个站在门口，大方地一笑问道："先生找我有事？"冯大个一听，这才知道眼前的姑娘竟是传说中的女老板曲影，不好意思地笑笑，说了声"邻居好"，并朝自己的小公司指了指。曲影会意地点了点头，说:“进去坐坐吧?”冯大个没想到会被邀请,一时间有点不好意思,说了声“改天吧”,便扭身匆匆朝洗手间走去。到了洗手间,冯大个撒着尿还在想,光听说家兴老板漂亮,今天才算真见识了。按说,漂亮的女人自古是非多,不出头则已,一旦成了出头鸟,必定会有人在身后猜三道四,可这曲影却是一个例外,犹如一口深井,家兴兴起一年多了,竟无人知其来路。看起来她还不及自己年岁大,却已有近亿家产,虽然那些钱财只是别人存放在她那里的,但这年头能将别人腰包里的钱拿过来为己所用,也是真才能。据说这家兴之所以能成为中原金融业的出头之鸟,除去起步早之外,利息高才是主要的推动力。

漂亮的曲影并不常来公司,天天来管事的皆是她的丑表姐。丑表姐姓单,叫单云。单云年近四十,不知道和曲影是不是真有血缘之亲,长相可谓天壤之别。第一次在电梯里碰到单云时,冯大个以为遇到了女鬼,吓了一跳。单云见冯大个表情异样,知道是自己一脸的烫伤吓住了对方,忙将身子挪了个面朝墙壁。从此以后,这单云像是记住了冯大个,离老远望见,能避则避,冯大个这才知道自己的一个本能表情,竟伤击到人家的骨髓。按说单云若不是一脸烫伤,长相也不会差到哪儿去,有一次冯大个仔细看了她一眼,发现她的眼睛和曲影很像,又大又水灵,只可惜淹没在一脸烫伤的皮肤中,失去了应有的光彩。不管这姐妹俩长得如何,如果不是近期发生了经济危机,冯大个恐怕和这对富邻居不会有往来,可因为这手头实在太紧,竟与家兴“紧”出了一段看不见摸不着的缘分。

当然了,如果不是急需用钱,成实也不会打那幅墨宝的主意。正是因为急需用钱,成实和妻子齐荣一唱一和,神不知鬼不觉地将娘家的那幅珍品偷到了手里。可珍宝到手了,成实才知道古玩行自古以来就有价无市,找不到买家,再俏的珍品也一文不值。

前一段成实从朋友手里接了一家洗浴中心,转让费六十万,生意好到让人意想不到,说日进斗金,丝毫不夸张。按说洗浴中心刚开业没多久,光装修费都花近千万,能以六十万的超低价转让给成实，简直是做梦都不可能碰到的好事。接手第一天，成实晚上一盘点，除去各项支出，纯利润就一万多块。看着电脑上那个惊心动魄的数字，成实暗叫一声“乖乖嘞”，这哪里天下掉馅饼，简直是在下元宝呀！据说这天上掉元宝的营生能如此廉价地转让给成实，皆是因为原老板的老婆爱吃醋，生怕丈夫在店里和小姐鬼混，天天提心吊胆，一天三小闹，三天一大拼，给老板闹得实在是没辙儿了，才廉价转让给了成实的。但面对这一日千金的生意，父母也和那人的老婆一样顾虑重重，死活不肯让成实干，转让费一分不肯帮不说，还打电话安排七姑八姨的亲戚不许借给成实一分钱。

可成实有成实的门道，亲戚们那里借不来钱，他自有能借到钱的圈子。最后七凑八凑，终于凑到了六十万，签合同那天天气很好，万里无云，艳阳高照，可原老板的心情则异常灰暗。他一进门，就一脸的痛苦，像卖孩子一般：“我再给你十万元作为反悔费行不行？”成实一听急了，忙说：“哥，君子一言九鼎，反悔可不是咱爷们儿干的事！”那人一听，只得无奈地摇着头，看看白纸黑字，又忍不住再次叹道：“如果不是没法，我真是舍不得签这个字呀！”

不管舍得舍不得，最后还是签了。

父母一听儿子成功接手了生意，更加不安起来，一日三催，让他赶快转手，越快越好。从两位老人急迫的心情来看，他们像是知道赚钱的机关所在，唯恐儿子胡闹弄掉了铁饭碗，一天三唠叨，可见儿子仍黏黏乎乎不舍得转手，最后老两口一合计，下了一道死命令，说若不把洗浴中心转出去，就不要再进家！可成实呢，既舍不得离开家，又舍不得肥水外流，日想夜思，终于想出一个自以为是的两全之计。本来，他想找表弟帮忙完成这一妙计，但又怕表弟泄密到母亲那里，弄巧成拙。万般无奈，成实找来一朋友，求他帮个忙，签个转让的假合同，把父母那头忽悠过去。朋友也不是外人，是老婆表妹的老公尚德。开始尚德并不同意签这合同，怕惹了不必要的麻烦，但又架不住成实的苦苦哀求，整整考虑了两天才答应帮忙。不想假合同一签好，成实这边刚拿回家哄父母的安心，那边洗浴中心已“明度”了陈仓。因为签假合同时，成实怕人多嘴杂，没有找证人，再加上假合同懵的不是两个农民，而是两个老教授，所以条条款款都朝真里写。不想这假合同一签，尚德变脸了，不费吹灰之力，便将日进千金的洗浴中心占为己有，不但让成实血本无归，又令他无处可告。因为有合同在手，铁证如山，成实不但告不赢官司，也不敢去告。

因为成实是在职公务员。

谁想就在尚德自鸣得意之际，拆迁命令从天而降，正好砸在洗浴中心。也就是说，尚德昧了成实的店，但没赚几天钱，便背了一个闪亮的黑心，灰灰卸去了老板的头衔。面对这一意想不到的结局，拆迁部门算是及时地给成实出了一口恶气，可再钻到深处一想，成实才发现这件事原来是一个陷阱套着另一陷阱……不由苦叹一声，只觉得自己命中就该被骗，少受骗一次都不中，不困死于这连环套老天爷好像不会饶了他一样，真不知道自己上辈子干了什么缺德事！最后，成实不仅一分钱没赚到，还为连环骗背了一身债务。

想起父母的阻挠，真是悔不当初！父母不但不让他做生意，国家也三令五申不让公务员做生意，也就是说，六十万的外债只能靠工资偿还了，而自己每月的工资刚三千出头，就算是不吃不喝，也要二十年，眼下人民币一日三贬值，那些好心借给自己钱的朋友们会愿意等他二十年？成实越想越愁。齐荣见老公日渐消瘦，生怕他愁出个什么三长两短，一连思忖几天，才给他说娘家妈手里有一幅家传的珍宝，价值连城，若是出手一卖，不但能缓解眼下之急，还能让家里几代人在钱财问题上高枕无忧。原来齐荣的姥姥家在解放前是陈州之首富，乡下有良田千顷，城里有店铺一条街，姥爷的父亲不但是商务会长，还是国民党的党幕委员，有财有权，家传珍宝自然多之又多，只是在土改时被政府没收了不少，藏起来留到现在的仅剩两件。齐荣的娘家妈姐妹两个，一个是尚德的娘家妈，一个是自己的娘家妈。在挑选遗产时，尚德的娘家妈仗着老小，先下手为强，挑了一套精镂细雕的金器，把那幅糊裱多层的老画，作为弃物留给了姐姐。因为这幅画是地道的赝品，只是仿者有点名气而已，可仿者再有名，它也是赝品一幅，所以姐妹二人皆不觉得其珍。

仿者叫米芾，宋代大画家，被人美曰为画痴，实则就是一无赖，历史上有关他的“老赖”故事可以说不胜枚举。而这米芾之所以能成为一代大师，是因为他碰到名作走不动，必要借来临上一临，待临到能以假乱真了，才算过了画瘾。如果过足了临摹之瘾，能将真迹还给人家，也不失君子之道，可这米芾恰恰就不是一个君子，每每借来珍品临到以假乱真处，总会贪欲膨胀，将真迹暗吞匿藏，把自己的仿作“还”给人家。有一次他在友人家见到一幅戴高的神品，戴高以画牛闻名于世，一见真品果然不俗，画面上是放牛娃拉着两头牛从田里归来的镜头，放牛娃扎着两个小髻，一手扛一草篮儿，一手吃力地拉着那两头大牛，放牛娃憨态可掬，两头牛活灵活现，也就是说整个画面有吹气即活之感，不由暗自叫好。可若光叫个好，那便不是米芾，米芾死拧活缠地向友人借来临摹。待临到能以假乱真了，米芾的老赖脾气上来了，他又故技重演。

不想被主人一眼识破，并向他索要真迹。

米芾不相信地问画主人怎么知道归还的是仿品？

那主人说，真迹的牛眼里有童子影，此作无也。

米芾一听大惊，只得将真迹还给人家，灰灰地将仿作拿了回去。

而齐荣娘家妈手里的这幅画，据说正是当年米芾仿的那幅有破绽的赝品。因为仿家米芾比戴高的社会名气震耳，所以被齐母的娘家珍藏至今。只是齐荣的母亲不懂这些，多少年来一直生着妹妹的暗气，不想去年女儿带着那幅墨宝到《真假之门》经专家一鉴定，齐母才知道原来赝品也可以“赝”到价值连城。

现在成实手里窝着一幅价值连城的米芾之作，却苦苦找不到买家，因为东西太值钱，不敢过于张扬喊卖，一是怕找陌生人不可靠，被人偷梁换柱；二是怕歹人知道了，珍宝不保。不想就在自己为钱一筹莫展之际，表弟冯大个打来电话说要借十万钱。成实一听更烦了，汹汹地回了一句：“我去哪给你屙十万块钱?!”因为二人皆是独生子，表兄弟也就比平常意义上的表兄弟亲近了许多，冯大个听表哥发脾气也不生气："屙不出十万，能屙出一万也中，先让我把这个月的工资补上再说。"成实见表弟把话说到这份上，知道他一定遇到了难处，如果给表弟说出自己眼下的处境，又怕他泄密出去让父母知道了隐情，可如果连一万块钱都不借，又怕舅舅知道了一生气再给母亲一告状，母亲起了疑心。母亲知道自己从小就疼这个表弟，自己刚刚转让了店铺，怎会连一万块钱都不舍得借？成实思忖了一会儿，问冯大个说："米芾你知道不？"冯大个说："不知道。"成实一听表弟连米芾都不知道，想了想说："这样吧，你下了班来找我，中午咱哥儿俩喝两盅。"冯大个一听这话，知道表哥那头有了松动，仿佛看到了借钱的希望，立即爽快地答应了。

挂了电话，冯大个一看表已经快十一点了，只觉得在公司闲着也是闲着，不如早早出发觅食下锅。冯大个想着便出了门，不想走到拐角处觉得脚上有点异样，低头一瞧，球鞋带不知何时被踢腾开了。冯大个见状，暗骂一声："人倒了霉，他娘的连鞋带子都打绊！"冯大个骂完，正要蹲身系鞋带，就听有高跟鞋的"当当"声飘来，仰脸一看，是单云。那一天单云穿了一身齐膝长的玄黑旗袍，旗袍略微显瘦，若一弯腰，有将旗袍撑破之险，可正是这一"险"，将腰身"险"出性感的"S"形，如果没见过单云，单从后面看到这样的身段，冯大个肯定上前搭讪，只可惜……冯大个惋惜地看着单云婀娜飘过，才起身下楼。

不想到了楼下，车子发动了半天也没发着。冯大个用手狠拍了一下方向盘，侧脸一看，停在自己破车旁边的竟是一辆白色的劳斯莱斯，这辆车据说是曲影姐妹俩的，两人一辆车，可见感情非同一般。冯大个看到家兴的好车，虽无旁人，但脸上还是"腾"地热了一下。

冯大个的桑塔纳不知道是几手车，最后以三千块钱的低价落到他手里时，已经破成了街头一景，行驶在大街上回头率超过众多的宝马大奔，留下一路人的掩嘴窃笑。如果光破也不是问题，问题是四个车门还经常打不开，每次碰到这种问题，冯大个还需钻进去从里面倒腾半天，让站在大街上等着开门坐车的小袁羞得无地自容，好不容易打开了车，上了车，人还没有坐稳，就听小袁说道，老板，求您换辆车吧。您的修车钱累计起来，买一辆新车也够了。可冯大个却不以为然，再破的车也是辆车，总不能睁着眼说他混到现在还是无车族吧？可今天看到旁边的白色劳斯莱斯，冯大个有点无地自容了，他又连连发动了几次，仍然无动于衷，掏出手机一看，已经十一点半了，如果再发动一会儿，赶到表哥的单位，恐怕就要到人家上班时间了。冯大个心里一烦，拔下车钥匙推开门下了车，决定打的过去。不想刚从破桑塔纳里“拱”出来，就感觉有一块磁铁在吸引他抬眼，举目一看，果然见一位靓女从扇形大门里走出来。

远远看去，那女子也穿着一身玄黑旗袍，手腕挎着一个元宝型的白色坤包，冯大个以为是单云，可仔细一瞧又不像，因为旗袍女肤白如雪——若光看身段不看脸，这旗袍女和一脸烧伤的单云还真叫一个像，走近了一看，才发现原来是很少露面的曲影。

看到牵魂的曲影，冯大个更想赶快从破车旁逃跑，不料曲影这姑娘像是个见面熟，远远看到冯大个从车里钻出来，人还没有走下台阶，热情的微笑已经直冲过去。冯大个见状，愣了一下，生出一种从未有过的幸福感，正要做友好回应，却听身后有人喊他冯老弟。冯大个听到有人喊他老弟，知道不是太远的人，扭脸一看，原来是自己的一个七弯八拐的亲戚，但叫什么名字呢？冯大个说不上来，只知道他是表哥成实娘家老表的老公，上个月在一起吃过一次饭。想到这儿，冯大个热情地回了一声：“咦，你咋在这儿？”那人用手指了指，说：“等曲老板！”冯大个扭脸一看曲影，脸又“唰”一下红到耳根，为了掩饰窘态，他装着恍然大悟的样子，对那男人：“噢——怪不得！我就在楼上，和曲老板是隔墙邻居，下次再来了，别光顾找大老板，也去俺那穷庙里串串门！”那人应和说：“好好好！下次一定！”

匆匆与那人告了别，冯大个拦了一个的士朝表哥的单位赶去。

不想到地方一敲门，门还没开，表哥不耐烦的埋怨声就投了出来："咋恁慢？"

待表哥开了门，冯大个伸头朝办公室里一看，见没有其他人，忙解释说："碰到你表妹夫了！"成实怔了一下："哪来的表妹夫？"

冯大个说："你忘了，前一段和嫂子一块吃过饭的那个！"

听到这儿，成实明白了，面色一沉，问："你搭理他了？"

冯大个诧异地反问道："我为什么不搭理他？"

成实没法直说，将脸子又沉了沉，像带着很大的气对表弟说："走，吃饭去！"

二人出了成实的单位，向东走了500米，进入一家烩面馆。烩面馆是一个大通间，布满了一屋子的铜桌铜凳，只是那铜桌铜凳已经褪尽辉煌，只留下一屋子的历史沧桑和铜臭气。成实找了一个靠角处的铜桌，让冯大个坐下，叫来服务员，点了四菜一汤，又要了两瓶四五老酒。喝到微酣处，冯大个见成实仍避而不谈正题，忍不住开了口："哥，借钱的事咋说？"

成实一听冯大个开口问钱，又问道："你知道米芾不？"

冯大个又如实说道："不知道。"

成实一听，泛起一脸的失望："你连米芾都不知道，没法谈钱的事。"

冯大个如坠雾里，聚起一脸的问号，见成实不说话，又忍不住问道："你说的这个米芾，是不是欠了你的钱？"

成实没想到表弟如此无知，禁不住噗的一声笑了，随后便忍不住给冯大个讲了起来。

冯大个听表哥讲的故事如同天方夜谭，越听眼睛瞪得越大，可听到最后，又突然泄了气："我问你借钱，你给我扯这些三皇五帝的事干啥？"

成实见表弟不解，扭头瞅了瞅，见旁边的铜桌上没有什么吃客，才压低了声音说："卖掉了，别说借给你一万十万的，哥能直接给你一百万！"

冯大个一听，眼睛瞪得更大："噢，弄半天，宝贝在你手里，我以前咋就不知道?”

成实一听,忙示意表弟小声点,并警惕地瞅了一圈儿,将声音又压低了一层说:“只是想卖掉它可不是一句话的事,就你我这交际圈子,能找到一个一下子出千把万买画的主儿,没有!”

冯大个一听表哥道出如此残酷的现实,沮丧地端起酒杯,一饮而尽道:“哥,你说我和家兴隔墙邻居半年多了,都没和她们交往过,你的表妹夫咋会认识家兴的女老板呢?”

成实见表弟又提尚德,心里不禁又是一堵,正要开口安排表弟从此不要再提这个人,就见余光里走来一个人,抬头一看原来是送烩面的服务员。服务员又瘦又弱,哆哆嗦嗦地端着两大碗热腾腾的烩面,一看就知道刚来不久,手劲还没练到家。冯大个见状起身就要去接,不想手刚一挨碗边就被烫了一下,他缩了手放在嘴边吹了吹,只觉得几个指头肚一片炙热。本以为服务员和表哥会问他一声,可等半天两人都没有吭声。待他再一抬眼,那服务员已经扭身走远了。当然了,表哥也没有开口关心的意思,从桌边处拉过一碗,放了点辣椒,搅了搅,见冯大个仍不动筷,问:“哪个家兴?”

冯大个又吹了吹手,翻了一眼表哥,文不对题地说:“你和小时候一点也不一样了!”

“什么意思?”成实不解地盯着表弟看。

冯大个没有接腔,只觉得有一种上当的感觉,本来是来借钱的,可听表哥说了半天,才明白原来叫自己来吃饭,不是准备借给自己钱,而是让帮他卖画嘞,想到这儿,冯大个的心又紧张起来。若借不来钱,下个月公司就要倒闭散伙,如果公司一散,自己又将从老板沦为打工仔,想到这儿,冯大个禁不住长叹了一口气:“卖掉了,咋说?”

成实被表弟一问,愣怔半天才明白这是和自己讲分成嘞:“你认识能买得起的主儿?”

冯大个见表哥小瞧自己,又郑重地问了一句:“先说卖掉了咋说?”

成实一听,表情很失望地翻了他一眼,说:“你和小时候也不一样了!”

冯大个没有吭气。

成实说:“既然你把话挑明了,我也不小气,只要你能找来买家,咱就一九分成!”

一九分成,也就是说若能卖到一千万,他冯大个就能被提升为一个百万富翁了! 可一时间去哪儿找一位能一下子拿出千万巨款又想买画的主儿呢? 冯大个想了想,又问:“你准备多少钱出手?”

成实举手捏了一个“ok”。

冯大个看着那“ok”,暗吸一口凉气,刚才自己撑破胆猜半天,以为一千万已顶到天了,不曾想表哥狮子一张口,一下子开了个三千万的天价。冯大个怔怔地看了表哥半天,才意识到自己想挣这个提成,简直比大海捞针还难! 面对这天价的赝品,没有过亿的身价,想都别想。省城怪大,可亿万富翁却屈指可数,在这屈指可数者中间找一位能掏几千万闲钱买画者,可能性不是没有,可问题是自己这个随时都会跌回打工仔的小老板压根就够不着结识他们。想到这儿,冯大个越发心急火燎起来,哪还有心思吃面,掂起包起身要走。

成实见表弟要走,一把将他拽住:“饭还没吃了,干啥去?”

冯大个是个急性子,他想赶快回去“巧遇”一下那位亿万富妹,好像能不能成为百万富哥就在此一举了。因为除了这位有过两面之缘的曲影,他的交际圈子里再也找不到第二位亿万富翁了,也就是说,自己能不能成为百万富翁,就看曲影愿不愿意买这幅画了。

事不宜迟,不走不中。

曲影虽然是家兴的老板,但平时极少露面,今天好不容易见她来公司一趟,怎么就刚好又遇到这等好事,是不是老天爷在有意和他玩柳暗花明的游戏? 想到这儿,他掰开表哥的手,说:“公司有急事,晚上电话你。”

成实收了手,不高兴地说:“扯啥? 就你那点小心思,我还看不出来,不就是急着回去找那个家兴的老板吗?”

冯大个见表哥看出了自己的心事,脸又“腾”的一下热到耳根处，急忙矢口否认道："真是自己有事——不过我要是真碰到她了，也可以顺便问问那事。"说完，便大步走出了烩面馆。

烩面馆在红旗路上，离汇宝大厦有十公里的路程，坐上的士，冯大个又突然茫然起来，如若今天等不到曲影，或者人家压根就不"感冒"古董，自己这个刚刚上任半年的老板，岂不是又要沦为打工族了？想到着急处，冯大个直嫌司机开得慢，但因为堵车，十公里的路一下子走了半个多小时，才到汇宝大厦。

冯大个本想先上楼瞅一眼曲影的办公室里有没有人，可下了的士，腿脚却下意识地朝破车走去。

一进车里，冯大个被车内的温度烫了一下，急忙打开空调，温度好一时才降下去。冯大个怕开着空调缺氧，便将车窗摇开一道小缝儿，眼睛一眨不眨地瞅着车外，可一直瞅到近六点，也没瞅见曲影回来。

眼看天色已晚，冯大个泄气地推开车门，本想回公司一趟，可又觉得没那个必要，公司都快关门散伙了，谁想怎么着就他娘的怎么着吧！想到这儿，他再次开了车门，钻到车里，想试试破车还能不能发动。没想到一发动，竟然可以，他又狠捶了一下方向盘，骂道：真他娘的神经！

在回去的路上，冯大个越想今天的事情越觉得蹊跷，表哥怎会有一幅价值连城的珍宝？他所谓的珍宝和那百分之十的提成，是不是只是一个子虚乌有的托词？一个不愿借钱的缓兵之计？想到这儿，冯大个犹豫了一下，拨通了表哥的电话："哥，刚才我回来的时候，碰到曲老板了，她有购买的意向，只是得先看看货。"

成实一听，略有顾虑地问："可靠吗？"

冯大个说："只要看中了货，人家不差钱！"

成实说："我问的是这个人你知根知底不？"

冯大个一听，心虚地沉默了半刻："邻居，咋会不知根？"

成实也犹豫了半天才说："那好吧，明天我给你打电话。"

挂了电话，冯大个心里突然意识到自己"过"了，如果表哥真有那一幅墨宝，而自己却没有能力找到买家，见到货了，如何收场？

想到这儿,冯大个不禁愁上心来,不知该如何是好了。

不想,就在这时,母亲突然打来电话说,让他下了班到姑姑家吃晚饭。冯大个不想去,便说晚上有朋友一块吃饭去不了,就挂了电话。父亲就姐弟二人,再加上母亲和姑姑关系非常密切,而姑夫呢,又是一个处处顺着姑姑的模范丈夫,所以一直以来,二家人都亲同一家,如果姑姑知道了自己连表哥都信不过,不知道她该有多伤心呢!想到这儿,冯大个更是一个自责,他本想给姑姑打个电话,问一下虚实,但又觉得不妥。既然谎话已出,不如顺着演下去,来个“动”察虚实,如果是表哥说谎在先,那自己刚才的这个小谎就属于自我保护了。想到这儿,他释然了一些,将车停在路边,犹豫了片刻,调头朝公司方向驶去。走到半道,他给小袁打了个电话,问她在不在单位。小袁说在。冯大个说,那好,你在单位等我,我一会儿就到。说着便加快了油门,一口气跑到汇宝大厦。因为中午没有吃饭,下了车,就听到肚内一阵呼噜,于是掏出手机给小袁打了个电话,让她下来一块出去吃个便饭。

不想,小袁来到的时候,并不是从楼上下来的,而是从她出租房的方位走来的。冯大个一看,暗叫一声,真他娘的满口谎言,因为有事相求,再加上本来就是下班时间,也没有问,直接让她上了车。

二人来到合记烩面的分店,要了两个小菜,又要了一大一小两碗烩面。烩面还没上来,服务员先送来两盘小菜,小袁没有动筷,冯大个的筷子却像雨点般不停歇,不一会儿菜就下去了大半。因为冯大个一直没有说找小袁啥事,小袁以为还是上午的事,再加上刚才又说了谎,情绪很紧张,怯怯地问道:“老板,你要是想开除我,直接说好了,没有必要这样。”

冯大个怔了一下,说:“谁说要开除你了?”

小袁一听,羞得满面通红,低下头不敢吭声了。

冯大个见小袁误会,不想再绕弯子,他夹了一筷子豆腐丝,开门见山道:“你不是想买个假脸戴吗?”

小袁一听老板还记得第一次见面的事,笑道:“那都是说着玩呐!”

冯大个说:“我觉得这主意不错,这样吧,你明天买一个高圆圆的仿真面具,我给你报销,如何?”

小袁怔了一下,像是想起了什么:“老板,你不会是喜欢上了家兴的老板吧?”

“什么话,我总共才见过她两次,怎么可能?”冯大个说着,又开始埋头吃起来。

因为与小袁见了面,第二天一早,冯大个像是有了底气,主动给表哥打电话,问啥时候见面。

成实好像还没起床,睡意朦胧说:“晚上吧,到晚上你们一块来我办公室。我七点半在这里等你们。”

冯大个说了一声“好”,便出了家门。不想到了楼下,车又发动不着了,万般无奈,他只得打的来到公司。可火急火燎地赶到公司,却连屋也没顾得进,便先去了一趟卫生间。路过曲影的办公室,一看大门一如既往地关着,忍不住庆幸自己预备了一招儿,否则晚上看货时,买家不到场,自己还真没法交代呢!

冯大个本无尿意,再加上楼道里又没人,他是可以走到曲影办公室的时候扭身回屋,可他没有,好像有很多双目光盯着一样,非要他进一趟卫生间不可。来到卫生间,他点了一根烟,吞云吐雾间不知是喜是忧,当初雄心勃勃开文化广告公司时,如何也没有想到客户们赊账能把他的公司赊“死”。如果当初不是痴求业务量,本着一手交钱一手干活的原则,现在如何也不会走到这死胡同里。而眼下文化公司多之又多,你不愿意赊账求单,可别人愿意。与其一个活儿拉不来被困死,不如干尽万家活要不来钱而憋死。因为二者对于冯大个来说,属于无能与无奈之别,属于窝囊和悲壮的区别。想到这儿,冯大个将烟头狠狠地朝地上一砸,又伸脚拧了一下,骂道:“老子虽死犹荣!”冯大个骂完,迈开长腿朝外走,不想一出男厕所的门,迎面走来了单云。因为抬眼太猛,冯大个禁不住暗叫一声妈呀,眼里却充满了笑意。可单云并无回应他的意思,眼珠子一偏,侧身而过。冯大个见自己热腾腾的一张脸贴在了冷屁股上，怅然若失地愣了一下，走到员工办公室，不想一拧门锁，没开，一看表才八点半，知道来早了。他想了想，并没有掏钥匙开门的意思，双目盯着卫生间方向，一直等到单云出来。

见单云从卫生间出来，冯大个离老远就开始笑脸相迎，不管单云能不能看到他的笑，他必须先将态度灿开。今天单云穿着一件真丝的韩版连衣裙，黑底儿白花，与昨天穿旗袍的味道大不相同，她刚一走出洗手间的大门，就看见一根“电线杆”耸在楼道里。因为不曾来往过，单云见“电线杆”一直盯着自己看，把眼皮子一垂，径直朝办公室走去，不想走到门口，却听一声热情的招呼：“单总早哈！”

对于冯大个的主动搭讪，单云颇感意外，她怔了一下，朝冯大个微微颔了一下首，正要开门进屋，就听“电线杆”又开口了：“我把钥匙忘家了，您看员工到现在还没来——”

单云明白了，一边掏钥匙开门，一边用纯正的中原话对冯大个说：“那就先过来这边坐吧！”

冯大个一听，禁不住一阵狂喜，不敢怠慢，急忙大步流星地走过去。

不想进了单云的办公室，冯大个才发现这间办公室丝毫不亚于曲影的，也是五间房子长，内里装饰也是一通的古典风格，不用看，连墙洞里、房顶上的小灯笼肯定都是上好的红木打制而成的。也就是说整个十四层的南边，几乎都是她们姐妹俩的办公室，难怪家兴这么大的摊子，原来这两位老总的办公室就占据半壁江山。面对这片辽阔的富丽堂皇，冯大个禁不住叫了一声：“好一片皇家气派呀！”说着伸眼一看，靠东的墙上像是比曲影的屋里多了些什么，再仔细一瞅，是书柜，横跨一面墙的书柜。

“原来您是一个大学者！”冯大个像个孩子一样惊叫道。

“哪里。”单云谦虚地说着，走到饮水机旁边，给冯大个倒了一杯水。

冯大个接过水，说：“我还是叫您单姐吧，这样亲切一些。”

对于冯大个的套近乎，单云面无表情，应和了一声：“叫啥都中。”

冯大个见单云一直说中原话，也改成了乡音喊了一声“姐”：“你恁有钱，又恁有学问，咋不收藏古董？像古字古画之类的？”

单云怔了一下，很快就像明白了什么，思忖一会儿说：“收藏那些，讲一个缘分，可遇不可求。”

冯大个一听这话，知道有戏了，忙说：“今天晚上姐要是有空，我就可以带您一块去遇一遇！”

单云见“电线杆”一点也不见生，笑了笑说：“好呀！”

冯大个万没想到事情这般顺利，是不是老天爷故意在和他玩柳暗花明的游戏？虽然单云不是曲影，但从家兴的整个管理情况来看，单云决定的事情，在曲影那里等于通过大半——想到这儿，他大叫一声“好”，说：“咱们一言为定，下午下了班，我来喊姐！”

从单云的办公室出来后，冯大个高兴地直想哼曲儿，唱什么都不重要，重要的是要把高兴得快要爆炸的情绪发泄出来，他一边哼着《朋友》，一边朝自己仅有两间房的小公司走。如果这单生意一不小心成了，他就把这赔钱赚吆喝的买卖直接关了，改做古董！冯大个边走边想，如果不是及时看到小袁，他险些要掏出钥匙开门，也才想起刚才的谎话，忙高喊道：“小袁，开一下门，钥匙忘家了！”说着，他将手放在嘴边，示意不让小袁说话，随后又扭头朝单云的办公室里看看，希望声音能传进去。

二人悄然开门进了屋，冯大个随手关了门，压着声对小袁说：“面具不用买了！”

小袁像是发现了什么秘密，虚着声问：“又和财神奶奶和好了？”

冯大个一听，忍不住笑了起来：“胡扯什么？哪儿跟哪儿呀？”

因为有要事坠着，时间过得比平时慢了很多，不到下班时间，冯大个就坐不住了。他起身来到单云的办公室，可推门一看，迎门的紫檀沙发里坐着一位气质非凡的中年男人，像是正和单云谈事。越看那男人越是面熟，却死活想不起来在哪儿见过，但凭直觉判断，冯大个觉得这男人有可能是一个大客户，不是存就是贷，可不管哪一种于家兴和单云来说都是财神爷。因为家兴每天门庭若市,来往的客户多之又多,不是超过百万的大客户,单云肯定不会接见,既然会见,肯定不是一般的人。

单云正和中年男人聊着,听见有人推门进来,仰头一看是“电线杆”,愕然一下,问:“钥匙又忘家了?”

“单总太幽默了。”冯大个尴尬地笑笑说。

“有事?”单云又问。

冯大个一听,又将笑朝外挤了挤说:“一会儿再说,你们先聊!”

不想冯大个说了这话,却没有扭身离去的意思。客人见状,起了身说:“刚好我还有点事,先走一步!”

单云也没有挽留,说了声:“那好!”便起身相送。二人走到门口时,单云翻了冯大个一眼,不知道什么意思,冯大个急忙尾随着二人来到电梯口,可二人都没有搭理他,直待送走了客人,单云仍没扭脸理他的意思,像是在对着电梯发愣,直到冯大个轻轻喊了一声:“单姐。”

单云才扭过一脸伤疤,冷冷地问:“有事?”

“姐,您可真是贵人多忘事了,不是早上刚说好的,下了班咱俩一块去看货的吗?”冯大个挤着一脸的笑说。

“随便说的一句话,没想到你这个人恁热粘皮儿,竟当了真!”

“君子一言,驷马难追嘛!”

“那俺偏偏就不是一个君子!”

“姐,你太会谦虚了,您若不是君子,咋会有恁多客户放着国家的银行不去,专门跑到恁公司里存钱呢?”

单云本想说点什么,可觉得没有必要和一个陌生人较劲儿抬扛,缓了一下情绪,说:“你先给我说说是啥宝贝,我看看值不值得跑一趟?”

“米芾,您知道不?”

“米芾——?!”单云像是被米芾的名字烫了一下。

“对呀,就是米芾! 历史上说这货是一个有名的骗子加老赖……”

单云越听眼睛瞪得越大，看了看刚刚关合不久的电梯，拦住冯大个说："别说了，现在咱们就去看货！"

冯大个没想到自己刚讲几句，就让单云听傻了，自然高兴，脱口而出道："只要姐答应看货，什么都好说。"

"我只是答应看，可没说要买！"单云郑重地纠正道。

"没有让您买，珍宝的主人给我说好几次了，他只想让您看一眼，沾点好运和财气，没有别的意思。"

单云好像没有听到冯大个拍马屁的话，长出了一口气，说："你等我一会儿。"说着扭身回了办公室。

冯大个在楼道里等了大概有两分钟，就见单云急急慌慌地出来了，快得让冯大个出乎意料。再次走出来的单云，手腕上多了一个元宝型的坤包，这让冯大个想起了昨天的曲影，如果不看脸，这单云的身形和气质，真的有点像曲影，可惜……待走近了，冯大个本想对单云感叹一句"你姐妹俩长得真像"，不想话一出口，却拐了个一百八十度的大弯儿："姐，刚才那男的，我好像在哪儿见过？"

单云看了他一眼，说："赶快走吧，看了赶快回来，我晚上还有事。"冯大个因为和表哥约的是七点，上了单云的劳斯莱斯，冯大个一看手机才六点，提议说："姐，咱们先找个地方吃点便饭再过去如何？"

单云一边开车，一边说："我过午不食。"

冯大个一开始没有听明白什么意思，对着单云一脸的烧伤瘢症半天才知道，原来这个丑女人晚上不吃饭，不知道是为了减肥，还是养身。为了转移话题，他禁不住又问了一句："姐，刚才那个男的，我好像在哪儿见过？"可单云好像没有听到他的话。

二人驱车来到成实单位时，已经六点半了，一敲门，里面没有动静，冯大个这才意识到自己犯了一个错误，少打一个电话，抱歉地对单云笑笑，急忙跑到大门口给表哥打了一个电话，让他赶快拿着宝贝过来，他和家兴的老板正在办公室门口等他。

因为这两天一直听表弟说家兴，成实上午上班时专门百度了一下，不百度不知道，百度了才知道家兴的实力，家兴不但有自己的网站，光百度上的条目都有十多页，有新闻、有专题、也有广告……成实一听表弟真把家兴的老板搬来了，不敢怠慢，急忙打的跑来。可到地方一看，吓了成实一跳，昨天一直听表弟感叹家兴的女老板漂亮，可今天一见除了眼睛，一张脸几乎都烧变形了……成实狐疑地斜了表弟一眼，不知是自己搞错了，还是表弟搞错了，下意识间，他将手提包狠狠地握了握，冲单云颔了一下首，对表弟说："咱们先找个地方吃饭吧！"

不想话没落音，就见单云伸手阻止道："不用了，我过午不食！"

成实正不想拿着宝贝乱跑呢，听丑女人如此一说，忙掏出钥匙开了门："那好，咱们先办正事！"

开了门，出于礼貌，成实对单云做了一个请的动作："曲老板请！"

单云愣然了一下，侧脸瞟了一眼冯大个，冯大个见状，急忙一声哥，说："这位不是曲老板，是单老板！"

因为刚刚上网查过，家兴的老板姓曲，成实以为"单老板"会纠正一下她不是老板，不想却没有，而是大方地冲他笑笑，便进到办公室里。

成实的办公室好像多年没有打扫过，满目旧尘，两张办公桌上堆满了东西，天蓝色的转椅差不多被灰尘浸成了黑色，单云止住脚步，立在两张办公桌的中间。成实见状急忙拉过自己的椅子，几次让单老板落座，单老板都没有坐，成实以为她急着看宝，便不再相让，示意表弟把门关上，这才打开皮包，取出一个樟木小盒。

樟木小盒一取出，就听冯大个在旁边感叹说："真是老玩意呀！连箱子都破成这样了？"

成实本想瞪一眼表弟，让他住嘴，可又觉得表弟这句"感叹"肯定也是一片好意，便不再计较。

樟木小盒没有着漆，乍一看，像是着了一层古铜色的暗漆，给人一种紫砂壶式的"栗色暗暗"，四溢着古气，所以连锁也是旧式的老锁。成实将樟木小盒小心翼翼地放到办公桌上，从兜里掏出一把老式的钥匙，亮了亮，像是有意让单云从这一细节上见识一下真假。不想扭脸一看，单云的脸上却平静得出奇，像是并没有被这一细节打动，这让成实略显失落。但买家既然来了，不管是真买还是假买，只能将盒子打开来“验”货到底了。成实想着，打开小盒，取出一个肥胖的画轴。不想画轴一取出，就听旁边的单云“噗”的一声笑了，成实被单云“笑”愣了，下意识地问道：“单老板为啥这么可笑？”

单云说：“俺还从来没见过这样裱画的！”

成实用余光偷斜了一眼单云，知道碰到了行家，不过他也不怕，常言说得好真金不怕火炼，因为这家传的宝贝从裱糊上来看，的确奇怪。可能是齐荣的先人怕裱糊店的师父调包，裱糊工作皆是在家自己完成的，并且不是用裱糊纸，而是用上好的杭绸，每次裱糊，还留着原来的裱糊绸，就这样一层一层地裱糊下来，这幅画最后被裱糊得已有四指厚了，乍一看像千层底一般。

“果真是老家伙！”冯大个啧啧叹了一声，瞟了一眼单云。

成实在表弟的感叹声中，徐徐展开画卷，这是他从齐荣的娘家“偷”来珍宝后第六次打开，仍无法拒绝它古色古味的魅力，烟黄色的宣纸柔软地躲在僵硬厚实的“裱糊床”上，像一个睡美人，一刚一柔，一软一硬，宣纸的完美与裱糊纸的干裂相得益彰地书写着古玩的浑然天成。自从得了这幅俏品，成实买了不少字画鉴定书，对于真假之别，算是略知了皮毛，他用手指着画面上的牛和放牛娃让单云看。可单云看了半天，并没有发言。成实这才知道她原来也是一个门外汉，于是他伸出手指在舌头上湿了湿，又朝画面上墨迹抹了抹，随后举起指头让单云看。单云一看，成实的手指肚上竟没有沾上半点墨迹。原来在时间中，墨迹已经沉到了宣纸的底部，这让单云不由大惊，但听她喃喃地喊了一声：“这不是真的！”

成实不以为然地笑笑说：“画可以作假，纸作不了假！”说着，他又用湿润的指头朝印章上抹了抹，又举起手指让单云看。单云一看成实手指上没有半点红色，又惊叫了一声：“这不是真的！”

成实见单云又喊一声不是真的，瞪了表弟一眼，将画收起来说:“既然不是真的,那就不污单老板的眼了!”说着将画轴放回樟木盒子里。

站在一旁的冯大个万没想到会是这结局,他只知道这单云长得丑,不曾想还有精神病,生意没拉成,还惹得表哥动了怒,一时间竟不知道该如何收拾这尴尬的场面了。人是他喊来的,开始还以为大不了单云不买,谁会想到这个丑女人见到古画,竟与平时判若两人,也就是说谁会想到这个见过大世面的丑女人竟这么不会说话!虽然百万提成对于他冯大个是天大的诱惑,但也没有人逼着让你单云非买不可,或者干脆说,他冯大个从一开始就没有提买卖之事,你完全可以来了赚个白看,长长见识,怎么能刚看一眼,就说人家的家传宝贝是假的呢?!如果按冯大个的拙眼来看,表哥的这幅古画要多真有多真,若是假画谁会费那么大功夫保管好几代?可单云偏偏说它不是真的,将表哥惹得面色阴沉。可再看单云,却一脸的无辜,正看着成实发怔,神情略显恍惚,像个间歇性神经病突然受了什么刺激。冯大个不知道该怎么收拾这尴尬的局势,想了想说:“既然这样,刚好我还有点事,单总,咱们就先走吧!”

二人走出表哥的办公室,都无话可说,直到出了大门,单云的精神才略显正常,抱歉地说:“不好意思,我不是说他的。”

“没事。”冯大个淡淡地说,“你先回吧,我有个同学就在附近,刚好我找他有点事。”说着,便将单云晾在大门口,自己大步走出院子。冯大个出了院子本想给表哥打个电话,可又觉得没有解释的必要,反正这样了,如果打电话,不但解释不出什么所以然,反倒会落个挨骂的份儿,划不来。也就是说,今天带单云来看画,等于说看毁了他的“钱”程,想必这赚大钱的差事,表哥肯定不会让自己干了。用提成翻身的希望像一片彩云在头顶一晃,又被大风刮跑了。

冯大个没有坐车,一直步行走到家,到家的时候已经八点半了,父母正在客厅看《真假之门》。看到主持人马原,冯大个这才想起今天是黑色星期五。

见儿子回来了,母亲说饭在保温盒里放着。冯大个不想吃,便给母亲说吃过了。

不想母亲一听，却火了："安排你多少遍了，在外面吃饭打个电话，就是不打，剩饭谁吃？！"

冯大个又烦又累，见母亲发火，也不耐烦起来，反唇相讥道："明天早晨我再吃行不行！"

母亲翻了他一眼，不再说话。

冯大个换着鞋，无意间朝电视一瞟，就见屏幕上走出来一个五大三粗的持宝人，一上台，还没等主持人马原开口说话，便顾自地说他拿的是郑板桥的竹子，因为不知道真假，想让专家帮他掌掌眼。马原话不多，但句句转承得劲儿，持宝人说完，他笑笑说："碰到这样的持宝人，我这个主持人很快要下岗了。"话音未落，就听台下一片大笑，笑声中马原又说道："好，有请专家。"镜头很快转到字画鉴定专家的脸上。不想，专家的大脸在屏幕上一显现，让冯大个惊得张大了嘴，禁不住脱口而出道："咦，这不是上午那个男的吗？"

父亲扭过脸问："你见他了？"

冯大个"嗯"了一声，因为百万提成的事泡汤了，冯大个觉得最对不起的人便是父亲。他不想多说话，换好鞋便匆匆朝自己的卧室走去，推门进屋之际，又想到了那张脸，暗想难怪那么面熟，原来是他。可再一想，是不是他与自己有什么关系呢？自己的公司犹如一个历尽千难万苦才怀上的试管婴儿，为了这个试管婴儿，父亲倾其一生的积蓄，不想折腾了半年，不但没赚到一分钱，还被自己给折腾流产了。冯大个不知道到了明天或后天，公司一关门，自己该如何给父母交代这血本无归的残酷？从公司一开业，自己好像就和一群骗子交上了火，干了活要不回钱不说，催款电话不知道打了多少，你说等两天，他也说等两天，直到现在欠款也没要过来一分，而电话费却不知道累计了多少。如果就这样被"骗"至死也罢了，不想就在自己走投无路之际，表哥的一幅古画刚刚燃起一点起死回生的希望，又碰到单云这个神经蛋，生生搅"碎"了他的一帘幽梦……想到这儿，冯大个连灯也没开，摸黑朝床上一躺，心里排山倒海地翻腾起来。翻腾了十分钟，冯大个受不了了，他悄悄来到父母的屋里，借着手机光找到父亲的安定，按出两片，偷偷吃了。不想这两个小药片的药力大得很，让冯大个一觉睡到第二天中午。醒来之后，刚好母亲做好午饭，冯大个草草吃了半碗，心情仍然很糟，觉得还得“睡”，大有不睡不能活的意思，于是又跑到父母屋里按出两片安定——也就是说，两天的休息时间，冯大个虽然没有醉生，却一直在梦死，一直睡到星期一的早晨。

冯大个早晨一睁眼，觉得头有点昏，但坏心情却“睡”丢了大半。他想了想，躺在被窝里给房东打了个电话，让他提前发布出租消息。不想挂了电话，一翻身竟又睡着了。

大概到了十一点左右，母亲见他一直不起床，喊他去上班。他应了一声，却无起床的意思，只觉得去不去上班，都挡不了“山河破碎”，想到这儿，他长出一口气，摸出手机，拨通了小乔的电话。

电话一通，还没有等小乔说话，冯大个就火气冲天地说：“老子想不明白，为啥干了活，他娘的不给钱?!”

小乔没想到老板一开口就发这么大的火，迷瞪半天才明白怎么回事：“人家回过话了，说这两天就把款打过来。”

冯大个说：“这话老子都听一万遍了，不知道等了多少个‘两天’了，没有见一个‘两天’过来的!”

小乔说：“既然冯总这么说，我也没法儿。”说完，便挂了电话。

冯大个看着被切断的手机，愣了半天，狠狠地骂了一声：“妈的，反天了!”骂着，他腾身从床上坐起来，连洗漱的工夫都没有，将衣服一穿，就要出门。

母亲见状，问：“你不是头疼吗?”

冯大个忿声忿气地冲母亲说了一句“又不痛了”，便开门下了楼。

冯大个顶着一连多日的风尘，走到自己的破车处，本想再试试能不能发动着，可走到车门口，又没有那个心思了，伸脚朝车门上踹一脚，又骂一声：“去死吧!”大步朝公交站台处走去。

冯大个带着一股不去一趟公司不可的冲动，匆匆赶到汇宝大厦，刚一下公交车，远远看到大厦门口黑压压的全是人，像一片觅到甜食的蚂蚁。

冯大个很是奇怪，自己一上午没来上班，怎么突然冒出来这么多人？

冯大个从人缝里挤过去，一直挤到十四楼，才知道人流绵延了这么长。

十四楼的楼道里和大门口一样拥挤不堪，因为不知何故，冯大个一进公司就问，楼道里这么多人咋回事？

公司里就小袁一个人，不知道另两位“大爷”跑哪儿去了。冯大个来公司本就带着气，不想却不见了员工，他正要开口骂道，就听小袁说：“能咋回事，家兴的两个老板一块卷款跑了呗！”

冯大个一听，吓了一跳说：“怎么可能？！前天还在！”

小袁一听，笑了：“老板，你太逗了，人家前天在，不等于今天还在。不过这些客户的消息也太灵通了！”

冯大个听到这儿，再看看自己即将关门的公司，突然觉得自己败得一片坦然，便对小袁说：“你做好心理准备，公司撑不了两天了。”

“早就准备着呢！”小袁脱口而出，像是又突然意识自己说错了话，急忙解释说：“不对不对，应该是我与公司共存亡，只要公司开着门，我小袁就坚守岗位一天！”

冯大个苦笑了一下，说：“把该准备的东西都准备一下，天下没有不散的筵席！”刚说了，就听包里的电话突然响了。掏出来一看是表哥，因为自己这两天一直昏睡，莫不是表哥仍余气在心，打电话来骂自己的吧？想到这儿，冯大个看了小袁一眼，扭身走出员工办公室。不想刚开了门，进了屋，电话却断了。

冯大个本想给表哥打回去，可一想还是算了，自己犯不着拿着电话费找骂听。于是他将手机朝桌子上一放，用眼睛打量了一圈儿，发现一个屋里除了一台九成新的电脑，没啥值钱的东西，不如过两天退房时，把几台电脑朝二手电脑城里一搬，卖了钱请父母吃顿赔罪饭，然后再偷偷找一份工作，来个瞒天过海，不让父母知道倒闭的内幕。

主意一定，冯大个突然轻松了许多。心一轻松下来，耳朵里也有了外面的世界。

门外的人无望地等了一个上午,像是失去了耐性,不知在谁的带领下,开始谩骂起来,骂声越来越大,仔细一听,像是在骂坚守阵地的员工们。冯大个万没想到红极一时的家兴竟以这种方式结束辉煌,两天了,想必曲影和单云早就拿着钱到国外享清福去了吧?想到这儿,他突然像意识到了什么,不由一阵庆幸,看看桌上的手机发了一会儿呆,忍不住拿起来拨通了表哥的电话。

电话一通,冯大个还没有来得及"喂"一声,表哥的责备声就传了过来:"给你打电话,咋不接?"

"晕,给你打过去,让你省俩钱不好嘛!"

"少耍贫,我问你,现在你们公司门口是不是很热闹?"

"你咋知道?"

"这么大的事,咋会不知道?"

"哥,我现在最庆幸的事就是她没有看上你的宝贝!"

"小弟,说句实话,我很同情她!"

"为啥? 就因为她神经不正常吗?"

"就算是她真有神经病,肯定也是被尚德那个王八蛋给骗神经的!"

"什么意思?"

"前天她一个劲儿地说我的画不是真的,知道为啥不?"

"因为她眼拙外加神经病。"

"No,No,No,万般世事都不是眼睛看见的那么简单!"

"那是为啥?"

"为啥? ——全是因为她们从尚德手里买了一幅更假的画!"

"什么意思?"

"知道你公司门口为啥那么多人吗?"

"讨债呗!"

"这么说吧,你可知道家兴的老板为啥跑?"

"骗了人家的钱拿着到国外享清福去了呗!"

"大错特错——因为她们骗储户的钱,都跑到尚德手里了!"

“哥，你直接说行不？你把我绕得越听越糊涂！”

“尚德不是我的娘家表妹夫吗？”

“对！”

“她的娘家娘和我的娘家娘是一个娘，对吧？”

“对！”

“他听他的娘家娘说我的娘家娘分家时得了一幅老画，并听了那个故事。”

“于是呢？”

“于是，他就找了一个所谓的专家外加一个画家，模拟了一幅和我一样的古画，卖给了那个丑女人。于是乎，储户们的钱就通过丑女人跑到尚德兜里，明白了吧！”

“还是不太明白。”

“慢慢想吧，我要回去上班了！”

表哥挂了电话，冯大个癔症半天，仍是没想明白怎么回事，只知道单云和曲影一块上当了，罪魁祸首是尚德和那个专家，只是这中间的细节他不清楚——人家都说汇宝大厦的风水好，可他的公司和家兴同时倒闭，说明了什么？

正想着，听到有人敲门，冯大个起身开门一看是小袁，还没等他开口，小袁就一脸欢喜地说：“老板，账上来钱了！”

“什么意思？”

“小乔把欠款要回来了，一共五万三！”

冯大个有点不相信自己的耳朵，怎么可能在他即将关门打包回家的时候，老天爷又给玩了一次柳暗花明的游戏？可小袁无邪的表情又像是真的。小袁见冯大个一直不说话，表情略略沮丧一下，接着说道：“只是小乔辞职了。”

“为什么？”冯大个诧异地瞪大了眼睛问。

“不为什么，人家不想在这儿干了。”小袁淡淡地说。

冯大个无可奈何地叹了一声，说：“人各有志，让他去吧！”

小袁点点头说：“小乔真是一个好人！”说完，便扭身走了。

小袁扭身走后，冯大个伸头朝楼道里看了一眼，只见楼道里仍然黑压压的水泄不通，储户们一个个情绪都激愤到了极点，随时都有出拳打人之险。看到这儿，冯大个觉得汇宝的风水看来还是保佑好人的，但愿小乔能找到一个更好的公司和更好的老板。

因为家兴的金融诈骗案是宗大案，两个老板失踪的事很快就惊动了公安局。

只是公安局一介入，几乎没费吹灰之力就找到了曲影，而那时曲影已经成了一具不会说话的尸体。

也就是说，曲影在家里服毒自杀了，而单云一直下落不明。

曲影自杀的消息传来，冯大个心里隐隐一痛：曲影自杀了，可她表姐单云却失踪了，是不是单云与尚德合伙骗了曲影？想到这儿，冯大个骂了一声："人他娘的真是知人知面不知心！"虽然只见过曲影两次，可冯大个对曲影的死却心疼得不行。有了第一批起死回生的资金，冯大个的文化公司可以半死不活地开着门，凌驾于众担保之上的家兴却关门了。小乔走了，新来的文案是一位和曲影年龄相仿的漂亮姑娘。如果不是单云，曲影是不是也像新来的文案姑娘一样简单快乐地活着……冯大个一心认定是单云骗死了曲影，事实上，把曲影的自杀怪罪到她表姐身上，只是冯大个一个人一厢情愿的猜测而已。

因为曲影属于畏罪自杀，法医必定要解剖尸体，给出一个自杀证明。不想就在法医解剖曲影的尸体时，怪事来了——漂亮的曲影戴的竟是一张仿真面具，而面具下面，正是警方要找的单云——一个满脸烧伤的女人……

底　　色

事情闹大了，宋澈才知道女朋友给自己扣了一顶沉沉的绿帽子。女朋友金铃儿是妹妹宋豆从小玩到大的好朋友，与自己又是青梅竹马，按说知根知底，本该顺顺当当走向婚姻殿堂，然后平平淡淡地携手到老，不想婚事还没提，竟有一顶绿帽子先不偏不斜地砸到了头上，让宋澈措手不及，想死的心都有了。

早晨，他还没有起床，就听宋豆大呼小叫地拍他的门："哥，不得了了，不得了了！金铃儿背着咱们还谈着一个男朋友！"当时宋澈正睡得昏昏沉沉，听到妹妹的喊声，以为在做梦，翻了一个身，没有吭声。

不想拍门声依旧，直到把他吵醒。

宋澈兴师动众地起了床，宋豆却不吭声了，用手指在嘴上做了一个"嘘"的动作，偷偷摸摸地指了指客厅。宋澈明白了，自己还没有来得及生气，他父母已经气得不行了。果然，待他随妹妹走出狭长的走廊，来到客厅里一看，父母正面色铁青地坐在沙发上。做好的一桌早饭在饭桌上摆着，像是前脚刚摆好，伤人的坏消息后脚就赶到了。父母的脾气他知道，定是筷子一摔，一人坐一处，独自生气到现在。其实那时候宋澈还不清楚到底咋回事，只知道一个大概，他安慰父母说："不就是一个女朋友吗？不要不得了！我正愁找不到理由换女朋友呢，这不刚好吗？"他父母一听这话，瞪了他一眼，都无话想说。

宋澈的父母是轻工业大学的教授，而宋澈年纪轻轻就已经混到了正科，当上了所长。按说这样的家庭，就是有十个八个儿子，在找儿媳的一事上也不会蒙羞，也就是说只有他们挑别人的理，没有别人挑他们的理。可这想不到的事情偏偏落到他们头上，谁能接受得了？两位老人一直觉得金铃儿除了知根知底，什么也配不上这个家庭，可就是这个他们轻视的小人儿，竟然敢以这种方式污辱他们。

金铃儿的父母都是肉联厂的工人，退休后工资微薄，又开了一家棋牌室。因为父母无职无权，金铃儿大学毕业后一直辗转打工，早出晚归，为了方便见面，宋澈专门从局里下调到所里。按说能有这么体贴的男朋友已经够可以了，可金铃儿却和她的老板私下谈起了恋爱。

最近发生了一起命案，所里忙成一团糟，宋澈见劝不了父母，便悄声安排妹妹今天请个假，在家照顾两位气呼呼的老人。

待一切安排妥当，宋澈这才来上班，不想到了单位，却如何也坐不住。他本想去金铃儿家讨个说法，问问她到底爱不爱他，或者问她钱就那么重要吗？如果金铃儿不在，去她父母的棋牌室里质问一番，出出气也可以。可冷静一想，觉得自己的念头很可笑，还是去火车道旁的小公园里静静心比较好。但去小公园就要经过金家的棋牌室，宋澈想到这儿又觉得很烦，将手里的烟头朝地上一摔，想骂一句，却没有出声，跨门而出。

宋澈刚一出门，碰到出警回来的老俞，与老俞一道的是他的表妹范晴。范晴大学毕业找不到工作，托着老俞的面子来所里当了一名女协警。人刚一到，“所花”的帽子就被戴上了。只是这“所花”对宋澈有点怵，见他出来，眼皮子一耷拉，头一勾，像夺路而逃似的溜进了大门，一晃就不见了。老俞看表妹见到所长连个招呼也不打，指着她消失的地方对宋澈说：“傻妞！”宋澈本想说一声孩子嘛，可今天心情实在太堵，从心堵到嘴，连张一张嘴巴的心情都没有。老俞见宋澈沉着脸不吭声，以为宋澈对表妹含羞的表现不满，急忙解释说：“小孩子不懂礼节，见了所长连个招呼都不知道打，真是没办法！”宋澈咧嘴苦笑一下，想抽身走人，不想老俞见状跨前一步拦住他说：“家天下小区的命案，范晴发现了新线索。咦，别看这丫头平时不说话，逢到关键时候脑瓜子还有点用哩！”宋澈明白老俞的意思，也知道他是误会了自己。说起家天下小区的命案，宋澈更是烦上加烦，一筹莫展。因为上头有规定，命案必破，可从案发到现在已经半个月了，一直苦于找不到线索，所里多少科班出身的民警都束手无策，范晴一个外行能发现什么线索？

当时宋澈以为老俞为了讨好自己故意说谎，并没有放在心上，为了尽快脱身，他敷衍说："好呀，继续培养！好苗子！"正说着，就听远处传来一阵骂声，仰头一看，是中纺机家属院的门卫大爷在骂傻元宝。傻元宝没爹没娘，在娘胎时因为缺氧，有点天生智障。门卫大爷的锅灶立在保安室门口，逢到大爷做好饭，元宝像是有特异功能，离老远就能闻到。大爷一看元宝来了，离老远就骂："上辈子的大冤家，我挣的钱全让你这个饿死鬼吃光了！"大爷一边骂，一边给元宝盛饭。宋澈见又是老腔重开，觉得无趣，就要走。老俞见状，将目光转向对门的元宝和门卫大爷，叹了一声："真他娘的是上辈子的冤家！"

宋澈不知道老俞在骂谁，老俞对自己心里明明有意见，可每次见到自己，都是一副讨好的嘴脸，这是宋澈最看不惯的。因为来所里上任的第一天，这老俞就和自己结下了深怨，所里简直是无人不知。按说事情不大，可老俞这人就是自尊心太强，头一天来所里开见面会，宋澈提出了一个整改方案，说是对于那些娱乐场所的罚款以后都要交到所里，入了财务，然后再以奖金的形式发下去。而这一改革方案一摆到桌面上，等于说在一交一发之间，卡死了所里老警察的经济命脉。老俞一听，第一个拍桌子反对，他话不多，只说了一句："老子最讨厌这新官上任三把火的形式主义！"说完扭身走出会议室，宋澈一看头一天开会，这老俞就给自己来了个下马威，很是气愤，但还是忍住了。忍是忍住了，可不等于不气，在罚款入账一事上，哪里还是三把火冒冒烟的事，而是成了所里一项铁的纪律执行到今天。暗地里那些老民警们个个怨声载道，宋澈却寸步不让。从此以后，老俞和一帮老民警像是看出宋澈这个年轻人不但有手段，还心肠硬，以后便再不敢当面惹他，见到宋澈总是一副巴结相。想到这里，宋澈蔑视地看了老俞一眼，抽身走了。

宋澈从家天下小区腹部穿过，因为从这走可以避开金家棋牌室,避开金家,就等于避开了暗藏在心间的羞辱。按说,金铃儿的父母对自己也真是不错,从面到心都是拿他当女婿看,尤其是金铃儿的父亲,见到宋澈话虽不多,可句句暖到心里,不开口则已,一开口都是以“乖儿”称之。也就是说,金铃儿脚踏两只船的事情,她父亲未必知道,或者说,知道了暗地里肯定一直在反对。

家天下小区的绿化如同南方园林,到处都是垂柳花草。可到了夏季,太阳毒辣地一照,大路上四溢着一种排之不去的苍茫感。为避开火辣的太阳,宋澈专挑绿荫处走,不知不觉走到了二十四号别墅。

二十四号别墅正是受害人一家生前的居所。在这座房价比黄金还贵的城市里,想拥有这样一套独门独院,没有几千万的家产想都别想。当初,一幢幢的独体别墅在楼群林立的市中心横空出世,房价一出,吓得肉联厂和中纺机的职工们连连咬牙唏嘘,虽然家天下的地皮是他们原来的厂房,不想从自己手里一卖,再想买回来,只能寄予儿孙辈了。而住进家天下的,都是能买得起住得起,并有钱把室内装修得富丽堂皇的超级大款,也正是这一标签,让满城贼人都对家天下小区虎视眈眈。渐渐地,家天下小区成了案件多发区,不是丢这,就是丢那。

若不出意料,二十四号的这桩命案有可能也是因财而起。因为案子还没告破,楼里楼外皆被封锁,半月前死者一家三口血染卧室的场景还历历在目,男的没有丝毫挣扎的迹象,说明歹人是趁他熟睡之际下的手。因为从现场提取的足印来看,系一人所为,如果只是普通的贼人,只为求财,不会主动伤人性命。既然主人正在睡觉,主动索其命者,很可能是仇杀。只是这仇杀的方式除去凶残,还没有人性,因为死者三岁的女儿下体有血迹,经法医鉴定为处女膜破裂,属先奸后杀,但没有精液遗留,而死者年轻漂亮的妻子却没有被歹人奸淫的迹象。也就是说,如果不是仇家,怎么会去污秽一个幼女呢?但排查了一圈,死者为人厚道,并没有结过什么仇家,等于说断了一条查案的线索。再加上罪犯反侦察能力极强,除了几个脚印,并没有留下任何其他痕迹,一时间,案情的侦破工作陷入了僵局。

案子不破，年终要有审核，宋澈上任了才知道这个所长并不好当。逢年过节情报处的大小鬼神都要一一孝敬到不说，碰到无赖的小皮皮送到所里一个情报，还明码标价。宋澈只觉得现在的情报人员越来越牛，简直与民国时的情报贩子没多大区别。因为市区里大大小小的派出所星罗棋布，都张口急着要情报，都要完成任务，你不买就会被别人买跑，待年终考核时，没有完成任务，挨批是小，官位不保是大，所以大家都不在乎这两个小钱。可眼下家天下小区的命案，买情报都没处买，一点线索也没有。

从案发当天到现在已经过去半个月了，案情没有丝毫的进展，范晴一个非专业的协警又能发现什么呢？

想到这儿，宋澈驻步在小院前，只觉得小院里到处飘荡着无可奈何花落去的味道。因为时值仲夏，各种花草早已过了花期，只有墙根处的一溜月季在绽放。看着那一溜绽放的血红，宋澈像是想起了什么，禁不住在烈日下打了个冷战。男主人今年刚刚三十八岁，就住进家天下这有钱人堆里，看看人家住的别墅，开的大奔，实乃让人自叹不如。这些年房价一路飙升，宋澈上班多年攒下十多万块钱，前几年还能凑合着买一套两室一厅的经济适用房，不想一迷瞪，再睁眼一看，自己手里的那点钱连买个洗手间都不够。若不是父母，自己恐怕和很多农民工一样，打拼多年照样是没有立锥之地！这大概才是金铃儿脚踏两只船的原因所在，据妹妹说金铃儿拿那人不少钱，钱他娘的真是个好东西，有钱就有一切。可太有钱了也不是好事，若这男受害人是个穷光蛋，想必也不会遇到这灭门之灾。宋澈想到这儿，觉得自己虽然没钱，但比起男受害人来说还是幸运一些，只是丢了一个虚荣的女朋友而已。

小公园位于南阳路和农业路交叉口的火车道旁边，就在家天下小区的隔壁，宋澈从家天下的别墅群斜插穿过，来到小公园。因为靠着火车道，很少人来，周围很静。宋澈一屁股坐在草坪上，就见一辆接一辆的火车带着走南闯北的人呼啸而过，像快进的电影，疾速变幻着眼前的镜头。宋澈有一种前所未有的哀怨，只觉得自己被人耍得一点准备都没有，想当年，金铃儿和范晴一样腼腆，见人未语脸先红，从内羞到外，谁会想到有今天这一出？想到范晴，宋澈又想起家天下小区的命案。就在一筹莫展之际，妹妹打来电话说，早上的事还未说完，金铃儿的相好已经被抓了，据说涉嫌非法集资八千多万元。宋澈刚刚转移了堵心的内容，不想妹妹又追来讲这闹心的事，心情再次暴跌："这与我有半毛钱的关系吗？"说完，便挂了电话，起身朝所里走去。

回来的路上，宋澈远远看到蓬头垢面的傻元宝。按说这元宝命也够苦的，可他天生不知悲苦多少钱一斤，因为元宝有元宝的世界，元宝没事时就喜欢站在路口看美女，见到耸胸翘臀的年轻姑娘，能乐得哈喇子半尺长。离老远，宋澈见元宝一脸赤裸裸的色相，就知道这元宝定是有了目标，否则不会欢喜成这样，朝前一看，果然有一个亭亭玉立的姑娘正朝这里走着。看到这儿，宋澈兀自一笑，只觉得自己的情商还不及一个傻子，白活了二十八年，唯一的一次感情，还一不小心被人给耍了。

现在的金铃儿就像是情绪泻药，一想起她，宋澈的情绪就暴跌到谷底。

妹妹宋豆在电话里判断，金铃儿早就成了那人的财政主管，由此可见在那人心中，和宋澈一样将金铃儿当成了结婚的对象。其实金铃儿并不漂亮，只是有一副贤妻良母温柔相，这种女人看不上则已，一旦看上，总会认真到家庭问题上。宋澈和金铃儿前天晚上还在一起亲热，并无分手之意，事情不捅破不知道，捅破后，再回头一想，其实有很多地方能引起宋澈的警觉。宋澈吃亏就吃亏在太相信金铃儿，比如每一次两人在一起，金铃儿接电话时总是一脸慌张，还得跑出去接。有时候两人亲热到关键处，金铃儿包里的电话响了，她会一个翻身将宋澈推开，赤着身子跑到洗手间里接电话。这些细节简直露骨到了极致，可宋澈压根没有感觉出来。今天回头一想，这场三角恋不知是在考验人民警察的智力，还是金铃儿两边都割舍不了？

一不小心分析到这儿，宋澈已是怒火冲顶。只见他下意识地掏出手机，拨通了金铃儿的电话，可手机通了，宋澈却不知道该说什么，就听金铃儿“喂喂”两声，宋澈暗骂一声贱货，不知是在骂谁，便挂断了电话。不想手机还没有装进裤兜，金铃儿又打了过来。宋澈看着屏幕上的名字，没接，但手机一直顽固地响着，宋澈心想你就使劲打吧。没承想心里的话还没落音，铃声就停了。宋澈看着骤停的手机，竟生出一丝隐隐的失落。他盯着手机看了好一时，见依然无动于衷，暗说一声，算了。以这样的方式结束，宋澈觉得自己多少也算换回了一些颜面。

宋澈将手机刚装进裤袋里，就听手机又响了起来。宋澈以为又是金铃儿，连手机都没掏出来，加快步伐回到所里。此时，老俞正站在门口等他，一脸的焦急：“打电话咋不接？！”宋澈问：“啥事？”老俞说：“家天下小区的案子迟迟未破，受害人家属已经闹到局里了！”宋澈一听，脑袋嗡的一声炸了，心里顿时乱成一团，他眉头打了个死结，对老俞说：“进屋说。”老俞一动不动地说：“就这么多事。”宋澈一听，瞪了老俞一眼，不满地朝他摆了一下手，说：“那你就该干啥干啥去吧！”说着，大步跨过大门，门本来是开着的，就见宋澈随手一甩，“咣当”一声，把老俞关到了大门外。

宋澈开门进了屋，越想越气，自己这个所长当得真够窝囊，连手下的人都敢对自己耍情绪，人走在背运里，真他娘的倒霉事一桩接一桩！老俞是所里的正式民警，也就是说敢和所长耍情绪的都是正式的，像范晴那样的临时工，借她一百个熊胆也不敢对他这样。想起范晴，宋澈癔症了一下，像是想起了什么，急忙走到座机前，拨通了范晴办公室的电话，让她过来一趟。

范晴进来的时候，宋澈正弯着腰在门口接水，见范晴进来，示意她坐下，问道：“刚才听老俞说你对家天下小区的案子有自己的看法？”范晴一听，局促地看了宋澈一眼，忙摇着头说：“没有呀！”看着范晴放不开的局促样，宋澈突然想起了一个人，只觉得这份腼腆很假，命令说：“该说啥说啥！”范晴翻眼看了宋澈一眼，接过水杯放在桌上，停了一会儿说：“我也只是瞎猜。”宋澈说：“瞎猜的也说出来听听！”范晴一听脸红了：“不好意思，我觉着……”宋澈一听，眉头再次打了一个死结，露出不耐烦的表情，不再说话。范晴见所长生气了，这才吞吞吐吐道："我想应该是那个女人有问题。"宋澈一听，灰暗的目光禁不住一亮，因为男受害人开着大公司，女受害人可以说是一个大门不出二门不迈的家庭妇女，可能正是这一点，让大家都忽略了这根隐形线头儿。今天经范晴一提醒，宋澈突然意识到大家犯了一个集体性疏忽，不由脱口鼓励范晴道："继续！"范晴说："你想那个女人年轻漂亮，为什么罪犯只污辱她的女儿，却对她无动于衷呢？"宋澈听到这儿，像是已经知道了范晴下面的话，因为时间催着，事不宜迟，他举手止住范晴说："你现在就去查那女人生前的电话和 QQ 记录！"范晴接到命令说了一声："是！"正要走，突然又扭脸说："我不会呀！"宋澈这才意识到范晴拿不了这活儿："叫你哥帮你！越快越好！我就在这儿等消息。"

范晴走后，宋澈就觉得暗无天日的心情突然被人撕开了一个透亮的缝隙，若这条线索真能顺藤摸出一个瓜来，到年底审核时才能扛一大头。宋澈虽是警察，但和命案打的交道毕竟有限。也就是说，他经手的命案并不多，一个所里一年也不一定碰到一起，一旦出现，那都是牵动局里的大事，皆是全员出动。而此案案发地点又是在他派出所的辖区，破不破案都与宋澈有直接联系。眼下死者家属都闹到局里了，若再不破案，他这个所长之位恐怕就悬了。

想到这儿，宋澈点着一根烟，刚抽两口，就听一声闷响，是短信。宋澈不喜欢看短信，熟知他的人都是打电话，凡是来短信的不是生人，便是广告，所以宋澈皆是攒一堆集中看一次。可不知为什么，今天的手机里好像暗藏了许多玄机在诱惑着宋澈，他打开一看，果然不出所料，是金铃儿发来的，上面写了十个字：今夜不醉不休！醉死拉倒！

什么意思？

宋澈看着手机上的十个小字，嘴角一斜，暗想你现在是死是活，与我还有半毛钱的关系吗？现在和他有关系的只有工作，但愿老天保佑范晴那边能有可喜的收获。

一直等到下午，范晴才气喘吁吁地推门进来，说："找到了，那个女受害人经常跟一个网友聊天，关系暧昧。我刚从电信局回来，她那个网友的手机入网名字叫向前。这个人因诈骗有过犯罪前科，刚出狱两年，从网上记录和手机记录来看，他跟女受害人相识有一段时间了。”

宋澈听到这里，大喜："他娘的，找的就是他！"

范晴一听所长高兴得直骂人，掩嘴笑了。

那一天，宋澈在所里一直忙到深夜十二点多才回家，回到家妹妹好像有什么急事等着向他汇报："你咋才回来？法院可能会冻结金铃儿的银行账户！"

"这与我有半毛钱的关系吗？"宋澈故作诧异地看着妹妹问。

"怎么和你没有半毛钱的关系？她不还是你的未婚妻吗？人家不畏夜深取钱去了，说等取出来钱，还要和……"

"爱和谁和谁！"宋澈开口止住妹妹，诧异的表情更加明显。只觉得没见过这么没心没肺的妹妹，兄长蒙受这么大的污辱，她竟然还和这个人友好如初，还相信金铃儿的一套假话，不由面色一沉，转身进了屋里。宋豆见哥哥不乐意再提金铃儿，对着哥哥的背影噘了一下嘴，嘟囔道："小气鬼！"

宋澈躺在床上，一直没有合眼，不知道时间在辗转反侧中走到了几点。突然听到有人急促地敲门，一家人几乎不约而同地都从床上爬了起来。

开门的是宋母。

宋母开了门，隔着防盗门对着外面瞅了好一时，才看出来者是金家夫妇，面色不由陡然一沉，道："你们还有脸半夜三更来俺家？"

金父见状，忙隔着防盗门对宋母拱手做赔礼状："老嫂子，孩子的事咱以后再说，晚上铃儿说她出去取钱，可到现在还没有回来。"

宋母的刀子嘴更是锋利了一层："你女儿八年不回去，和我们家有什么关系，她相好的也不止我儿子一个！再说了，就算她来我们家，我们这穷途四壁的破家能留住她？！"

一句话噎得金家老两口无言以对，转身就要下楼，不想就在这时，宋豆挤到门口冲着正要下楼的金家夫妇说："叔叔阿姨，等等我！我跟你们去找找！"就听宋母厉声说道："你敢！"宋豆没心没肺,一听母亲不许她出去找金铃儿,不满地说:“妈,你不会这么狠心吧!金铃儿都丢了!”因为金家老两口还在门口,女儿如此顶撞自己,宋母一听更加生气,扬手拍了女儿一巴掌,骂道:“反天了!”骂完将女儿猛地一拉,山响地甩上了门。

宋豆挨了打,无辜的目光找到哥哥,见哥哥面无表情,哇的一声哭了起来。宋澈看着妹妹,心里也泛起了一阵难过。

金铃儿一个姑娘家去取钱,到现在没有回家,以他办案多年的经验来看,肯定凶多吉少。想到这儿,宋澈的心里像被什么揪了一下,他看了一眼哭号的妹妹,又看了一眼母亲,只见母亲的情绪在妹妹的哭声中像是有所松动,他便开口叫了一声:“妈!”后面却不知道该说什么了。宋母像是看出了宋澈的心事,刚刚松动的情绪又起来了:“都给我回去睡觉!”宋母说完,起身将客厅的电灯按灭了,自己率先回了卧室。

宋澈在黑暗中摸到沙发旁,掏出手机给金铃儿发了一个短信:“你在哪儿?”可等了好一时,没见回信,他又发了一条:“你爸妈找你找疯了!”悬着心又等了好一时,还是没见回信。宋澈坐不住了,起身开了灯,拍了一下妹妹抽泣的肩头,悄声说道:“走!”

兄妹二人悄声走到楼下,他们没有去找金铃儿的父母,而是直接赶到派出所里,叫醒值班的民警,以宋豆的名义报了案。报了案,私事就成了公事,派起人手来也就顺理成章了。

可是全所上下齐动员,找了几天,金铃儿仍是音讯全无。所里的老民警们开始私下里埋怨,家天下小区的案子放着不管,让全所人都忙他家的私事!什么玩意?!

不想就在这时,分局情报处的老李打来了电话,说向前的行踪有了眉目,还要不要接着查?

还要不要接着查?什么意思?宋澈本想发火,可追查嫌疑人的行踪还得靠情报处,他们的人万万得罪不得,他暗骂一声无赖,随后定了一下情绪,懒懒地说了一声:“查吧!查到了给我电话。”

时间过得很快,一晃又几天过去了。向前已经顺利归案,但金铃儿还没有半点消息。

金铃儿的父母已经病倒在床了。宋澈的父母也像是意识到了事态的严重性，让女儿宋豆专门去金家照顾着老两口。宋澈现在最怕见两边的老人，金家那边，他可以躲着不去，家却不能不回，可每次一进家，母亲头一句就问："找到了没有？"

金铃儿迟迟没有消息，宋澈觉得自己已经无脸去见金铃儿的父母，遥想金父对自己的感情，而自己却无力帮他们找到女儿，细细一算，已经十天了，如果再找不到金铃儿，后果自然不查自明了。宋澈思绪凌乱地坐在办公室里，想到这儿，鼻子一酸，泪流了一脸。

就在这时候，宋澈隔窗听到所里像炸了窝。

开始宋澈不知道什么事，没有在意，直到从低落的情绪中走出来，才知道傻元宝办了一件惊天地泣鬼神的大事，还有录像为证。宋澈问一个老民警："我怎么不知道？"那个老民警说，是老俞专门拿回来录像让大家开眼嘞，不看不知道，一看吓一跳，如果不是亲眼所见，谁会想到一个傻子会懂那事？

宋澈好奇，跟那民警去了一楼的办公室。当时录像正在播放，里面录下了犯罪的全过程，因为离得近，相当清楚。宋澈进去一看，只觉得像看动物世界里的阴阳交配。只见元宝蓬头垢面地骑在一个年轻女人身上，像一头战胜群雄的公狮，赤身蓬发。而他身下的女人像死了一般，一动不动。宋澈定眼一看，只觉得下面的光身子尤其眼熟，再一看脸，心里一寒，不由用余光瞟了一眼不远处的老俞，明白了，全明白了！

宋澈觉得自己一下子像被人推到了水深火热里。因为找金铃儿，所里的民警几乎人手一张她的照片，也就是说，大家都在心照不宣地看他的反应……宋澈想到这儿，狠狠地定了一下神，装着若无其事的样子继续看。

屏幕上的金铃儿好像昏死过去了，身旁还散乱地放了一堆钱……

就在这时，宋澈突然听到有人高喊一声："我也要当傻子！"扭脸一看，是老俞。宋澈瞪了他一眼，就听屋里随即爆发一阵大笑，回头一瞅，个个笑得前俯后仰……

往事烙得太深

1

谁也不曾想到我的麻脸姥爷竟会在三十二岁那年交上桃花运。

在一个大雪纷飞的冬日，当我的麻脸姥爷携着漂亮的姥姥冒着严寒踏进已被大雪覆盖的颍河镇之前，一直在思索一个问题：王大赖怎么会这么轻易就将自己的老婆输给他？以他的脾性完全可以赖账，但谁也不曾想到他会输得这么爽利，一袋烟的工夫，就将媳妇领到我麻脸姥爷的面前，算是结了账。在从城里通往颍河镇的那条古道上，我的麻脸姥爷踏着吱扭吱扭的落雪跟在赢来的媳妇身后，越想越是不解。雪越飘越大，姥姥的衣服上已落了一层白雪，我麻脸姥爷很想上前替她拍打干净，但是看着那个高傲的背影，他心里很是怯得慌。我姥爷低下头，看着前面一点一片的高跟鞋踩出的脚印，心里有说不出的狂喜和满足。一个三十二岁的麻脸人能娶上一个城里的漂亮媳妇，也确是老天的恩赐！我的姥爷在默默感谢上苍，感谢上苍下了这场大雪。要不是这大雪，我姥爷根本不会有闲心去城里赌博，更不会得到我的姥姥！

我的姥姥在那个雪天里，梳着宋庆龄式的头型，一副贵妇的模样。其实，把她输掉的前夫也不过是个地痞流氓。从她的家底到她的外表着装，一眼便能看出她是一个心境高傲之人，姥爷默默地活络着思绪：看来这是一个心比天高命比纸薄的女人！

我的麻脸姥爷给姥姥命运的定位确实很准。

那一天，姥姥像是格外讨厌我的麻脸姥爷，沉着脸子与他拉开距离。我的麻脸姥爷虽然人丑，但绝不是一个没有自尊之人，于是他就放慢脚步，跟在姥姥的后面。姥姥的高跟皮鞋上沾上了厚厚的一层雪，走起路来显得很困难，最后她不得不停下将鞋底上的积雪刮掉时，才驻足朝那白茫茫的远方探了一眼，禁不住哀叹了一声。此后，那悲凉的叹声一直回荡在我麻脸姥爷的耳边。

那一年，我的姥姥年方二十有七，正值当年，她内穿棉旗袍，外套一件裘皮大衣，足蹬玄色的高跟皮鞋，只这身装扮就不是一般人家能置办起的。太姥姥狐疑地看了她一眼，就悄悄将儿子拉到了一旁，一番寻问后，脸上露出了不快。因为王大赖她认得，他那一点家底怎能养起这样一个穿金戴银的女人，再说谁有这么一个漂亮迷人的媳妇，舍得输给别人？于是，太姥姥对她的作风怀疑起来。虽然太姥姥一直为儿子的婚事发愁，但儿子真的领回一个来，她却又挑三拣四起来。

姥姥悲凉的叹声随着纷飞的大雪飘然漫开，漫在被大雪覆盖的屋顶上，散发着寒气。那是我姥姥心底发出的冷，从她被迫无奈踏上那条古道开始，心里就一直朝外冒着寒气，寒得都要冻结了。而且姥姥心里的寒，不是我麻脸姥爷火热的心能温暖得了的！这一点我姥爷很清楚。

镇人在大雪骤停的翌日奔走相告：快去看看，刘麻子带回来一个城里媳妇！那是一个雪后天晴、红日高照的好天，太阳犹如姥爷喜形于色的麻脸一样灿烂而温和。当相拥而至的目光锁定姥姥时，无不为她时尚而高雅的穿着唏嘘叹之。唏嘘之余，又免不了要联系和猜测着什么。其中也有好心人为我麻脸姥爷担忧的：这么妖艳的女人怕是不会死守着他。

果然不出众人所料，三年后，刚生下母亲的姥姥跟镇子里的一个独眼男人私奔了！

2

在姥姥与独眼男人私奔一个月后的一天清晨，太姥姥朝外瞭了一眼，看见外面的天色还黑，天穹里镶着几颗星。往日的这个时候，总是有一声接一声的鸡鸣，今天却没有。缺少公鸡打鸣的早晨，太姥姥的心里都记得很清。那是1950年农历的腊月二十四，要过年了。不知怎的，那一天太姥姥始终没听到公鸡叫喊，心想是不是遭了贼人？正要起床看个究竟，却听到从远处传来一阵朦胧的喊声，可能是喊者奔跑急促的缘故，传来的声音就带有奔跑的振荡，像颍河里的水被狂风搅着一样，波光粼粼，漩涡片片。大清早的，是谁这般神经？太姥姥嘟囔了一声，侧脸看了看婴儿期的孙女，虽看不清，但她能从孙女细弱而均匀的呼吸声中猜到这小东西一定睡得很香。太姥姥心安了不少，从床上摸索到棉袄棉裤，准备起来看看老公鸡还在不在。那个跳动着的声音越来越近，像直奔自家院子而来。因为那个越来越震耳的声音有扰醒孙女的危险，所以太姥姥没有细听声音的内容，就窝了一肚子火。她急急地朝外瞭了一眼，三下五除二套上衣服，摸着黑寻到鞋子一脚蹬上，朝房门走去。

就在太姥姥还没来得及开门时，那个声音已跑进了院子："大娘，快起来，你儿子上吊自尽了！"

门外的喊声像一枚杀伤力极大的导弹在老屋里炸开。太姥姥的头一阵眩晕，仄仄歪歪地摇着身子，室内的空气打着旋儿在她的眼睛里转动，还不时地冒出几颗如银子一样亮的小星星。屋内摆动着的空气在我幼小的母亲脸上扭来滚去，于是被弄醒了的母亲张开小嘴大哭不止……

3

我的麻脸姥爷死在了河滩地里那棵歪脖柳树上，那棵树至今还存活着，只是老得不成样子，像是要将我麻脸姥爷的寿命也一起捞回来似的。每当我看到它，就想起五十三年前那个缺少鸡鸣的黎明。依照我的经验推测，那一天风力一定很大。因为河道里易起风，起了风就灌上河滩，河滩地里的麦子年年被狂风刮倒，收割起来就显得比较困难。我姥爷自尽时，还不到收割的季节，麦子很低，刚刚出芽，在寒冷的冬天里，它们似乎没有生长的意识与欲望。姥爷用一件大黑袄紧紧地裹着身子，手插在腋下，绳索从腋下穿出拖在地上，像是一条瑟瑟发抖的长蛇在麦地里蠕动，又像我姥爷临死前眼睛里流下的泪水。我始终想不明白，那一天我的麻脸姥爷为什么要吊死在河滩地里，而不在自己家里。后来当我提及这个问题时，母亲草草地说，人该死在哪里是一定的，该死在坑里就死不到河里。按照我母亲的说法，我的姥爷是与那个歪脖柳树结下了生死之缘。在独眼人拐走我姥姥的那天夜里，我姥爷脸上的麻点骤然黯淡了许多，失神的眼睛里经常晃动着那棵歪脖柳树，柳枝撩起的水波就像是我姥姥波光盈盈的眸子，那是我麻脸姥爷心中一道靓丽的风景。其实，歪脖柳树离河水很远，就是水涨到岸上，歪脖柳树也触不到河水。但在我姥爷的联想中，歪脖柳树被移植到了河岸边，柳枝浸在水里，一股风吹来，被柳枝搅动的河水使我的麻脸姥爷想起了两汪深泉。那半年，我的麻脸姥爷像丢了魂似的，整天坐在老屋前的小凳上发怔。太姥姥看在眼里，气在心里。时间一天又一天地挨过，太姥姥见儿子仍无振作之意，便气愤地骂道，你要是忘不了那个狐狸精，就上吊死去吧！我没你这个儿子！我的麻脸姥爷听罢略略一怔，抬头看了母亲一眼，又垂下了脑袋，两颗豆大的泪水砸落在地上。先前没有女人的时候，母子俩相依为命，也没有太大念想，按部就班地生活一直过得很好。可现在有了女人又丢了女人，生活本应还回到从前，但是姥爷却怎么都回不去了。

一天晚上，他悄悄带着绳索来到了那棵歪脖柳树下。那时候，我麻脸姥爷的棉鞋已被露水打湿，他跺了跺脚，刚沾上的露水便被抖落一地。但由于跺脚时惹怒了齐脚深的麦苗，麦苗便发疯似的报复着我麻脸姥爷的那双大脚，露水一滴接一滴地渗入他的鞋帮，一瞬间，棉鞋就湿了个透。我的麻脸姥爷对此也浑然不觉，他将手中的麻绳一点点地从地上收到手中折好，扬起胳膊用力一甩，麻绳的一头便穿过树干垂落到姥爷面前。我姥爷动作滞缓地为麻绳打结——一个死结。打好后，他用力拽了拽，看很结实便踮起脚来，将头伸进去试了试，又缩回来，蹲在地上抽旱烟。火镰子是来时特意备的，放在衣襟里，拿出的那会儿还残留着我麻脸姥爷的体温。由于风大，我姥爷划拉了好几次，才划拉出火来，刚要点，不想又被吹灭了。他很茫然地看了一眼黑黑的河道，河道里的风很大，像是要把天上的星星刮下来。我的麻脸姥爷看见大风没有歇下的意思，便站起来将扎在腰间的那条大带子解下，敞开衣襟，搭一个"小屋"，头、手、烟袋、火镰子都伸进了那个临时搭建的"小屋"里。烟终于点着了。那一天，我不知道姥爷抽烟抽到何时，才将脖子套在那根用麻绳绾成的套子里。第二天凌晨，当赶早集的邻村人发现他时，他已经悄无声息地死去，脸上残留的两行泪水结成了冰，像两条冻结的小河。人们急忙将我的麻脸姥爷从树上卸下，看是否还有救活的可能。可那个时候我姥爷的身躯已被冬夜里的寒风冻成了石头一般，又硬、又凉。由于当时的天色未亮，人们看不清死者是谁。直到天上有一颗流星划过，围观者才大叫起来：刘麻子、刘麻子……

4

快过年了，五十三年前的镇子里已稀稀拉拉地响起了炮声。太姥姥的身子在老屋里仄仄歪歪地趔趄了一阵，才如做梦般地将那扇房门的门插板拉开。外面的人听到门插板的响动声，火急地推开房门。这时候的天色已微明，来人的头发上结着一层冬日早晨的霜冻，像是一不小心钻了面盆。他嘴巴大张，吐着热气，看见我太姥姥像一尊石雕一动不动，心里也泛起了一浪翻过一浪的悲凉，忙上前搀住我的太姥姥。这时候，太姥姥的嘴角动了一下，那人竟看到我太姥姥在笑，那笑放在一个苍凉的早晨有点令人毛骨悚然。太姥姥推开那人的手，整了整一宿的乱发说："在哪儿，带我去！”

当那人带着我太姥姥踏着冻结了一夜的地面一步步远离刘家小院时，我幼小的母亲仍在哇哇大哭，哭声在那个悲凉的早晨显得格外孤独无助，像是在悼念她的麻脸父亲……

凌晨时分，河道里积满了雾气，只有一艘渡船在慢条斯理地分裂着河水，水起水落间，河道里传来一阵阵哀婉的水浪声。这时，围观者看到有两个身影在远处晃动，一高一低，一个稳健，一个踉跄。按照围观者后来的推测，那天首先映入我太姥姥眼帘的应该是我姥爷的脚。因为当时我的麻脸姥爷被他们从歪脖柳树上卸下时，头朝了东。我太姥姥从西边的镇子里深一脚浅一脚地来到河滩地里时，看到了我麻脸姥爷的大脚，在那双大脚的旁边还放着已生了铁锈的火镰子和木杆铜嘴的旱烟袋，那是我姥爷的两样宝贝。太姥姥弯腰将那两样东西拾起来，心里憋了一肚子道不尽的怨恨。她徐徐起身，走到僵硬的儿子面前，用战栗的双手先将儿子脸上的霜冻拭去，稍停，骤然扬起老手，猛扇儿子几十个耳光。我姥爷的头在太姥姥的手下左右晃动，周围的人看着这一幕，无不垂泪。

在乡下，婚丧嫁娶一向被视为大事。按说，我麻脸姥爷入殓的事也算是镇子里某年某月某日的一件大事。但时隔多年，连我记性一向甚好的奶奶都说记不得了，那么长时间了，谁还会记得？我只记得你太姥姥哭得很痛！看来那一天在镇人的记忆中早已不复存在，成了一小片空白，但那片空白里又确实有过内容，具体的内容又是什么？无人记得。无奈，我只得按照奶奶给我提示的唯一线索来重现那一天的历史。

其实那一天，刘家的小院里很热闹。埋葬我麻脸姥爷的那天，是农历的腊月二十六。每年的这个时候，镇人已是忙得马不停蹄，赶年集、蒸年馍、打扫房间事无巨细，像是一年的事都集中到了这几天。镇人都觉得太姥姥可怜，便停下手中忙碌的活计前来帮忙，破败的刘家小院里虽然无钱准备丧宴，但镇人还是拿着纸或钱来了，交到账桌，由一位戴着老花镜的儒翁用娟秀的小楷写下名字，待丧事过后交给主人过目。里屋中有几个好心的女人在劝慰太姥姥，她们的眼睛里布满了血丝，一副疲倦的样子，偶尔还会跟着太姥姥抹几滴泪。她们已经日夜不断地在这个老屋里坚守了两天，现在临近入殓的时刻，谁都没有离开之意。她们抗击着倦意，不厌其烦地来回重复着那几句劝慰的话，生怕太姥姥一时想不开，悲上加悲。可她们肚子里的词汇又实在贫乏，重复来重复去都是一些老掉牙的句子，怎么都挤不出新词。因为入殓时无人送殡，丧事办得极为简单而潦草。几个大汉抬着黑棺，步子沉重而急促，每一脚都像踏在太姥姥的心上。当那几个大汉耸着肩膀将黑棺抬出刘家小院时，太姥姥再也把持不住心中的悲伤，老泪纵横，忆起她守寡几十年将儿子拉扯成人，谁想苦尽甘还未到之时，儿子又弃她而去。太姥姥越想越悲，泪水像大雨冲刷着瓦檐，飞泻直下：都怪我养了这个没出息的儿呀……

鞭炮声在除夕之夜犹如战壕里的枪声一样震荡着颍河镇。在五十三年前那个万家团圆的夜里，太姥姥孤身坐在老屋里，听着响彻云霄的炮声，泪水毫无遮拦地直冲而下，大有把眼珠子冲刷下来的阵势，边哭边恨我妖艳的姥姥。那时候她已决心要离开颍河。太姥姥始终都感到颍河镇里有一个魔鬼在纠缠她，那魔鬼在我麻脸姥爷两岁那年，就像一块热年糕贴在她身上。我姥爷两岁时，还不是麻子，小脸如玉一样光滑。他学着当时二十二岁的太姥姥搬来小凳端坐在门口，用眼睛眨巴着这个世界。那时候，太姥姥像百灵鸟一样快乐，嘴里经常哼着小曲，与儿子坐在门口唱日子。偶尔有人路过，她就停下哼唱，远远地投去一笑，然后才道好问安，打发得路人满脸的喜悦，直夸这小媳妇懂事。某一天早晨，突然有人来到刘家小院里告丧，说是她远航的丈夫不幸溺水身亡。从此，太姥姥的快乐生活像奔流的颍河水被大闸截断了一样。不想祸不单行，就在太姥姥失去丈夫的第二年，我姥爷突得一场麻疹，玉石一样的小脸被糟蹋得不忍直视……

五十三年前的那个除夕之夜，颍河镇的岁月已在太姥姥的历史里宣告结束。

那天夜里，太姥姥想了很久，决定为不满周岁的孙女改名为“根”。“根”在那一年的除夕之夜成了我母亲的小名。第二年刚一开春，太姥姥就携着根回到了她距颍河镇一百来里的娘家定居。这一走就是二十四年，直到长大后的母亲非要嫁给颍河镇父亲的那一天。

在我母亲五岁那年的记忆里，那一天的雨下得很大，雨如柱子一般密不透风，连对面的山墙都淹没在那场大雨里。雨水砸落在地时，雨珠子反弹而起，在院子里四处飞迸，像起了雾。夏天的雨来得快走得急，不一会儿就停了。热气扑进室内，一片燥热。小孩子都喜水，见院子里积着一小坑一小坑的水，我母亲玩兴顿起，坐立不住了，开始在太姥姥跟前磨蹭，嘴里还哼哼叽叽。雨过天晴，屋内格外明亮，太姥姥正坐在纺车前吱吱扭扭地纺棉线。她左手握着棉花条，右手摇着纺车，动作协调而娴熟，锭子扭转着棉花在祖孙俩的眼前飞速旋转，不一会儿，线穗子便露出了陀螺的雏形。太姥姥停下手中的活计，揉了揉浑浊的双目，看了一眼院子里的积水，对孙女说，脱了鞋，去吧。这时候我太姥姥天蓝色的棉布大褂已被汗水浸透，紧贴在皮肤上。由于汗水的浸蚀，布丝已不再像新时那样密稠。一个线穗子纺完后，我的太姥姥朝外掠了一眼，太阳裹着红霞不知何时又从西天边冒出，燃得满院通红。孙女正在玩耍。太姥姥慢条斯理地整理着线穗，准备在天黑之前再赶两穗子，明天一早就去集上卖了，再称些花回来。这几年，祖孙俩的生活多亏了这架旧纺车，要不是它，这日子还不知道过到哪步田地呢！太姥姥边感慨，边拿着线穗子朝鱼鳞袋子走去。线梭已将袋子挣鼓了肚儿恐怕还不好装下……

祖孙俩的生活犹如碗里的水，极其平静。可平静的生活像长了翅膀，一转眼我的母亲已经过了二十四岁的生日。

5

二十四年后，颍河镇的人从姥姥身上再也找不出一丝风姿迷人的影子。她的头发在岁月里改变了颜色，灰白相间，从身后看，零乱得像一蓬鸡窝。女人活的是精神，没了精神，也就失去了女人的光彩。姥姥两只空洞无神的双目在向镇人宣示：属于她的岁月早已飘逝。她皮肤松弛，满脸的皱纹，像是刚吹破的气球糊在脸上，给人一种皮肉分离的感觉。张口一说话，一股浓重的牙垢味迎鼻扑来，害得与之对话的人不得不后退一步。干瘦而邋遢，整个人看上去，再无往日的风光。从高贵漂亮到人老色衰，姥姥怕是对岁月独有一番感慨吧！

一天傍晚，太阳温柔得像盘圆月镶在西边的镇子上。姥姥踏着橘红色的余晖走在颍河镇的街头，一股股凉风顺着街筒子吹送到她的脸上、身上，洗尽了纠缠她一天的酷暑。她扭脸一看傻儿又愣怔在二十米之外，就拐回去催促儿子快点。她牵着傻儿，又继续前行，宛若一只瘦得炸毛的老羊领着一只小羊。姥姥用凄然的目光看了一眼纳凉的人们，又小心翼翼地挪开，如做贼似的，逃避着人们的视线。这时候她心里开始茫然了，不知道晚饭再用什么来凑合，中午她用一个富贵而新鲜的名字给杂草汤取名曰“八宝人参汤”。傻儿喝得摇头晃脑、满心欢喜。她却是怎么都不能下咽，因为其中有一样野菜是苦的，就像日子，苦不堪言。

自从姥姥私奔后，日子过得像一杯苦胆酒，一口下去，连头发稍都打起战来。想到这儿，姥姥凄凉的心向那片橘红里伸了过去。那时候，我姥姥年轻得就像刚入夏的庄稼，在疯狂的生长中体验着岁月的游丝。在我姥姥的记忆里，出事的那天晚上，没有月光，夜如同死了一般静，像是要发生什么大事。她便早早躺下。灯光在幽幽地闪跳，她的独眼男人用那只射着绿光的右眼扫了一下屋子，然后又将目光移到姥姥的脸上。姥姥像小孩子一样眯了眼睛。独眼男人以为她睡得正死，便悄悄溜了出去。姥姥听着那个小心的脚步声越来越远，心里犯了疑惑，弹起身来，追出院子。不想，独眼男人早已不见了踪影。姥姥站在漆黑如炭的夜里，若有所思了好一阵子，只得进屋睡了。

结果第二天，独眼男人死了，是被守夜的民兵打死的。我奶奶说，那颗枣核大的子弹像把利剑从独眼男人的后脑勺刺入，然后以雷电之速穿过大脑，飞弹出来，继而又带着胜利的嗖嗖之声，径直朝一棵大树飞去，大树又被它无情地穿透。通过两次胜利，它光滑的小身子就闪起了骄傲的电火，电火在那个黑幽幽的夜里就像一道闪电，将周围照得一片通明，那道强光在黑夜里差点将守夜民兵的眼睛刺瞎。那个守夜民兵捂着受伤的眼睛，只听见一阵似电锥钻墙的强烈嗡鸣，子弹已撞进城墙，直到打出一个半尺有余的小洞，才打着旋儿停下。第二天，当民兵从城墙里取出那颗子弹时，它还残留着劳动过后的余温。不管奶奶如何夸大那颗子弹的威力，有一个事实是不争的，独眼男人确实挨子弹死了。当这个消息像原子弹一样在颍河镇爆炸开来时，镇上人都说是因为独眼男人夺人之妻坏了良心。坏良心了，坏良心就不得好死！这是我奶奶后来学着当时镇上人的腔调说的。奶奶还说，镇上人都怀疑独眼男人是反共暗杀团的成员，后经细查不是。但那一天独眼男人为什么鬼鬼祟祟出去，到底又是去干什么的？这些在我姥姥心里一直是个猜不透的谜。独眼男人死后，姥姥的儿子突患小儿麻痹，后来，她又发现渐渐长大的儿子竟又变得痴傻。

姥姥从那片橘红色的余晖里收回目光，心里一阵难过。我姥姥感觉生活犹如一场接力棒游戏，当她从太姥姥手中接过时，“苦难”就变成了一只蜗牛，开始在时光里艰难地蠕动，一刻也不停歇。姥姥在冥冥之中觉得这根“苦棒子”就是我的麻脸姥爷……

空气里散漫的那一大片橘红已开始在小镇的街头隐退，乘凉的人们摇着大蒲扇驱热闲聊，一个胖婆婆的腿脚处还放着一个粗瓷大碗，里面的水正朝外冒着井底的凉气。

这时，一个姑娘看见可怜巴巴的姥姥和她的傻儿子，对周围的人说："你们看，那老婆儿多可怜！"

人们顺眼望去，看见了姥姥隐约的身影和她身后那个痴呆的儿子，空气里顿时充满了不屑和冷笑声，接着有人说道："她可怜？她要可怜那刘麻子一家岂不更惨，她害得人家家破人亡，这叫报应……"

众人义愤填膺的情绪大有排山倒海之势，议论声毫无遮掩。当我姥姥走到十米之外，那些带有情绪的声音还能跟随气流飞进她的耳朵。姥姥面如死灰。她的傻儿感觉到母亲的手猛地一颤，像是被电流击中。在那片余晖里，傻儿子想起了他母亲烧纸钱的手。在我麻脸姥爷的坟前，姥姥颤颤地捏着燃烧的纸钱，纸随着手的抖动，得到充沛氧气，燃得很欢，红色的火苗子镶着蓝边在傻儿的眼前窜动，纸灰漫天飞舞。傻儿看见姥姥的眼珠子像一粒黑色的棋子镶在棋盘上，一动不动。接着他又看见姥姥的心也慢慢飘出躯体，如同纸灰一样悠悠地飞着，飞到了很远很远的地方。直到火烧到手，傻儿才看到姥姥神经质地一抖，眼珠子才活络了。傻儿在心里欢腾叫着，母亲又活了！活过来的姥姥突然伏在坟地里抽动身子，还不时传来一阵呜呜的哭声……

后来听奶奶说，每年的清明和姥爷的祭日，姥姥总是带着纸钱来给我麻脸姥爷上坟。我问奶奶镇上人对姥姥这一忏悔行为有何议论。奶奶说，议论倒没啥议论，除了说她是傻慈悲，没啥议论。

姥姥家有位远亲与搬迁后的太姥姥家邻村相居。这种七拐八抹的亲戚放在平时是不走动的，不想自从姥姥得知这一消息后，这门亲戚便被她很珍贵地拾了起来。逢年过节，姥姥就带着好吃的，步行一天来到这位亲戚家。每每这个时候，亲戚就会把她积攒了半年或一年的关于我母亲与太姥姥的消息讲给姥姥。当我的姥姥得知自己女儿二十四岁还没找到婆家的消息后，疾步回到颍河镇，用那双老眼瞅遍了镇子里的适龄后生，最后便锁定了我年轻的父亲。

那是一个大雪封门的早晨，姥姥踏着积雪一路小跑，由于心急，路又滑，脚就没了根，她一连摔了几次仰面朝天才来到我家。当时我奶奶正带着老花镜缝补旧衣，听到响动，她翻眼一看，就从花镜的上方看到了风尘仆仆的姥姥。奶奶说，那一天姥姥的模样很滑稽，一件大袄被她扣得驴唇不对马嘴，袄襟子一胯长一胯短。身子像条落水的老狗一样抖动着，雪屑随着身子的抖动溅落在我家几十年前的那间堂屋的地上。多少年后，每当我奶奶戴上老花镜折旧缝新时，还能忆起我姥姥制造的那场微型雪崩，心里不免一阵好笑。奶奶站起身摘下老花镜，与姥姥寒暄了几句，得知姥姥是向我父亲提亲，便问女孩子长相如何。姥姥将女儿的长相大肆吹捧了一番。奶奶一听女孩子长得好，便答应见个面。

6

这边一敲定，姥姥就托那位亲戚去太姥姥家提亲。

上门提亲那天，天格外好，有春回大地般的感觉。当媒婆推开木栏大门时，看见我太姥姥坐在灶屋前的小凳上，眯着松弛的大眼皮，手里握着我麻脸姥爷留的那杆旱烟袋，一动不动地睡着了。媒婆新奇地想，这老太婆还会抽烟？太姥姥掉光牙齿的嘴巴微微张着，像口深陷的泥潭，又像是在回答一个“噢”字。那一年，我的太姥姥年近八旬，脸上的皱纹密密麻麻，似在柜角存放多年的衣服，留着岁月的痕迹。细看，还有两滴老泪停落在眼角的褐斑处，它们在跳动的阳光里闪烁，晶莹剔透。媒婆蹑手蹑脚从屋里找出一个小凳，没吭声地坐下。不久前的那场大雪还未化尽，墙角的背阳处残留着几小堆灰蒙蒙的积雪，鸭子的蹼掌印满了潮湿的院子，像无数把秀珍的小扇散落在地。媒婆看着看着，倦意袭来，也随之坠入梦境。

当我太姥姥醒来时，发现了媒婆，她人老眼花，已认不出媒婆是谁，于是就上前轻轻地拍了她一下。媒婆惊醒，恍惚地看了看周围，满脸的迷惑，像是一时间弄不清自己身在何处。她看到满脸岁月的太姥姥，眼睛放出了记忆的光芒，整了整衣襟，又抹了抹头发，说，老姑奶奶，我是邻村庞大洼的大儿媳妇，你不认识了？太姥姥悠悠地看着她，开始在脑库里搜寻有关“庞大洼”的记忆，抽出，一页一页地翻动，很缓慢，终于在一个角落处寻到了眼前的这个女人，想起来了，想起来了！你看看，人老了有啥好处，脑子都像生锈的机器，转不动了。媒婆听罢，兀自一笑，把此次到访的目的说了个明白。正为孙女婚事犯愁的太姥姥在那片跳动的阳光里，顿时来了精神，忙问男方条件如何？媒婆的目光穿过太姥姥的头顶，伸到院外，见路上无人，压低声对太姥姥说，姑奶奶，那后生我见过，人长得可真没挑！光看人家那出身、那家庭条件，就叫人眼羡。几代贫农，老子又是公社书记，这孩子的工作不用说也是铁板钉钉，稳了！光他老子是英雄还不说，连他娘都是厂长！你睁眼瞅瞅，咱这十里八村的女人哪个敢往那儿想，女人能当厂长，谁敢想呀！说不定咱恨嫁到那里以后，也能混个官当当呢！媒婆的声音一声赛过一声，宛如震人心胸的音乐在院子里飞荡。太姥姥满脸红光，浑浊的眼睛也发起亮来，她心高气爽地看着满天飞舞的音符，像是看到了孙女指日可待的锦绣前程。

在太姥姥的心里，孙女是个漂亮姑娘，姑娘一漂亮，心就像云彩一样没了根，总觉得谁都配不上自己，到底配上她的那个人在哪里，她心里恐怕也是无底。每每想到这儿，太姥姥就觉得孙女的心气太高，少女情愫里沾带的满是云彩，又高又飘，眼光已游离孤门小户的交际圈子。一晃已是二十四岁的老姑娘了，婚事还像风中的柳絮一样没有着落。太姥姥不能不挂心，事情一挂心，就变成了石头，沉沉地坠在心里，整日犯愁。

但这时，太姥姥欣喜地投了媒婆一眼，心想，看来孙女还是个有福人，这不来了一门好亲事！

我年轻的母亲虽不太高，但脸蛋犹如刚落皮的鸡蛋，又白又细。笑眯眯的眼睛就像上弦的弯月挂在村头的树梢。站在街头，很是撩人眼目。漂亮的姑娘谁都想多看几眼，看后还不禁向周围的人打听这是谁家的姑娘长得恁俊！不多久，周围十里的乡亲就都知道，陈庄的一位老姑奶奶家里有一位漂亮孙女儿。一些家中有儿子的妇女，每每见到我的太姥姥总是满脸谄媚。为了将来能娶到这位漂亮的儿媳妇，提前联络联络感情也是势在必行。逢年过节，她们都会想法弄点好吃的来孝敬我的太姥姥。那时候，平时寥落的庭院就有了门庭若市的热闹。

太姥姥想起曾经的辉煌，稳了一下情绪，用十分得体的腔调对媒婆说，哪能光看人家爹娘的地位，俺不图人家什么，只要人长得俊，和俺孙女般配就行……

7

母亲第一眼瞅见父亲时，愣怔了一下，接着心脏就变成一只野兔开始横冲直撞。她说她当时真的没想到会是我父亲，去时还有些不情愿，心想看了也是白看，净是累眼！可当她看到我父亲时，心里不禁陡然一惊，接着脸就红了。她像当年我的麻脸姥爷一样在心里默默地感谢着上苍。那时候，我父亲是颍河镇剧团的一名主角，饰演样板戏《红灯记》中的李玉和、《沙家浜》中的郭建光，可谓是名震一方。方圆百里都知道颍河镇有个英俊后生，唱腔好，演得好。每次颍河镇剧团来这一带演出，我年轻的母亲必约上几位姑娘，哪怕赶十多里黑路，也不会放过看一眼我父亲的机会。

见罢面，我母亲踏着夜色满意而归，太姥姥正在大门口等她。离老远，太姥姥就听见了孙女兴奋的脚步声，脚步声随着跳动的月光行进，似乎形成了共振，要将寂静的村子颤起。那天是农历的六月十三，月亮很明。太姥姥看见树叶把月光劈得斑斑驳驳，然后又洒在孙女身上，孙女的身子就变得花花搭搭，像是披了件印花布衫。太姥姥眼睛里顿时浸满泪水，因为她心里陡生出一种即将失去孙女的淡淡忧伤，空空的，很不是滋味儿。

我母亲却像只快乐的小黄鹂，幸福得简直有点默然，她远远地看到太姥姥，喊了一声“奶奶”。像蜜一样甜的喊声把太姥姥的泪水震没了。太姥姥心想，应该为孙女高兴，也该为自己了却一件心事而高兴。于是她抹了一把泪，走上去迎着孙女进门。幸福的心情随着月光很快弥漫到村子的上空。祖孙俩进屋点了灯，灯光拨得很小，豆大，只能隐约辨出人脸。

一个热切打探，一个急着要讲，于是祖孙俩又重温了两个年轻人第一次见面的过程。

我母亲幸幸福福地讲完，看了太姥姥一眼。

太姥姥双目失神，不知过了多久，她的眼珠子一动，像是突然想起了什么，郑重地看着我母亲问，他是哪儿的人？

颍河的。你不知道？

……

我母亲见太姥姥的身子在沉昏的煤油灯下猛地一抽，接着脸上的皱纹就拧得像麻花一样。太姥姥眉宇间陡然凝结的阴云将母亲的心拨弄得七上八下，不知所措。我母亲试探着问了太姥姥一句，咋了？

不行！

为什么不行？

不行，就是不行，只要是颍河镇的人，说破天也不行！

祖孙俩一夜无话，各揣心事，挨到天亮。

祖孙俩这样僵持了几天，一个墨黑凝重的夜里，太姥姥张开被唾液粘在一起的双唇，用苍老的声音说，恨，你知道我为啥给你起这个名字吗？我母亲将头埋在夜色里，以沉默来抗击着太姥姥的固执。她感觉到太姥姥浑浊的双目在那天夜里又一次幽远起来。我母亲后来对我说，其实不用你太姥姥开口，我也知道她要说什么。那些带有仇恨的往事一直伴着母亲的成长，就像阳光伴着麦苗成长一样。往事和仇恨宛若天上的阴云，积满了，太姥姥就会毫不保留地来一场倾盆大雨，下完了再积，积满了再下。那天夜里，说过不知多少次的往事又一次像泻了闸的河水从那张被皱纹包裹着的嘴里汹涌而出。那些带有仇恨的往事似火箭如雷电，一下子穿越了时空，回到了二十多年前。一个人内心多年来的仇恨犹如怒潮般浇灌到另一个人身上，母亲悲凉的哭声在那天夜里持续了很久……

第二天，天刚微明，母亲倔着身子，走出家门。太姥姥见状，踮着小脚追出去，责问她要干什么。母亲不说话，径直朝前走，像在赌气。太姥姥放心不下，随后紧跟。母亲将步子迈得很大，并以惊人的速度调换着两条腿。太姥姥人老年迈，赶起路来就像大风中失舵的旧船，力不从心。二人一前一后，一个紧走一个慢赶，很快，两人就拉开了距离。

母亲的身子像一溜轻风飘进媒婆家时，媒婆正做早饭。灶屋里烟雾缭绕，好在有窗有门，要不然，非把小小的灶屋撑炸不可。黑黑的窗户和门框急促地朝外飘着白烟，像是当年我麻脸姥爷临死前抽旱烟时的两个鼻孔。母亲气势汹汹地推门而入，她将脚跺得嗒嗒响，媒婆听到响动，从灶屋里出来，揉了揉被浓烟熏红的眼睛，看见红肿着眼的母亲，心里一惊，是恨呀，大清早的是谁惹你生恁大的气？

我问你，是不是那个骚老婆子叫你说的这个媒？

媒婆愕然。

告诉你，除非她死了，我才愿嫁到颍河镇！

8

消息很快反馈到姥姥那里。姥姥的脸像那一天的阳光一样猛烈地跳动着，她看了一眼媒婆，又看了一眼傻儿，说，明天我娘俩就走，只要她有个好的归宿，我一辈子不回来也值了！说着，她垂下眼皮，许久又叹了一声，说，我欠她的实在太多了。

以我的推测那一天姥姥说完这番话肯定会大哭，心中也定是五味杂陈。想必姥姥流着泪，她的傻儿只能站在一旁。他会用恐慌的声音急急地问姥姥，娘，你怎么哭了？姥姥用袖子抹了一把泪，勉强一笑说，娘高兴！

第二天,姥姥就带着她的傻儿去了甘肃,那里有她拐脚的女儿。

姥姥走了,母亲也顺理成章地嫁到了颍河镇,一切都像是结束了。但事实上并没有。人生有很多难解的结,这个结就是我姥姥、我母亲、我太姥姥她们三人之间的全部关系。我不知道仇恨怎么会有那么大的力量,这是我一直闹不明白的。奶奶告诉我,其实人生有很多说不清的东西,就像你妈和你姥姥,谁能说得清?所以说不清的事情,咱就别说,说多了你妈烦!

是的,我母亲确实不愿提姥姥。多少年来,她一直小心谨慎地生活着,唯恐一不小心,别人以她辱门败户的母亲攻击她。有时候碰到一桩令镇子爆炸的偷情事,她总带着一种深有感触的腔调去同情人家的孩子,有一个伤风败俗的娘,那算是倒了大霉,处处都抬不起头,说不得话!看来母亲一辈子都活在姥姥留下的阴影中,逃也逃不脱了。关于姥姥的事,我是长大后才听说的。小时候,我从没有听母亲提及姥姥,每每看到别人慈祥的姥姥,我内心深处也会滋生出一种渴望:"妈,我怎么没有姥姥?"她一听,胸腔内顿时像被人点燃了十吨炸药,威力慑人,火气四迸:"死了!死了怎么还会有!"

9

母亲结婚后的第二年春天,生下我哥,一家人皆大欢喜。生下第一个孩子,按规矩,娘家要兴师动众来给自家女儿送东西,当大事操办。奶奶说,送东西的前几天,我母亲就开始神色恍惚,满腹心事的样子。她虽然明知太姥姥不会来,但还是期盼着奇迹发生。奶奶又说。自从你太姥姥五十三年前离开颍河镇的那天起,就没打算过再回来。你妈一直以为你太姥姥是因为恨你姥姥才不回颍河,但以我看未必!奶奶阅历深又有学问,说的话也时常透出几分朦胧的真谛。但那一天太姥姥果真没来。几个表婶子一进门,我母亲忙从床上起来，边与娘家人说话，边拿眼睛朝门外望。一个表婶问，恨，瞅啥哩？我母亲收回目光，没吭声。我奶奶说，那时候我母亲的眼睛已红得像两片秋天的柿叶，是饱含露水的那种。待几个表婶子坐定，她跑到屋里，开始蒙头大哭。一圈子人都莫名其妙，奶奶说只有她心里知道这是为个啥。

傍晚的时候，颍河河道里盘旋着橘红色的阳光，母亲一个人偷偷跑到河边，顺着奔畅的河水朝东望去，河水像被夕阳染成了红色，犹如一条红丝带。顺着那条红丝带，我母亲像是看到了太姥姥，太姥姥立在红丝带的那一头，从河里捞起红丝带，系在心间，然后用浑浊的双目无力地回望着母亲，略带怨气。太姥姥瘦了，瘦了的太姥姥在母亲的眼睛里像是一棵空了心的百年老树，随时都有被风刮倒的危险。从母亲眼里流出的泪水滴入河中，继而随着橘红色的河水一齐朝太姥姥卷去，太姥姥心头一颤，像是感觉到了孙女。那时候母亲已将太姥姥不回颍河的原因从姥姥引向自己。而此时，我姥姥也许正在甘肃的夕阳下手扯傻儿散步。我知道，母亲从没有用同样的方式感觉和猜测过姥姥，母亲对姥姥没有亲情，姥姥的存在犹如一个与她毫不相干的外人，一个传说中的人物或者一个遥远的符号。唯一现实的一点就是，太姥姥用昔日的仇恨将她们联系了起来。这种关系很生硬，就像薄冰，脆而硬，偶尔被人敲破，尖利的薄冰立即会放射出一种寻仇的威力。

10

没等我哥满月，母亲就跑回了娘家。母亲说，她和太姥姥就像嘴唇和牙齿，她悔不该因为爱情而丢弃了保护牙齿的嘴唇。这是我母亲的原话，她说这话时还带着昔日的伤感。

看到太姥姥，母亲心里沉沉的。太姥姥朝她努力一笑，说，哭啥，我不是好好的吗？

我母亲住了两天，临走时，太姥姥软弱无力地朝孙女挥挥手，示意她不用挂念。太姥姥朝我母亲消失的地方望了很久，然后才步履艰难地迈进门槛，跨进屋内，身子却仍镶在门框里，眼睛里早已含满泪水。

母亲走后，太姥姥没有烧香放炮净宅神。太姥姥心想，有什么好净的，刘家没人了，还费那份心思干什么呢？那天夜里，太姥姥想起了我的麻脸姥爷，继而又回想起许多往事来。苍老的脸上挂着一滴滴陈年的泪花。

尾　声

太姥姥去世后，母亲就很少回娘家，偶尔回去一次也是给太姥姥送纸钱。

十几年一晃过去了。

记忆里，那一天春光明媚，我正心不在焉地趴在水泥台上抄作业。大门很轻地开了，像是被风吹开，缓缓地。我正要起身将门重新合上时，从门缝里探出一个脑袋，你妈在家吗？

妈，有人找你！我大声朝屋里喊。

门缝又被那个脑袋小心翼翼地推大了一点，从中间挤进来一个老女人。那女人对我笑笑。接着母亲出来，喊了一声表婶子，将她请进屋里。那老太太的脚步很轻，像是怕惹怒了谁似的。二人一前一后进了屋，我又开始若无其事地抄起别人的作业来。不知过了多久，突然听到母亲大声吼道，如果她要回来，我立即就死，我可不想丢人现眼！

……

时隔六年，那个老太太又来我家，她的步伐不再像上次那样小心，每一步都火急火燎，看到母亲时，忙擦拭着额头上的汗水说，快，她快不行了，单等着见你一面！

母亲正在干活的手停在了半空，呆若木鸡，不一会儿，泪水倾洒了满脸。

那老太太见状，又催促母亲说，快点，别发愣了，再晚就见不上了！人都快死了，你就别纠结过去了！快点吧！

当我母亲飞驰而至时，姥姥已经遗憾地闭了眼睛……

六年前，姥姥已被她女儿从甘肃赶了出来，不知是什么原因。可能是姥姥年老体衰，没了再利用的价值。姥姥没敢回颍河镇，得不到母亲的允许她像是不敢回去，住进了太姥姥先前的老屋。村里人都说，她每年的清明都要到太姥姥的坟上狠哭上一场。年轻人都以为她是太姥姥远嫁的女儿，重回故里，失去了见自己母亲最后一面的机会，才伤心懊悔成那样儿呢！

当我看到姥姥瘦小的尸骸静静地躺在灵床上时，心里不知是什么滋味儿。

埋葬姥姥的那天，天很阴，似在悼念一个可怜的母亲。葬礼办得很隆重，全是母亲一人操办的。她像是在尽一个女儿的义务，可惜姥姥那时候已经死了……